매뉴얼

# 매뉴얼

롤라 제이 지음 | 공경희 옮김

그책

# 차 례

## 옮긴이의 말

누군가 가장 보기 좋은 광경이 뭐냐고 묻는다면 주저 없이 대답할 것이다. 딸 유나가 누워서 소설 읽는 모습이라고.(열여섯 살인 이 녀석은 '앉아서 책 보지'란 내 말에 '그래? 난 소설은 꼭 누워서 봐야 되는 줄 알았는데?'라고 능청을 떤다.) 또 내게 가장 듣기 좋은 소리가 뭐냐고 묻는다면 망설이지 않고 대답할 것이다. 유나가 슈베르트의 세레나데를 바이올린으로 켜는 소리라고.(우리끼리 얘기지만, 오래 배운다고 다 잘하는 게 아님을 유나의 바이올린을 통해 배웠다. '세레나데니까 아름답게 연주하라'는 말에 녀석은 '아, 난 행진곡이 좋은데'라고 쫑알댄다.)

자식이란 그런 것일까. 아이만 생각하면 마음이 흐뭇하고 동시에 가슴이 아릿해 온다. 아이가 더 자라지 않았으면 싶기도 하고, 어떤 어른으로 자랄지 얼른 보고 싶기도 하다. 그런데 이번에 옮긴 《매뉴얼》에서는 사랑하는 딸이 자라는 모습을 볼 수 없는 아버지가 나온다.

케빈 베이츠. 런던의 변두리에서 다섯 살짜리 딸 루이스와 아내와 살아가던 그는 시한부 선고를 받는다. 서른 살의 나이에 생명이 1년도 남지 않았다는 선고를 듣고, 그는 딸에게 '매뉴얼'이라는 삶의 지침서를 쓰기로 결심한다. 아버지는 자신이 서른 살까지밖에 못 살기에, 루이스가 서른 살이 될 때까지 살아갈 방법을 가르쳐 주려 한다. 그는 자신의 경험과 꿈과 모든 것을 담은 글을 루이스가 매년 생일마다 읽을 수 있게 선물로 남긴다. 열세 살 생일 무렵 고모에게 매뉴얼을 전해 받은 루이스는 매뉴얼을 통해 아빠와의 대화를 시작한다. 루이스가 첫 사랑의 설렘과 헤어짐의 아픔을 겪을 때도, 고등학교를 졸업하고 직장에 취직할 때도, 새로운 공부를 하게 될 때두 매뉴얼은 언제나 곁을 지키고 조언해 준다. 아빠처럼.

나는 이 글을 옮기면서, 또 독자가 되어 읽으면서 주인공인 루이스보다 세상을 떠난 아버지 케빈 생각을 많이 했다. 십대 중반의 딸 유나를 둔 엄마여서일 것이다. 사랑하는 딸을 두고 가야 했던 케빈을 떠올리면 너무나 마음이 아팠다.

또 3년 전 나를 두고 세상을 떠나야 했던 내 아버지를 생각했다. 나를 무조건 믿어 주고 사랑해 주던 아버지셨다. 내가 번역자로 사는 것을 자랑스러워하시던 아버지셨다. 10년 전 영국에서 1년간 체류하고 귀국했을 때, 아버지는 내게 새 영어 사전을 선물해 주셨다. 표지 안에는 '경희에게 준다'라고 적혀 있었다. 타국에 있는 딸에 대한 그리움을 영어 사전을 사면서 달래셨을 내 아버지. 말기 암을 앓다가 돌아가시기 열흘 전 우리 집으로 오셨고, 의식을 잃으신 아버지 옆에서 난 팔짱을 끼고 낮잠을 잤다. 사흘 후 아버지는 평안하게 돌아가셨다. 그전에 내가 작업실로 쓰던 방에서. 아버지가 의식을 잃으시기 전 우리는 작별 인사를 했다. 마지막 숨을 쉬실 때 나는 '사랑합니다'고 말씀드렸다. 그렇게 보내 드릴 수 있어서 고맙고 행복했다. 《매뉴얼》을 옮기면서 난 케빈을 통해 아버지의 마음을 읽었다. 아버지가 마흔 살을 갓 넘긴 내게 일흔두 살까지의 매뉴얼을 남겨 주신 것 같았다.

작년 봄 유나의 휴대폰에는 'D-12'라고 찍혀 있었다. '무슨 시험이 12일 남았냐?'고 물으니 유나가 대답했다. '우리 할아버지 기일까지 12일 남았잖아.' 딸의 그 말을 듣고 난 울었다. 아버지가 그립고, 또 손녀의 그 마음에 얼마나 행복하실까 싶어 기뻐서 울었다. 《매뉴얼》의 번역 작업이 아버지와 나와 유나의 대화였다는 생각이 들었다. 하늘과 지상을 아우른 그 대화는 오래도록 잊지 못할 것이다. 역시 소설의 힘은 위대하다.

공경희

뜻밖의 손님
초록색 '매뉴얼'

매뉴얼 규칙


1. 생일에만 새로운 장을 읽어야 한다(12세부터 30세까지).
2. 이것은 너와 나만 아는 매뉴얼이다.
3. 다음 장을 훔쳐보지 말 것!
4. 앞 장들은 봐도 좋다. 사실은, 다시 보기를 권한다!


                                    — 「초록색 '매뉴얼」 중에서

## 뜻밖의 손님

엄마는 빙고장에서 만난 어떤 놈팡이와 재혼했다.

런던 루이샴의 담배 연기 자욱한 홀에서 권태로운 주부들이 모여 종이표에 X표를 할 때, 그가 '11번'을 외친 순간 둘의 눈이 마주치면서 사랑에 빠졌다나. 눈을 내리깔고 숫자를 지우고 또 지우다가 결국 어느 뚱보 여자가 '하우스!'라고 외쳤겠지. 그런 사람들은 질색이다. 빙고도 질색이다. 가끔 엄마도 질색이다. 하지만 그중 으뜸은 그 작자. 내게 이래라저래라 하면서 자기를 '아빠'라 부르라고 하니까. 그가 아빠인 체하는 게 싫다. 무엇보다 내 아빠가 아닌 게 싫다.

나의 아빠는 죽었다.

내가 발음하기도 어려운 병명으로 7년 전에 이미 세상을 떠났다. 그때 난 다섯 살, 아빠는 서른 살이었다.

하지만 그 이야기는 하고 싶지 않다.

이제 우린 아빠 이야기는 거의 안 한다. 완전히…….

침대에 걸터앉아 TV 드라마 '브룩사이드'*의 주제곡을 흥얼대며 닥터마틴을 신은 발을 건들거린다. 오랜 시간을 들여 가며 동그랗게 만 어색한 머리를 흔드니, 기름을 발라 한껏 부풀린 머리가 가라앉았다. 지겨웠다. 열세 살이 다 되어 가는데 아직도 프릴 달린 노란 드레스나 입어야 한다니. 사라지고 싶은 마음이 간절했다. 단짝친구인 칼라와 유원지로 놀러 가거나, 오랜 습관을 바꿔 신나게 숙제를 시작해서 백설 공주에 나오는 노래를 완성하거나. 사실 이 지루하고 바보 같고 촌스러운 '올해의 결혼'만 피할 수 있다면 무슨 일이라도 하련만.

"루이스!"

엄마가 꽥꽥대는 소리로 불렀다.

"왜요?"

나는 한숨을 내쉬며 대답했다. 하늘을 쳐다보면서.

"지금 뭐라고 했지, 아가씨?"

엄마가 소리쳤다.

"'네, 엄마?' 라고요."

나는 최대한 예쁜 소리로 대답했다.

'나만의 방'(엄마는 방에 붙은 표지판을 읽을 줄 모르는 걸까?)

* 주간드라마로 영국 공중파 채널4에서 시청률 톱을 달린다. ITV의 〈코로네이션 스트리트〉와 〈에머데일〉, BBC의 〈이스트엔더스〉와 함께 이른바 'Big 4'로 불린다.

뜻밖의 손님

문이 열렸다.

"준비 다 됐니, 루이스? 열한 시까지는 호적 등기소에 도착해야 하는데, 벌써 아홉 시 사십오 분이야!"

나는 웨딩드레스를 입은 엄마를 살폈다. 나 못지않게 흉한 꼴이어서 다행스러웠다. 흰색이 도는 파란색 아이섀도를 짙게 바르고, 볼륨 소매의 투피스. 볼륨 소매라니! 지금이 어느 시대인데! 누가 저런 옷을 입는다고? 은색 구두는 전혀 도움이 안 되었고, 뒤로 넘긴 머리 모양도 애완견 대회에 나온 정신병 걸린 푸들한테나 어울릴만 했다.

"거의 다 됐어요."

나는 친절하게 대답했지만, 짜증스러운 기색이 감도는 말투였다. 침대에서 풀쩍 내려와, 얼른 분홍색 이쁜이 구두를 찾았다. 엄마는 날 더 창피하게 만들려고 그런 구두를 산 게 분명해! 다른 사람들은 상관없지만 칼라와 칼라의 오빠도 참석해서 내 창피한 꼴을 볼 터인데. 그게 문제였다.

"어쩜 정말 귀엽다!"

엄마가 말했다. 잠시 어색한 순간이 흐르면서 엄마가 울거라는 생각이 들었다.

"저기, 고마워요."

나는 닥터마틴을 벗고 이쁜이 구두를 신었다. 딱딱한 구두에 발을 넣자마자, 오른쪽 새끼발가락이 밀려서 아팠다. 바로 지난주에야 내 오른발이 왼발보다 길다는 사실을 알았다. 완전히 짝짝이 몸이다.

"그럼 어서 가자, 루이스."

엄마가 무기처럼 내미는 손을 내가 못 본 체했더니, 엄마가 덧붙여 말했다.

"오늘처럼 중요한 날 늦고 싶지 않거든, 안 그렇겠니?"

올여름은 역사상 가장 더운 축에 속했다. 벌써 개똥에 달라붙은 파리처럼 몸에 착 붙은 내 드레스를 보면 그럴 만도 하겠다 싶었다. 땀띠 때문에 결혼 서약과 반지 교환이 이어지는 내내 손으로 긁고 드레스를 잡아당겼다. 다행히 의식은 짧았다. 하지만 안타깝게도 피로연은 필요 이상으로 길었다. 더구나 소독약 냄새가 풍기는 레스토랑에서 열렸다. 따분한 이야기들이 색종이 가루처럼 떠다녔다. 처음 보는 친척들이 땀을 흘리며 키스와 포옹과 지루한 이야기를 해 대자, 시시각각 뻔한 분위기가 되어 갔다. 더 끔찍한 것은 저쪽 테이블에 칼라가 자기 아빠와 오빠 코리 사이에 앉아 있다는 사실이다. 그리고 완전히 끔찍한 하루는 모리스 할머니가 내 손을 힘껏 잡고 나를 댄스플로어로 끌어낸 순간 악몽이 되었다! 아이고야! 모리스 할머니와의 춤은 엄마가 아무리 못 보게 해도 옆집에서 칼라 남매와 보았던 공포 영화를 연상시켰다. 아니, 영화보다 더 끔찍했다.

결국 '네가 어렸을 때……'로 시작되는 이야기를 피해 칼라와 코리가 있는 바깥으로 나가려는데, 풍선과 종이 장식

그림자 속에서 새로운 손님이 나타났다.

아름다운 여인이었다. 늘씬한 등에 늘어뜨린 숱 많은 검은 머리는 윤나는 카펫 같았다. 엄마의 패션 스타일과 달리 여인은 소박한 꽃무늬 원피스에 단순한 둥근 모자 차림이었다. 예쁜 머리통에 보름달을 쓴 듯한 모양이었다. 그녀가 내게 생긋 웃자, 곧바로 내 기분이 변했다.

그녀가 다가왔을 때 나는 필로미나 고모임을 알아차렸다. 친아빠의 누나였다. 고모의 등장은 무척 놀라웠다. 오랫동안 못 만났기에 특히 그랬다. 그래서 밖으로 나가 친구 칼라와 이번 주의 '톱 40'에 대해 떠드는 대신, 멋진 고모 앞에 서서 근사한 말이 생각나기를 기다렸다.

"잘 있었니, 루이스?"

"안녕하세요?"

나는 이상한 목소리로 대답했다.

"예쁘구나."

나는 고모의 도톰한 입술을 보았다. 화려한 잡지에 나오는 모델의 입술 같았다. 나는 궁금해지기 시작했다. 고모도 아빠처럼 행동할까? 아빠처럼 웃을까? 아빠처럼 생각할까? 아빠에 대해서는 몇 가지만 기억났다. 오른쪽 눈꺼풀 밑에 난 작은 사마귀같이 엉뚱한 것만.

"필로미나 고모시죠?"

"날 기억하는구나? 네가 기억할 줄은 몰랐는데. 그래도 기억해 주면 반갑겠다 싶었지. 정말 기쁘구나."

"아뇨. 사실 그렇게 잘 기억나는 건 아니고요……."

나는 짜증스럽게 대꾸했다. 물론 그녀를 기억했다. 아빠의 또 다른 여동생인 이나 고모와 달리, 필로미나 고모는 1년에 몇 번 전화를 걸었다. 주로 생일과 크리스마스에. 고모는 흉측한 블라우스나 그림, 금박지로 싼 매콤한 케이크를 우편으로 보냈다. 그때는 직접 가져오는 게 위생적일 거라는 생각을 했었는데.

하지만 엄마가 나를 베이츠 할머니 댁에 1년에 한 번 보내는 것 말고는 친가와 별다른 접촉이 없었다. 그래도 난 상관없었다. 사실 전에도 그랬고…… 지금도 그렇고.

나는 손의 관절을 뚝뚝 꺾으며 손장난을 했다.

"미안하다."

고모가 말했다.

"뭐가요?"

난 어깨를 으쓱했다.

"자주 찾아오지 않아서. 아주 멀리 살거든. 게다가 아이들도 있고……."

나는 가까스로 하품을 참았다. 볼썽사나운 드레스에 달린 프릴이 무릎에 거치적거렸다. 고모는 사람들이 없는 조용한 바깥으로 나를 불렀다. 신나는 트위스트 곡에 맞춰 흔들어대는 엘리자베스 고모할머니의 큰 엉덩이를 안 봐도 되어 다행이었다.

눈에 띄는 유일한 벤치엔 새똥이 있었다. 사실 난 상관없었다. 드레스의 모양새를 더 낫게 할 테니까. 엄마는 코리와 칼라가 무슨 짓을 했는지 궁금해할 테지만.

"너와 이야기를 좀 하고 싶은데."

필로미나 고모가 말했다.

"저랑요? 무슨 이야기인데요?"

나도 모르게 목청이 높아져서 정말 궁금한 것처럼 들렸다. 사실은 그게 아닌데. 궁금하지 않았다. 아니, 좋아, 조금 궁금했다. 어른이 나랑 대화하고 싶을 때는, 선생님이 숙제에 대해 물어보거나 엄마가 잔소리하는 재미를 즐기고 싶을 때니까.

"네게 줄 게 있단다, 루이스……. 그리고 이건 정말 정말로 중요하단다."

"좋아요……."

나는 무릎 위에 얌전히 손을 얹었다. 그래야, 벌컥 화를 내지 않고 참을 수 있을 테니까. 난 어른들이 만날 늘어놓는 얘기를 참을성 있게 듣지 못하는 성미다.

문득 두려움이 밀려들었다. 고모가 날 이상하게 바라보다가, 내 손을 꼭 쥐었을 때는 특히 겁났다.

필로미나 고모가 말했다.

"오래전에 네게 말해 줘야 했는데…… 오래전에."

오래전에? 좋다, 여자들은 나를 지치게 한다. 내 머릿속에는 숱한 시나리오가 떠올랐다. 유전병 이야기인가? 공개수배범 이야기? 여러 가능성이 끝없이 떠올랐고, 나는 상상하는 데 지쳤다. 이제 그만 밝히시죠.

"아빠 이야기인가요?"

내가 조용히 물었다. 내심 그랬으면 싶은 마음에 슬쩍 찔러 보았다.

"맞아, 그렇단다."

필로미나 고모의 입가에 독특한 미소가 번졌다. 슬픔이 깃든 미소였다.

억눌렀던 기쁨이 배 속에서 튀어나올 것 같았다. 입으로 토할 것만 같았다. 이건 대단한 일이었다. 어릴 때 이후로 계속 꿈꾸던 일이었다.


아빠가 죽지 않았음이 밝혀지는 것……. 7년 전 그날 아침 이른 시간에 아빠가 기억 상실증에 걸려 그동안 죽은 줄 알았던 거구나. 물론 그동안 일어난 일들을 끼워 맞추기 힘들었지만 최근에 기억을 회복해서 마침내 아빠가 사랑하는 가족을 찾아 나섰구나. 그리고 결국 오늘, 아내의 결혼식 날에야 찾아내는 데 성공한 거야! 하지만 아빠는 아내의 행복한 모습을 보고 모든 게 혼란스러워진 거지. 아빠는 너무 두려워서 내게 말을 붙일 수가 없었던 거야. 나도 아빠를 배신했을까 봐서.

"루이스?"

"네? 죄송해요, 필로미나 고모. 무슨 말을 하셨는지······?
아빠 이야기인가요?"

가슴이 쿵쾅거려 미칠 것 같았다.

"네게 줄 게 있어······. 메시지란다······ 네 아빠가 보낸."

# 초록색 '매뉴얼'

　아빠가 큰 손으로 나를 안아 들고 공중에 빙빙 돌리던 기억이 난다. 나는 기분 좋게 어지럽다가 아침 먹은 게 목구멍으로 올라오기 시작하는 경험을 기대하며 키득댔다.
　"아이가 토하겠어요, 내려놔요!"
　엄마가 소리친다. 엄마가 망쳤다. 우리 둘만의 순간을. 그게 아빠에 대해 또렷이 기억하는 전부였다. 서랍장 위의 사진과 작은 상자에 담아 다락에 넣어 둔 사진들의 도움을 받아야만 아빠의 모습을 그릴 수 있다. 코의 크기, 굴곡진 입술, 보드라울 거라 상상되는 귀와 귀여운 귓구멍. 그 살결을 만져 볼 수 있으면 좋을 텐데. 가끔이라도 사진 속으로 뛰어들어…… 딱 60초 동안만이라도…… 얼굴을 만져 보고 더듬어 보면서, 머릿속에 영원히 남을 이미지를 새길 수 있으면 좋겠다 싶었다.

하지만 난 사진 속에 뛰어들 능력이 없다.

또 돌아가신 아빠가 다시 살아나지도 않을 터였다.

사실 필로미나 고모가 피로연장을 떠났을 때, 나는 냄새나는 화장실에 뛰어가서 울었다. 밤새도록 울었다. 그러다 흉한 드레스와 이쁜이 구두를 신은 채 침대에 누워 딴 세상으로 갔다. 엄마는 평소처럼 눈치 채지 못했다. '빙고 사나이'를 사랑하느라 정신이 없어 신경 쓰지 않았다. 난 내가 왜 우는지도 잘 몰랐다. 필로미나 고모의 말마따나 '이건 좋은 일'인데 왜 눈물이 나오는 걸까? 그렇지? 무덤에서 보낸 소식을 듣는 것과 비슷한 일인데. 하지만 가장 마음에 걸리는 것은 그래도 아빠가 죽었다는 사실이었다. 아빠는 지겨운 학교생활에서 날 구해 주러 오지 않았다. 징징대는 엄마, 엄마를 손에 넣음으로써 내게 뭐라 할 권리가 있다고 여기는 새 아빠에게서 구해 주러 오지 않았다.

아빠는 여전히 여기 없었다.

고모는 내게 구겨진 슈퍼마켓 봉투를 주고 갔다. 무슨 금덩이라도 든 것처럼, 특별히 조심할 성물이라도 되는 것처럼 다뤘다. 봉투는 묵직했고, 책 모양의 물건이 들어 있었다. 나는 '잘됐다'고 생각했다. 읽을 책이 더 생겼으니까. 나는 이쁜이 분홍색 구두 옆에 봉투를 내던져 놓고 혼란, 두려움, 흥분, 슬픔이 뒤섞인 기분으로 가끔 쳐다만 봤다.

엄마가 빙고 사나이와 콘월로 신혼여행을 간 사이, 주말은 칼라와 지낼 수 있어 다행이었다. 단짝친구네 가족이 같은 런던 남부 찰턴의 바로 옆집에 사는데, 마치 수천만 킬로 떨어져 사는 것 같았다. 사실 그럴지도 모른다. 칼라와 코리는 밤늦게까지 깨어 있는 것은 물론이고, 아홉 시 이후에도 아이스크림을 먹을 수 있게 허락받았으니까. 칼라네 집에 있는 동안은 아빠의 '메시지'를 잊고 머리를 제대로 굴릴 수 있을 터였다. 하지만 내 머리는 여전히 뒤죽박죽이었고, 나는 그 생각을 떨치지 못한 채 엄마가 돌아올 날을 헤아렸다.

매스꺼운 신혼부부가 집에 와서, 뚝배기 깨지는 소리로 자신이 좋아하는 TV 프로그램을 보겠다며 고래고래 싸운다. 나는 슈퍼마켓 봉투를 들여다보려고 내 방으로 달려갔다.

"키스도 안 해 주는 거냐, 아가씨?"

내가 계단 끝에 닿았을 때 엄마가 소리쳤다. 이윽고 계단을 올라오는 소리가 들리더니, 엄마가 내게 다가와서 벌어진 앞니를 보이며 미소 지었다.

"미안해요, 엄마. 돌아오신 걸 환영해요."

엄마가 뺨에 축축한 뽀뽀를 할 때 나는 한 눈으로 침실 문을 쳐다보았다.

"내게 해 줄 뽀뽀도 있나?"

빙고 사나이가 말했다. 그는 부부 침실 문을 열었다. 그들은 내가 대답할 때 소리 나지 않게 혀 차는 소리를 못 들었을 터였다.

초록색 '매뉴얼'

"네."

마침내 나는 침대에 앉아 조심스럽게 봉투에 들어 있는 것을 꺼냈다. 빛바랜 초록색 다이어리에는 검은 잉크로 두껍게 '매뉴얼'이라고 적혀 있었다.

엄마가 내 이름을 불렀다.

"루이스!"

얼른 다이어리를 빈 봉투로 덮어 침대 밑에 밀어 넣었다.

"왜요?"

나는 화를 내며 대꾸했다.

"칼라가 사탕 가게에 가고 싶은지 묻는구나."

나는 침대 밖으로 삐죽 나온 봉투를 쑥 밀어 넣었다.

"음…… 네, 곧장 간다고 해 주세요."

"방에서 뭘 하니?"

칼라가 물었다.

"아무것도 아냐! 곧 내려갈게!"

'다이어리'는 30분쯤 기다렸다 봐도 되잖아, 그렇지?

계산대에서 대머리 탤리 아저씨가 사탕 10페니어치를 고르는 칼라를 감시하는 동안, 나는 참고 기다렸다. 탤리 아저씨는 뒤쪽에서 어른들이 우유를 훔치는데도 모른 체하고, 우리만 감시했다. 난 도둑질한 적이 없지만, 코리가 한 번 셔벗을 슬쩍한 적이 있었다.

"10페니가 넘은 것 같은데."

탤리 아저씨가 말했다. 그가 왜 작은 봉지를 계산대에 털어서 사탕 수를 세는지 알 수가 없었다.

"어떻게 그런데요? 비행접시, 부적, 새콤이, 호루라기, 분홍 새우, 과일 샐러드인걸요. 그게 어떻게 10페니가 되죠?"

칼라가 쏘아붙였다.

나는 한숨을 쉬며 손목시계를 보았다. 우리는 가게에 10분 넘게 있었고 난 지루했다. 빨리 내 방에 가서 다이어리를 봐야 하는데.

"호루라기는 2페니거든."

탤리 아저씨가 대답했다.

"그래도 3페니가 남잖아요!"

시간을 아끼고 분위기가 험악해지는 걸 막기 위해, 난 미리 사탕을 담아 놓은 봉지를 골랐다. 좋아하는 사탕이 들어 있으면 좋을 텐데. 그리고 우리는 집으로 향했다.

"우리 유원지에 갈까?"

칼라가 물었다.

봉지를 여니 화이트 초콜릿 생쥐가 있어서 다행스러웠다.

"오늘은 그러고 싶지 않은걸. 그냥 집으로 가자."

"할 일이라도 있니?"

칼라가 믿을 수 없다는 표정으로 물었다. 루이스 베이츠 사전에는 재미난 일이 없기라도 한 듯이! 사실 맞는 말이다.

초록색 '매뉴얼'

"그래 새 아빠를 맞은 기분은 어때?"

칼라가 사탕 세 개를 한꺼번에 입에 문 채 물었다.

내가 소리 지르는 바람에, 흰 쥐와 검은 잭이 입에서 튀어나올 뻔했다.

"그 사람은 내 아빠가 아니야, 칼라!"

"미 – 안!"

칼라는 어깨를 으쓱했다. TV에 나오는 사람들처럼 입 끝이 말렸다. 사실 칼라는 누구라도 여배우나 모델로 착각할 만한 아이였다. 또 그런 사람이 되고 싶어 했다. 머리가 짧은데도 찰턴 아니, 남부 런던 최고의 미모였다. 키가 크고 날씬한 데다, 언제나 최신 유행 패션을 입었다. 어울리면 재미있지만 자기 마음대로 안 되면 아주 골칫거리였다. 칼라가 큰 사탕을 빨아 먹느라 내가 수다를 떨게 해 주어 다행이었다. 나는 샬린 로킹엄에 대한 소문과, 코드링턴 과학 선생님이 여자가 아니라 과거에 남자인지 아닌지를 이야기했다.

뜨거운 햇살이 쏟아지자, 전기담요처럼 배 속이 따뜻해지면서 아빠의 존재가 느껴지는 것 같았다. 내가 그러길 아빠가 바라는 것 같았다. 집에 가서 슈퍼마켓 봉투를 열어 봐라, 라고. 내 구두 사이즈 말고 내 나이답게 굴자. 이제 난 다 컸다. 다시 말하지만 틴에이저가 되었다.

마침내 칼라를 TV 앞에 남겨 놓고, 내 방으로 가서 봉투를 꺼냈다. 봉투를 버리려니 안도감 뒤에 두려움이 밀려들었

다. 봉투를 바닥에 던지는데 갑자기 배 속이 뒤틀렸다. 다행
히 봉투는 내가 연필꽂이로 쓰는 분홍색 구두를 덮었다.

거기 그게 있었다.

아빠가 내게 남긴 그 '무엇'.

빛바랜 초록색 다이어리가 나를 빤히 쳐다보고 있었다.


'매뉴얼'


다이어리 겉장을 넘기자, 첫 장에 글씨가 적혀 있었다.


이것은 나, 케빈 베이츠가 평생의 사랑인 딸 루이스에게 전해 주
는 매뉴얼이다.


나는 무겁게 한숨을 쉬다가, 다이어리를 발에 떨어뜨렸
다. 발가락이 욱신거려 얼굴이 저절로 찌푸려졌다. 너저분한
침대에 몸을 던지다가 외눈박이 곰인형 테디와 어깨가 부딪
혔다. 말라 버린 폭포처럼 눈물이 찔끔 나왔다. 가슴을 들먹
이며 소리 없이 흐느꼈다. 발이 아파서가 아니라(사실 아프긴
했다), 오랜 세월이 흐른 후에 마침내 아빠의 소식을 들어서
였다.

그리고 아빠는 나를 사랑한다고 말했다.

핫 초콜릿을 한 잔 타서 '매뉴얼'과 떨어진 곳에 놓았다. 아빠의 사진 근처에. 나는 침대에 똑바로 앉았다. 늘 자세에 대해 잔소리하는 엄마가 좋아할 만한 자세였다. 다시 눈물이 흐르기 시작했다. 정신없이 눈물을 훔치고, 손으로 콧물을 닦았다. 두어 차례 코를 풀고 나서 겁쟁이 같은 짓은 그만두고 두 번째 페이지를 들여다보았다.

**매뉴얼 규칙**

1. 생일에만 새로운 장을 읽어야 한다(12세부터 30세까지).

2. 이것은 너와 나만 아는 매뉴얼이다.

3. 다음 장을 훔쳐보지 말 것!

4. 앞 장들은 봐도 좋다. 사실은, 다시 보기를 권한다!

5. 문장을 깔끔하게 제대로 쓰려고 노력했다. 하지만 틀린 문법이나 오자를 발견한다면 다음에 숙제할 때 그렇게 쓰지 마세요, 꼬마 아가씨!

6. 매년 내가 그 나이 때 겪은 일에 너도 관심이 있을 거라 가정하고 적었다.

7. '기타' 부분은 언제든 읽어도 좋다. 도움이 된다고 생각한다면 말이다. 그 부분은 앞쪽에 실었다. 네가 앞으로 봐야 할 부분을 넘기고 싶은 유혹에 빠지지 않도록!

나는 정신없이 책장을 넘겼다. 티셔츠 밑으로 가슴이 어찌나 쿵쾅대던지.

안녕, 루이스.
네가 편히 앉으면 좋겠구나.

나는 침대의 헤드보드에 등을 기대고, 외눈박이 곰인형을
바닥에 밀었다.

우선 한 가지 말해 둘 게 있다.
미안하구나.
너를 두고 가서 정말 미안하다. 하지만 절대 내 의사가 아니었단
다. 그때 넌 겨우 다섯 살이었는데 기억하니? 못하겠지. 네가 천재
소녀라면 또 모를까. 베이츠와 모리스 집안의 유전자가 만났으니 천
재 소녀가 나올 리 없는데(농담이야). 너를 볼 때마다, 정말 예쁘고 명
랑하고 수다스럽고 미소가 예쁜 여자아이라고 생각했다. 부드러운
계란 과자를 좋아하고, 숏다리 올림픽 달리기 선수처럼 거실을 쉼
없이 뛰어다녔지.
난 갈 준비가 안 됐지만 가야 한단다. 미안하구나.
하지만 이것은 네 시간이란다. 너의 시작이야. 난 최선을 다해 네
여정을 안내하고 싶다. 이제 네 주변에 내가 없다 해도 아빠 노릇을
하고 싶구나.
질문: 그래도 되겠니?

초록색 '매뉴얼'

난 다시 흐느꼈다. 이번에는 더 심하게.

자, 이제 이야기로 돌아가자꾸나.

난 항상 아들을 먼저 낳고 싶었단다. 함께 축구를 하고 자동차 정비에 대해 입씨름을 벌이고 레슬링을 하고 내 털털이 차를 같이 타고 싶었어. 하지만 그 모든 게 병원 창문으로 날아가 버렸지. 아름다운 네 엄마가 너를 세상에 내놓은 지 한 시간 후 눈을 뜨려고 애쓰는 너를 처음 안았을 때 말이야. 넌 정말로 보드라웠고 그 냄새는…… . 아, 설명할 수가 없구나…… . 싱그러운 냄새가 났어. 아기한테서만 나는 냄새. 이럴 수가! 난 홀딱 반했고, 네 눈을 들여다본 순간 알았지. 난 끝났다는 것을. 이젠 자신만만한 청년, 인기 짱의 케빈 베이츠가 아님을. 난 루이스의 아빠, 케빈 베이츠라는 것을. 이젠 그 무엇도 예전과 다르다는 것을. 난 영원히 너의 마력에 휩싸인 거였지. 내 어린 딸의 마력에.

슬픈 마음으로 책장을 넘겼다. 그러자 행복했다가, 겁났다가, 짜릿했다가…… . 감정의 기복이 어찌나 이상하던지.

우리가 너를 루이스라고 부르리라는 걸 난 진작에 알았단다.

네가 태어나기 몇 주 전에 엄마를 설득해서 영화 「슈퍼맨」을 보러 갔었지. 난 초인적인 힘을 발휘해서 엄마를 좌석에서 일으켜야 했단다! 배가 남산만 했거든! 그날 밤 극장에서 집으로 오는 길에 네가 어찌나 발길질을 해 댔는지, 차를 세우고 내가 널 받아야 할지도 모르겠다는 생각이 들었지!

아직 네 얼굴도 못 보고 목소리도 못 들었지만, 그때 난 알았지. 너 루이스*가 내게 어떤 의미가 될지 말이야.

**나는 미소를 참았다. 마침내 끔찍하고 지긋지긋한 내 이름의 내력이 밝혀졌다.**

필로미나의 아이들은 소란스러웠지만 넌 조용한 아기였단다. 배고프거나 기저귀를 갈아야 될 때만 보챘지.

난 너를 바라보는 게 좋았어. 마음대로 안 될 때면 이마를 찡그리는 모습하며, TV 앞에 무릎을 꿇고 앉아서 생각에 잠긴 모습이라니. '빅 버드**의 목소리가 왜 우스꽝스럽지?' 같은 중요한 것을 생각할 때면 눈썹이 활처럼 휘었지.

내 아기는 수줍음이 많았어. 하지만 가끔 엄마와 아빠에게 네 세상의 일부가 되는 특권을 허락했지. 중요한 일 때문에 우리 도움이 필요할 때는 특히 그랬지. '단추 달'***을 봐도 되느냐라든가 네가 그린 그림(무지개 볏 머리를 한 우리 셋을 그린 그림 같은)을 보여 주며 내 의견을 물을 때도 그랬단다.

---

* 영화 「슈퍼맨」의 주인공 이름.
** Big Bird, 미국 TV 프로 '세서미 스트리트(Sesame Street)'에 나오는 크고 노란 새.
*** 1980년대 영국의 ITV에서 방송한 어린이 프로그램.

초록색 '매뉴얼'

우리가 함께 보낸 시간은 근사했단다, 루이스. 소파에 앉아서 'A
팀'(세계 최고의 프로그램일걸)을 보며 네 이마에 뽀뽀했지. 너는 키득댔
고, 나는 목구멍에 작은 덩어리가 걸린 것 같았어. 내가 본 최고로
귀여운 아기 때문에 기운이 밀려왔다가 쏙 빠졌지. 너는 신뢰가 담
긴 눈길로 나를 바라보았지. 평범한 케빈 베이츠를. 늘 너를 지켜 주
겠다는 다짐을 구하는 눈빛이었어. 너를 위해 거기 있어 달라고. 너
를 달래 달라고.

와아.

그러면 나는 네 이마에 다시 뽀뽀하곤 했단다, 루이스. 왜냐
면⋯⋯ 왜냐면 네 미소를 거부할 수 없었으니까. 내가 거기 있다면
지금도 네가 뽀뽀하게 허락할 거라 생각하고 싶구나. 네가 TV를 보
려고 앉았을 때 네 이마에 뽀뽀하는 거야. 그때 몸을 빼면서 '이제
다 컸다고요, 아빠'라고 말할래? 아니, 네게는 선택권이 없을걸. 매
일 밤 네가 자러 갈 때 이마에 뽀뽀할 테니까. 평생 쭉 – 네가 좋아
하든 싫어하든.

아빠가 너를 정말 정말 사랑한다는 걸 알아주면 좋겠다. 네 곁에
없겠지만, 절대 절대로 너를 떠나진 않을 거야. 너와 함께, 너를 위
해, 네 주위에 있을게. 어떻게 그럴 거냐고는 묻지 마라. 내가 거기
있다고 그냥 알아 두렴. 특히 네가 영원토록 간직하길 바라는 이 매
뉴얼을 통해서. 또 생일날뿐만 아니라, 언제든 혼란스럽고 힘들고 외
로울 때마다 매뉴얼을 펼쳐 보렴. 아니 행복한 순간까지도! 그래, 루
이스. 네가 행복할 때도 말이야.

나는 떨리는 손등으로 콧물을 닦았다. 10분은 족히 꼼짝하지 않았다. 아무 생각도 안 했다. 이거야말로 받아들이기에 너무 벅찬 일이었다. 정말 예상치 못한 일이었다. 갑자기폭삭 늙은 기분이 들었다. 적어도 열여덟 살은 된 것 같았다. 책장을 넘기고 싶었다. 아빠가 쓴 글을 몽땅 읽어 치우고 싶은 마음이 간절했지만, 그러면 나중에 읽을거리가 없어진다는 것을 알았다. 내주, 내달, 내년……. 내게는 이 매뉴얼이 필요했다. 아빠가 필요했다. 평생토록 하루에 한 줄씩만 읽어야 한다고 해도, 한꺼번에 읽어 치우려는 유혹에 빠지지않을 터였다.

첫 장을 백 번쯤 반복해서 읽었다. 부엌에서 엄마가 소리쳐도 무시했다.

"방에서 뭐 하니, 루이스? 저녁 준비 다 됐다! 손부터 씻어라!"

배고프지 않았지만, 앉아서 식사했다. 같은 접시, 같은 나이프와 포크, 모든 게 같았다. 다만, 내가 변했을 뿐이었다. 내 안의 뭔가가 전과는 다르게 퍼덕거렸다. 갑자기 어른이됐다는 말은 아니다. 그냥 이제는 아이가 아닌 기분이 들었다. 식탁에서 '빙고 사나이'와 엄마가 늘어놓는 헛소리가 듣기 싫었다. 내 방 슈퍼마켓 봉투에 지금껏 읽은 글 중 최고로 중요한 글이 있는 마당에 말이지.

"생선이 맛있네요."

초록색 '매뉴얼'

빙고 사나이가 엄마의 대표 요리인 도미와 밥을 먹으며
말했다.

"가족으로 하는 첫 식사인걸요! 알잖아요…… 결혼식 후
첫 식사예요."

엄마가 소녀처럼 키득댔다. 빙고 사나이는 꼬마가 막대
사탕 보는 듯한 눈길로 엄마를 쳐다보았다.

"정말 근사한 식사예요."

빙고 사나이가 다시 말했다. 엄마는 눈을 찌그러뜨리며
미소를 짓다가, 나더러 왜 잘 안 먹느냐고 물었다.

"음식은 괜찮은데요. 그냥 배가 안 고파요, 엄마."

"몸이 안 좋니?"

"괜찮아요."

"누가 괴롭혔니? 내가 없을 때 무슨 일이라도 있었어?"

"그게 아니에요…… 아무것도 아니에요."

계속 음식을 먹는 둥 마는 둥 했다. 아빠의 매뉴얼을 만져
보고 싶은 마음이 굴뚝같았다.

"남자친구 있니?"

빙고 사나이가 음식을 가득 문 채 물었다.

난 얼른 성난 듯 고개를 저어 답했다.

"물론 아니죠!"

"무례하게 굴 필요 없다, 루이스. 우린 네가 괜찮은지 알
고 싶을 뿐이야."

엄마가 엄하게 말했다.

"죄송해요."

내가 중얼댔다.

식사가 끝난 후 드디어 자리를 피할 기회가 생겼다. '매뉴얼'의 5쪽을 펼쳤다. 배 속에서 나비가 브레이크 댄스를 추는 것 같았다. 글은 간단했다.

'매뉴얼'을 읽을 때는, 의심 없이 질문 없이 늘 기억하렴. 너를 사랑한다…… 온 마음을 다해서. 아빠가.

눈을 감고 검지로 이마 끝을 문질렀다. 내 이마에 뽀뽀하는 아빠의 모습이 떠올랐다. 그 차분한 분위기가 학교에서 감당해야 했던 모든 일을 무마했다. 엄마의 재혼……. 모든 게 물처럼 냄새 나는 하수구로 흘러가 버렸다.

그날 밤 꿈나라로 빠지기 직전, 나는 속삭였다.

"저도 사랑해요, 아빠. 안녕히 주무세요."

그리고 난 알았다. 아빠가 들었다는 것을.

초록색 '매뉴얼'

{ 열두 살에서 열일곱 살, 딸에게 보내는 메시지 }


남을 괴롭히는 애들은 알고 보면 겁쟁이란다

십대 남자아이는 터지기 쉬운 호르몬 티백과 같지

나이 들수록 창피스러운 일도 많아진단다

어떤 일이든 좋은 방법과 나쁜 방법이 모두 있어

학교에서 남자 애가 가방을 들어 줄지 물어본다면, 녀석이 진짜
하려는 말은 '너랑 섹스하고 싶다' 란다. 그가 '잘 지내?' 라고
물으면 진짜 하고 싶은 말은 '너랑 섹스하고 싶어' 지.
……그러니까 내가 말하는 핵심은…… 틴에이저 남자 애들은
호르몬이 터지려는 티백 같다는 거야.

— 「십대 남자아이는 터지기 쉬운 호르몬 티백과 같지」 중에서

# 남을 괴롭히는 애들은 알고 보면 겁쟁이란다

"네 말은 그러니까······ 아빠가 네게 책을 남겨 주었다는 거야?"

코리는 분홍색 풍선껌을 크게 불었다. 퍽!

드디어 '레인스 생선 튀김집' 밖에서 '매뉴얼'의 존재를 밝혔다.

"사실은 매뉴얼이야."

"그럼 평생 따라야 하는 매뉴얼이야?"

칼라가 물었다.

"응. 열두 살에서 서른 살 아줌마가 될 때까지 매년 생일에."

"하지만 넌 벌써 열두 살이 됐는걸!"

칼라가 말했다.

"내 말을 제대로 안 들었구나. 엄마 결혼식 날에야 이걸 받았다니까. 그래서 열두 살 분량을 읽어야 해. 그다음에는 서른 살까지 매년 읽어야 하고!"

"아, 알았어."

칼라가 하품을 하며 대답했다. 나는 고개를 끄덕였고, 칼라는 비단결 같은 머리를 예쁜 귀 뒤로 넘겼다. 귀에는 커다란 링 귀고리를 달고 있었다.

"아이고야, 보따리. 읽을 책이 또 생겼구나."

코리는 껌을 질겅질겅 씹으며 말했다.

"그렇게 안 부르면 안 돼?"

코리가 '보따리'라고 부른 것은 옛날 옛적부터인지라 공연한 질문인 줄 알면서도 물었다. 내가 다시 '매뉴얼'에 대해 설명할 때, 코리는 검지로 귓구멍을 팠고 칼라는 하품을 참았다.

"아빠가 내게 충고랑 여러 가지 이야기를 해 줘……."

"그러니까 네 말은, 네 아빠는 죽었지만 어떻게 할지 말해 준다는 거지?"

코리가 물었다.

"아니…… 그게 아니라……."

내가 변명조로 대답했다.

"이런."

코리가 다시 중얼댔고, 칼라는 오빠와 같은 생각이라는 듯 고개를 끄덕였다. 나는 속으로 한숨을 쉬었다. 친구들이

남을 괴롭히는 애들은 알고 보면 겁쟁이란다

내 새로운 상황을 못 알아들어 실망스러웠다. 하긴 어차피 기대도 안 했지만.

그때 갑자기 누군가 생선 튀김집 창문을 쾅 치는 소리에 우리의 대화가 끊겼다.

"이놈들아, 꺼져! 안 살 거면 가라고! 망할 놈의 자식들!"

"메롱!"

내가 대꾸했다.

"꺼져!"

내 친구들이 소리쳤고, 코리는 가운뎃손가락 두 개를 뿌연 진열장에 갖다 댔다. 쫓겨나는 기분이어서 나는 가게 주인 쪽에 대고 힘없이 말했다.

"당신이나 꺼지셔!"

친구들을 따라 길을 건넜다. 힘 빠진 반항을 하면 다음 날 학교에서 창피를 당하는데.


자, 카운트다운이 시작되는구나. 공식적인 틴에이저*가 될 날이 어서 오면 좋겠지. 언젠가는 연말이면 시계를 뒤로 한 바퀴 돌리는 걸로도 성에 안 찰 때가 올 텐데. 5년 아니 10년, 20년을 되돌리고 싶어 할걸. 하지만 이런 얘기는 따분하겠지. 그러니 그 이야기는 나중에 하자꾸나. 당장은 네가 영원히 기억할 일 한 가지를 올해 하면

---

* 영어는 13부터 -teen이 붙으므로, 13세부터 틴에이저라고 한다.

좋겠구나.

생각나는 일이 있니?

아빠가 힌트를 줄게.

내가 열두 살이었을 때, 아버지와 난 처음으로 연을 날리러 갔었지. 환상적인 날이었어. 햇빛이 빛나서, 나는 하늘에 둥둥 떠가는 빨갛고 파란 연을 보느라 눈을 가늘게 떠야 했단다. 연날리기가 끝날 즈음 난 지쳤어. 기운이 완전히 빠져서 아이스크림 차를 쫓아갔지만 따라잡을 수가 없었어. 진짜 약이 올랐지. 아버지는 쓰러질 지경이셨고! 하지만 아버지랑 같이 밖에 나와 있으니 좋았단다. 남자들끼리 자유롭게……. 필로미나, 이나, 엄마는 누고 나랑 아빠랑 둘이서만. 난 그날을 잊지 못한다. 지금 이 나이가 되어서도 말이다. 왜냐면 아이라고 느낀 것은 그게 마지막 기억이니까.

우리가 그런 날들을 함께하지 못하지만, 엄마와는 아름다운 추억을 오래 만들기를 간절히 바란다. 그렇더라도 올해에 더 오래 기억할 추억 한 가지를 만들면 좋겠구나.

약속할래?


나는 지난 1년간 일어난 일들을 떠올려 보았다. 엄마가 빙고 사나이를 만나 진지한 관계로 이어지고, 엄마가 계속 날 야단치고. 엄마한테 동네 시장에 끌려가 '스포츠 브래지어'를 고르며 공개 망신을 당하고. 솔직히 꽝인 한 해였지만, 열세 살이 되기 전에 '추억할 만한 일'을 하겠다고 아빠와 약

남을 괴롭히는 애들은 알고 보면 겁쟁이란다

속했으니.

　그날 저녁 칼라에게 그 이야기를 꺼냈다.

　"스케이트를 타러 가면 되겠네."

　칼라는 전혀 도움이 안 되는 제안을 했다. 그 애는 지난주
에 머리를 더 짧게 자르더니 다른 사람처럼 굴기로 작정한
듯, 속물스럽고 멍청하게 굴었다. 칼라처럼 내 바구니 같은
곱슬머리에 가위를 댄다면 어떻게 될지 궁금했다. 그래도 칼
라와 그 애 가족과 어울리는 게 좋았다. 그들이 없었으면, 집
에서 '지루해' 부부와 빈둥대야 했을 테니까. 일요일의 점심
식사를 보면서 '정상적인' 가족이 어떤 모습인지 새삼 알았
다. 칼라의 엄마는 배우처럼 미인일 뿐만 아니라, 내가 관심
보이는 일들을 잘 알고 옷도 끝내 주게 잘 입었다. 칼라의 아
빠도 잘생겼다. 늙다리도 괜찮다면(최소한 35세는 됐을걸!) 말이
지. 또 코리가 장난하는 것만 빼면 칼라는 원하는 걸 모두 갖
고 있었다. 음반, 옷, 구두. 가장 중요한 것은 그 애 부모님의
말다툼을 — 엄마와 빙고 사나이는 안 하는데 — 목격하는 것
이었다. 나도 칼라처럼 예쁘면 좋을 텐데. 칼라는 자기 엄마
를 닮아 매끄러운 피부, 깨끗한 얼굴, 날씬한 허리를 가졌다.
하지만 나야 엘리자베스 할머니의 유전자를 타고났으니 기
대는 못해도 행운을 빌어 보지 뭐.

　"스케이트를 타러 가면 어때?"

　칼라가 다시 말했다.

"그건 만날 하는 일인데!"

내가 맞받아치는데 코리가 방으로 들어왔다. 벌써 네 번째였다. 헐렁한 바지가 허리 밑으로 처져서 앙상한 엉덩이가 보일 정도였다. 바짓단을 둘둘 말아 고무 밴드로 묶은 모습이라니. 유원지에서 그런 차림새를 보기는 했지만, 코리한테 진짜 안 어울렸다.

"두 아가씨가 무슨 얘기 중이신가?"

코리가 물었다.

"내 방에서 나가, 멍청이!"

칼리가 소리쳤고, 난 남매간의 싸움을 구경했다. 대부분의 싸움은 코리가 걸어온 것이었다. 코리는 동생 칼라를 놀리고 바보 멍청이처럼 굴면서 재미있어 했으니까. 코리한테서 담배 냄새가 났다.

"보따리."

코리가 씩 웃으며 이유도 없이 나를 불렀다.

"내 방에서 나가라고 했지! 엄마 부를 거야!"

칼라는 집어 던질 물건을 찾으면서 말했다. 요즘 칼라와 나는 비밀 이야기를 많이 했고 코리는 '사나이들'과 어울리는 시간이 많았다. '매뉴얼'을 읽은 후로 나는 둘보다 한참 나이 든 기분을 느꼈다. 우리들 사이가 변하고 있었다.

마침내 칼라가 곰인형을 찾아 오빠에게 내던졌다.

피웅!

남을 괴롭히는 애들은 알고 보면 겁쟁이란다

코리가 문 쪽으로 갔다.

그날 밤 칼라와 난 바비 브라운의 화장품 포스터를 보며 감탄하고, 거울 앞에서 모델 걸음 같은 디스코 댄스를 연습했다. 하지만 칼라는 '매뉴얼'에 대해 한 번도 묻지 않았다.

집으로 돌아와 내 방으로 살그머니 올라갔다. 엄마는 소파에서 빙고 사나이와 딱 붙어 누워서, 헛소리를 소곤댔다. 나는 분홍색 물방울이 있는 노란 파자마로 갈아입고, 침대 밑에 숨겨 둔 '매뉴얼'을 꺼냈다. 외눈박이 곰인형이 할 말이 있는 듯 물끄러미 날 바라봤다. 이제 그 녀석을 침대에 두기에는 내가 너무 커 버렸을까.


이제 너는 중학교에 다니는구나.

거기서는 곱슬머리 애들이 직모를 원하고, 땅딸한 애들은 키다리로 보이기를 꿈꾸지. 다들 단짝 비슷한 걸 만들려고 안달하고.

그것도 좋다만 여러 친구와 어울리는 것도 참 괜찮은 생각이란다. 적어도 내가 학교에 다닐 때는 그렇게 생각했지. 초등학교 고학년 때는 친한 친구가 셋이었어. 하나는 수학을 잘했고 하나는 축구를 잘했고 하나는 영어 점수가 그럭저럭 좋았지. 그 세 가지는 내가 가장 싫어하는 과목이었는데 친구들이 도와주었지.

중학교에 진학하니 사정이 좀 달라졌지. 험한 말 안 듣고 하루를 지내는 게 진짜 중요했다. 겁에 질린 사내애들이랑 어울리는 것도 자존심 상하지 않았어. 하지만 기본 원칙은 여전히 같았단다. 그 이름이 뭐였더라…… 존인가 조니였지 아마? 그 친구는 수학이랑 영어를 잘했지. 닉도 있었는데, 다들 겁내는 아이였어. 그 말은 험한 말을 가장 적게 듣는 아이라는 뜻도 됐지. 또 찰리가(비밀이지만 가장 맘에 들었던 친구) 기본적으로 잘하는 일은…… 빈둥대는 것이었지.

이런 식으로 보자꾸나. 누구는 지리를 잘하고 어떤 아이들은 조언을 잘하지. 각자의 특기가 뭐든, 그들이 네 삶에 큰 영향을 미칠 거야. 그 친구들은 네게 많은 것 — 좋은 것, 나쁜 것 모두 — 을 가르쳐 줄 게야. 내 말을 믿으렴.

그런데 벌써 어울리면서 비밀을 속삭이는 친구가 있겠구나(칼라겠지? 둘이 아주 가까워 보이는네). 그 친구가 누구든 놓치지 마라. 단짝친구들은 특별하고 찾기 어려우니까. 마치 금으로 만들어진 모래알처럼 말이다. 좋은 친구를 찾아내면 놓치지 마라. 네가 친구한테 대접받고 싶은 것처럼 친구를 대접하렴. 언제나 성실하게.

솔직히 틴에이저가 되면 누구에게든 계속 성실하게 대하기가 힘들 거야. 그룹에 끼고 싶은 마음이 있으니 말이야. 집단을 늘리고 온갖 상황을 실험하고 싶어진단다. 물론 거기에 원래 친구들이 끼지 않을지도 모르지. 그게 잘못은 아니란다(좋은 일이기만 하다면). 다만, 그 과정에서 단짝친구를 버리지 않도록 노력해라. 결국, 너를 위해 곁에 함께 있어 줄 사람은 그 친구니까.

내가 해 주려는 조언은 기본적으로 내 아버지가 긴 파이프 담배를 피우며 해 주신 말씀이란다. 아버지는 늘 '아들아, 내 말을 들어 보렴……'이라고 말을 시작하셨지. 그러면 난 어처구니가 없어서 눈

남을 괴롭히는 애들은 알고 보면 겁쟁이란다

을 굴려 대다가, 결국 눈이 욱신거렸지. 사실 아버지는 납득할 만한 남자 대 남자의 대화를 못할 때도 있었지만, 가끔 정곡을 찌르기도 했어.

네가 나이 들면서 더 많은 친구를 만나게 될 텐데, 그건 멋진 일 이란다. 하지만 네가 진정으로 의지할 수 있는 친구는 한 손으로 헤 아릴 정도가 될 게다.

**나는 외눈박이 곰인형을 꼭 끌어안았다.**

또 그리 다정하지 않은 애들도 있지.

기억하렴, 루이스. 남을 괴롭히는 애들은 알고 보면 겁쟁이란다. 그런 애들이 버티고 서서 소리 지르고 잔뜩 겁을 주면, 용감하게 보 이겠지. 하지만 그런 애들은 자기 자신에게 문제가 있어서, 상대에게 무섭고 못되게 구는 것으로 자신을 감추려는 거야. 네가 나를 닮았 다면, 같은 반 애들보다 클 거고 그게 도움이 될 수도 있지만, 놀림 감이 될 수도 있단다. 혹은 네가 엄마 쪽을 닮아서(엘리자베스 고모님을 닮았다면) 몸집이 꽤…… 하체가 푸짐하고 좀 몽땅하겠지.

**사실 난 외가와 친가, 양쪽 모두를 닮았다. 같은 반 남자 애들보다 컸고, 여자 애들보다 통통했고…….**

내가 하고 싶은 말은, 요즘 학교가 다양한 애들의 시합장 같다는 점이란다. 나도 학창 시절을 똑똑히 기억해. 쉽지 않았지. 축구를 잘하는 게 보너스였다는 것은 인정해야겠다. 특히 내가 우승하는 데 밑거름이 됐으니까. 하지만 넌 특기가 드러나서 못된 아이들의 표적이 되기에는 아직 이르지. 내가 분명히 아는 것은 넌 마음도 외모도 예쁜 아이가 되리라는 점이고, 그것만으로도 인기를 끌 거라는 점이란다. 때로는 그 때문에 지치기도 하겠지만 말이다. 네가 어떻게 생겼든 너를 돋보이게 하는 뭔가가 있을 거야. 한 무리의 애들이나 친구들이 많은 아이가 네 그런 면모를 이용한다면 넌 곤란해질 거야.

이제 '겁쟁이가 되지 않도록 애쓰자' 부분으로 넘어가 보자.

**루이스, 겁쟁이가 되지 마라!**

널 괴롭히는 애가 있다면, 그 애에게 겁먹었다는 걸 들켜선 안 된다. 그 여자 애가 네 외모나 옷 입는 스타일에 대해 험담하기 시작하면 그냥 무시해 버려. 그게 그 아이에게는 네가 대꾸하는 것보다 큰 상처가 될 게다. 그 아이를 바보로 보이고 바보로 느껴지게 하니까. 좀 더 확실한 조치가 필요한 상황이라면, 그 여자 애에게 당당히 맞서라. 그렇다고 가방으로 그 아이 머리를 후려갈기라는 말은 아니다. 물론 그런 대접을 받아 마땅한 아이겠지만. 그냥 웃어넘기거나 무시해 버리렴. 그 애는 곧 흥미를 잃어버릴 거야. 그 아이가 세상 돌아가는 이치에 낄 만큼 중요한 인물이 아니라는 것을 똑똑히 알게 해 줘. 그러면 그 개똥 같은 짓 ─ 아이쿠, 실례! ─ 을 못하게 될 테니까. 그 방법이 통하지 않으면, 똑똑하게 한마디 해 주어라. 너무 똑똑하게 굴지는 말고. 그랬다간 그 애가 주먹을 날릴 테니까. 모든 방

남을 괴롭히는 애들은 알고 보면 겁쟁이란다

법이 실패하면 그 애한테서 등을 돌려 버리렴. 그러면 겁쟁이가 된 기분이겠지만, 사실 어른처럼 처신하는 거란다. 결국은 그게 최선의 방법이고 그 여자 애의 수준에 맞출 뜻이 없음을 똑똑히 보여 주는 거란다. 내가 '그 여자 애'라고 말하는 것은, 남자 애라면 당장 선생님께 이르면 되니까. 그건 두말하면 잔소리지.

나는 답답해서 외눈박이 곰인형을 내던졌다. 교문 밖에서 날 기다리는 샬린 로킹엄이 떠올라서였다. 샬린은 내게 눈엣가시 같은 존재였다. 지난여름 운동 경기할 때 자기를 응원하지 않았다는 것을 알고는 보복하기 시작했다. 실제로 맞붙은 것은 아니었지만 계속 학교 식당에서 험담을 늘어놓으며 노려보는 모습으로 미루어 앞으로 큰일이 생길 것 같았다.

내가 자주 나쁜 일들을 떠올리는 이유는 샬린 때문이었다. 예를 들면, 그 아이의 죽음 같은……. 그랬다. 난 그 애가 죽는다는 생각을 했다. 물론 내가 정신병자는 아니므로 그런 일이 벌어질지까지 생각하지는 않았다. 혹은 내가 그런 일을 저지르는 상상도 하지 않았다. 그런 일이 벌어진다면, 그 애가 쫓아와서 과학관 담에 내 머리를 처박지 않을까 걱정하지 않고 잘 지낼 수 있을 거라고 생각하는 정도였다. 샬린 때문에 겁쟁이가 되기는 싫었지만, 난 인기 짱 그룹이 아니어서 편들어 주는 사람이 적어 맞대응할 수가 없었다. 그 애가 지나가면서 가슴을 짓누르면, 무시하기는커녕 차분히 '저리 비켜!'라고 말하는 것만으로도 벅찼다. 솔직히 아빠의 조언이 현실에서 효과가 있을지 의심스러웠다.

매뉴얼을 계속 읽었다.


난 체육 시간을 좋아했지.

체육은 좋아하기 아니면 질색하기, 둘 중 하나인 과목이지. 그래, 난 비가 오든 화창하든 수요일 오후 체육 시간을 기다리느라 안달하는 아이였지. 체육이 너랑 잘 맞지 않는다 해도 걱정하지 마라, 루이스. 어차피 체육을 해야 하는데 매주 아프다는 핑계를 대 봤자 소용없는 짓이라는 점만 명심하렴. 그러니까 체육 시간이 싫어도 그냥 감당해라. 그러면 더 튼튼해지고 독립적이 되고, 리더가 될 거야. 아니면 쪼그라드는 빙충이가 되지. 물론 진짜 아프면 사정이 다르지. 지금 아빠가 '꾀병을 부리지 말라'고 말하는 건 아니야. 그냥 재치 있게 적당히 하라는 거지. 한 학기에 두 번 정도? 왜냐면 선생님들은 바보가 아니거든.


매뉴얼의 기타 부분을 넘기다가 곧 새롭고 놀라운 대목을 발견했다. '왜 남자들은 그렇게 찌질이인가?' '찌질이'란 말에 키득대면서, 마침내 아빠가 이성에 대해 조언할 거라는 기대를 품었다. 헐렁한 트레이닝복 차림의 코리가 머리에 떠올랐다. 왜냐면 내게 어울리는 남자는 코리뿐이었으니까. 엄마가 날 여자 학교에 입학시키는 바람에 말이지.


남을 괴롭히는 애들은 알고 보면 겁쟁이란다

남자 애들은 진짜 찌질이들이야, 그렇지?

바보, 멍청이, 꺼벙이……. 끊임없이 말할 수 있을 것 같구나. 하지만 그 나이에 대해 수 세기 동안 과학자들을 쩔쩔매게 한 질문이란다. 내가 더 설명해 줄까?

네 또래의 남자들은 가장 찌질한(적당한 어휘가 아니라는 걸 안다) 시기를 겪는단다. 떼 지어 다니면서 이유 없이 여자 애를 놀리고 게으르고 툴툴대고 발에서는 치즈 썩는 냄새가 나고.

어떻게 그걸 아느냐고?

나도 그랬으니까. 말하자면 한심한 녀석이었으니까.

그래. 루이스, 남자들은 나이가 들면 좀 괜찮아지지. 좋은 포도주처럼 말이야. 하지만 그들이 여왕에게 '아, 네가 크면 찰스 왕이 되겠구나'라는, 대단한 변화를 보였다는 전보를 받을 때까지는 네가 기다려 줘야 할 게다.


아빠의 유머 감각에 키득키득 웃음이 나왔다. 아빠가 그렇게 재미있는 사람인 줄 정말 몰랐다. 하지만 늘 그렇듯 기분이 변했다. 아빠를 알아 간다는 생각에 즐거웠다가, 다음 주를 떠올리면 이내 속상했다. 열세 살 생일이 다가오건만, 열두 살 때 기억에 남을 만한 일을 아직 생각해 내지 못했다. 그럴듯한 게 있을까 싶어 기억의 창고를 뒤지는 순간, 그때 스치는 것은……. 아빠의 매뉴얼! 매뉴얼이 등장한 후로 내 삶이 변하지 않았던가? 이제 애처럼 굴고 싶은 핑곗거리가 없어졌다. 난 숙녀로 넘어가는 과정이었고 아빠도 그런 사실을 알았다. 하지만 무엇보다 외롭지 않다는 게 좋았다. 그게 모든 것의 가장 좋은 점이었다. 이제는 외롭지 않다는 것.

다시 매뉴얼을 펼쳤다. 아빠를 실망시키지 않아서 흐뭇했고, 새로운 기억이 심어져서 감사했다.

영원히 결코 잊지 못할 기억이.

남을 괴롭히는 애들은 알고 보면 겁쟁이란다

## 십대 남자아이는 터지기 쉬운 호르몬 티백과 같지

열세 살 생일 전의 토요일 아침, 창밖을 내다보니 빙고 사나이가 엄마를 차의 뒷자리에 태우고 있었다. 엄마는 배에 손을 대고 차에 탔다. 나는 다시 잠들었다가, 문짝이 부서져라 두드리는 소리에 깼다. 난 빙그레 웃었다.

"일어나, 게으른 아가씨야!"

현관문을 열자 칼라가 말했다. 칼라는 귀여운 원피스에 요즘 유행하는 큼직한 부츠를 신었다. 난 안짱다리 탓에 죽었다 깨어나도 못 입을 스타일이었다. 칼라가 말을 이었다.

"계획이 바뀌었어. 네 생일 파티는 우리 집에서 할 거야!"

엄마가 빙고 사나이랑 어디 갔는지 몰라도 거기서 전화를 걸어, 내 열세 살 생일 파티를 옆집 칼라의 집에서 해 달라고 부탁한 모양이었다.

"잘됐네!"

"네 엄마는 괜찮으시니? 우리 엄마는 무슨 일인지 말을 안 해 주셔."

"더 좋은 일이 있나 보지 뭐."

나는 심통이 났지만, 엄마가 내 생일 파티에 참석 못할 만한 이유가 있으려니 했다.

칼라네 작은 부엌을 둘러보았다. 우리 집 구조와 같았지만, 가족사진이 잔뜩 있고 입구에 코리의 냄새 나는 트레이닝복이 걸려 있었다. 노력을 많이 한 기미가 역력했다. 곧 장식될 작은 컵케이크가 오븐에서 구워지는 중이었고, 흔들리는 스툴 의자에 발자국이 찍힌 걸로 봐서, 누군가 딛고 올라가 벽에 색종이 장식을 붙인 모양이었다. 학교 친구와 코리의 친구 몇몇이 초대되었다. 솔직히 누가 와 줄지 의심스러웠지만, 친구들이 총동원된 셈이었다. 나는 청바지를 입겠다고 고집했지만, 칼라의 엄마가 억지로 머리에 빨간 리본을 달게 했다. 일단 리본을 달고는 어색해하지 않기로 했다. 내 열세 살 생일이니까. 어른 대열에 끼는 날이니까.

파티 손님들이 도착하기 전에 엄마가 전화했다.

"같이 있지 못해서 정말 미안하구나, 아가."

"왜 못 오시는데요?"

"독감이 어떤지 너도 알지. 내가 거기 있으면 사람들한테 옮긴단다."

"독감이라고요? 어젯밤에 엄마가 기침하는 소리를 못 들

십대 남자아이는 터지기 쉬운 호르몬 티백과 같지

었는데."

"병이…… 밤사이에……. 그래, 밤에 시작된 모양이야."

난 엄마의 변명을 흘려들었다. 왜냐면 인제 생일마다 내게 진심을 담아 편지를 써 준 아빠가 있으니까.

"괜찮아요, 엄마. 독감이나 빨리 나으세요."

"정말 미안하다, 루이스."

"걱정하지 마세요. 필요한 건 여기 다 있는걸요."

나는 잘 들리지 않게 속삭였다.

"하지만 속상해하지 마라. 진짜 생일은 월요일이잖아. 그때까지는 집에 가도록 하마. 알겠지, 아가?"

"음, 이제 가 봐야 해요. 사람들이 오고 있네요."

엄마가 뭐라고 중얼대는데 난 수화기를 내려놓았다.

사람들이 드문드문 도착하기 시작했다. 아주 조용히. 누구도 수선을 떨지 않았다. 손님들이 서로 마주 보며, 발로 의자 다리를 탁탁 때리는 소리만 났다. 마치 누군가를 기다리는 것 같았다. 분위기를 띄울 사람이라도 올 것처럼. 침묵에 빠지자, 내 인생이 눈앞을 스쳤다. 마치 학교에서 인기 짱인 내 위치를 보여 주는 자리 같았다. 그런데 파티가 이렇게 끝난다고 생각한 순간, 칼라의 엄마가 전축을 들고 와서, 보이즈 투 멘의 빠른 곡 「모타운필리」에 맞춰 능숙하게 몸을 움직이기 시작했다. 끈 없는 원피스 차림의 칼라 엄마에게 코리 친구들의 눈길이 쏠렸다. 곧 다른 사람들도 춤을 추었다. 다들 하품하며 떠날 거라는 걱정이 사라지자, 나는 안도의 한숨을 쉬기 위해 화장실로 갈 수 있었다.

화장실에 들어가 문을 닫는데, 그때까지 춤을 추던 칼라의 엄마가 '춤을 추자'고 외치는 소리가 들렸다.

"보따리, 어디 있니?"

코리가 물었다. 내가 화장실 문을 닫아서 아저씨같이 울리는 소리로 들렸다.

"당연히 화장실에 있지!"

나는 바보 같은 질문에 고개를 저었다. 손님들이랑 새 친구들에게 돌아가고 싶어 안달이 났다.

"저기…… 너한테…… 선물을 주고 싶었어."

"오빠네 엄마가 벌써 주셨는걸!"

내가 대답했다. 거실에서 웃음소리가 터졌고, 나는 즐거운 분위기에 섞이고 싶었다. 화장실 문 앞에서 빙충이 코리한테 붙잡혀 있고 싶지 않았다.

"언제?"

코리가 어리둥절한 표정으로 물었다.

나는 새 옷인 스톤워시 진 바지를 손짓하며 대꾸했다.

"이게 다 뭐 같아 보여? 파티를 열어 주신 것도!"

코리는 친구들과 너무 오래 붙어 다닌 것 같았다.

"아! 그럼 네 엄마한테는 뭘 받았는데?"

"파카! 벌써 몇 주 전에 엄마가 파카를 선물했다고 말했

십대 남자아이는 터지기 쉬운 호르몬 티백과 같지

잖아! 지금은 날 약 올릴 때가 아니야, 코리!"

"난…… 널 약 올리려는 게 아니야. 이걸 주고 싶었을 뿐
이야."

그가 크리스마스 선물 포장지에 싼 네모난 물건을 얼른
내밀었다.

"미안해, 생일 선물 포장지가 남은 게 없어서. 내가 주는
거야."

코리가 내 손에 작은 물건을 쥐여 주었다. 그리고 내가 고
맙다고 말하기도 전에 그는 저만치 걸어갔다. 선물을 풀어
보니 LL 쿨 J의 「마마 세드 녁 유 아웃」이라는 테이프였다.
내가 가장 좋아하는 곡에 맞춰 발이 들썩거렸다. 몇 달 동안
이나 좋아했지만, 랩 음악이라는 이유로 엄마가 사지 못하게
한 앨범이었다. 그런데 방금 코리가 그걸 주다니! 칼라가 귀
띔했을 거라는 생각이 들었다. 코리가 용돈을 아껴 나한테
선물하다니, 왜 그랬을까? 한 달 전만 해도 내 머리를 당기고
내 앞에서 방귀를 뀌고 나한테 온갖 헛소리를 하던 코리
가……. 다른 생각을 할 겨를도 없이 댄스플로어로 가서, 나
만의 '뻣뻣이 춤'을 추기 시작했다.


다음 주에는 들뜬 기분이었다. 점심을 먹으려고 줄을 서
있으면, 전에는 내게 눈길도 안 주던 애들이 눈에 보이지 않
는 하이파이브로 인사하는 듯했다. 내 파티 소식이 우리 학

년 애들에게 소문이 났고, 운 나쁘게도 샬린 로킹엄의 귀에도 들어갔다. 수학 교실로 들어가는데, 샬린이 과학실 뒤로 나를 끌고 갔다.

"왜 나는 그 잘난 파티에 초대받지 못했지?"

그 아이가 툴툴대며 물었다.

"내가 왜 너를 초대해야 했는데?"

내가 대꾸했다. 아빠의 조언이 머릿속을 두드려 대서, 생각할 겨를도 없이 입 밖으로 말이 튀어나온 것 같았다.

"네가 나보다 낫다고 생각하는 거야, 루이스?"

"아니."

내가 신음하듯 중얼댔다. 멋진 한 주를 망칠 것 같아서 속상했다. 나는 '겁쟁이'로 보이지 않으면서 그렇다고 '잘난 체'하는 것처럼 보이지 않게 좀 물러섰다.

"나 늦겠다. 그러니까…… 또 보자……."

내가 순하게 말했다.

그러나 샬린은 못되게 눈을 가늘게 떴다.

"그래, 그러든가."

진짜 열세 살이 된 생일 아침에 매뉴얼을 펼쳤다.

생일 축하한다, 아가!
공식적으로 틴에이저가 되었구나. 이제부터는 늘 '난 이제 아이

십대 남자아이는 터지기 쉬운 호르몬 티백과 같지

가 아니야! 난 어른이야!'라고 생각하겠지. 동시에 어른이 된다는 게 무서워 죽겠을 거고(미안).

난 네가 다 컸다고 생각한다. 거의. 이렇게 말해 보자꾸나. 남자들도 네가 얼마나 컸는지 눈치 챌 거야. 너한테 말을 걸 때마다 가슴을 쳐다보기 시작할 테고(당황할 테니 입 다물 시간을 좀 줄게)……

**그랬다, 좀 당황스러웠지만 계속 읽어 나갔다.**

실은 남자 이야기는 나중에 다시 하도록 하겠다(이건 나한테도 어려운 부분이거든).

지금은 다른 이야기로 돌아가자. 친구 이야기로.

이제는 친구가 더 중요해지고 아마 엄마가 미워지겠지.

하지만 엄마를 좀 봐주렴. 부탁이야. 내가 떠나고 주변을 정리하기가 쉽지 않았을 게다. 엄마는 혼자인 걸 그리 좋아하는 사람이 아니었어. 지금쯤 엄마가 시간을 같이 보낼 다른 사람을 찾았다 해도 놀랍지 않은걸. 난 그럴 거라고 예상하는데. 그 일로 엄마를 힘들게 하지 마라. 좀 봐줘, 루이스. 엄마는 좋은 여자란다.

갑자기 생일 파티 때 엄마가 독감에 걸렸던 일이 기억나서 난 매뉴얼을 탁 덮었다. 아직도 엄마한테 화가 나서, 아빠가 아무리 말을 해도 마음이 누그러지지 않았다. 하지만 아빠가 빙고 사나이한테 빠진 엄마를 용서한다는 걸 알고 나니 다행스러웠다. 나 역시 그를 좋아하려고 노력할 수도 있을 것 같고⋯⋯. 비록 그 사람을 멍청이로 생각하기는 해도.

몇 주 동안 빙고 사나이에게 예의를 지키려고 애썼다.

"그이한테 잘하려고 노력해 줘서 고맙구나."

엄마는 내 변화를 놓치지 않고 말했다. 세차를 돕는 정도 일 뿐인데 뭘. 난 '모범 의붓딸'로 등극했다.

"고맙다, 루이스!"

어느 토요일 오후, 창고 청소를 마치자 그가 말했다. 내가 몇 주간 미루던 일이었다.

"뭐가요? 겨우 창고를 치운 건데요."

"네가 보여 주는 노력이 고맙구나. 설마 눈치 채지 못했다 곤 생각하지 마라, 다 아니까."

난 포옹하고 싶은 기분이 아니어서, 간신히 '고맙습니다' 라고 말했다.

그런데 왜 아니겠어, 우리 엄마답게 일을 망쳐 버렸다. 일 요일, 내가 아빠의 글을 다시 읽고 난 직후였다.

원 스트라이크. 엄마가 노크도 없이 내 방에 들어왔다.

"두 사람이 잘 지내서 진짜 기쁘구나."

엄마가 꽥꽥대면서 들어오자, 난 얼른 침대 밑에 매뉴얼 을 넣었다.

투 스트라이크. 엄마는 내 침대에 앉았다. 앉으라고 권하

십대 남자아이는 터지기 쉬운 호르몬 티백과 같지

지도 않았는데⋯⋯. 그 바람에 외눈박이 곰인형을 깔아뭉갤 뻔했다.

"너한테 부탁하고 싶은 게 있어서."

엄마가 말했다.

엄마가 이상하게 웃는 바람에, 치과 근처의 정신병원 밖에서 본 환자들이 떠올랐다.

"그래서요⋯⋯."

내가 채근했다.

"우리 사이에 분위기가 많이 좋아졌어⋯⋯. 그렇지⋯⋯?"

"괜찮죠."

내가 대꾸했다. 내 마음은 더 중요한 일들로 쏠렸다. 칼라와 코리가 유원지에 가고 싶어 할까 같은.

"나도 똑같이 생각했단다. 그래서 말인데⋯⋯."

"뭔데요?"

"네가 그이를 '아빠'라고 부를 마음이 있는지?"

스트라이크 아웃!

"루이스?"

침묵.

"루이스?"

"들었어요, 엄마."

"그럼 네 생각은?"

세제 한 통을 귓속에 부어서 내가 제대로 들었는지 확인하고 싶은 마음이 굴뚝같았다. 하지만 속이 부글부글 끓는 것과는 대조적으로 차분하게 대답했다.

"아빠는 벌써 계신데요."

"나도 알아……."

"그럼 됐죠……."

나는 이 쓸데없는 입씨름에 끼어들고 싶지 않아 침대에서 내려왔다.

"알아, 하지만…… 무엇도 그것을 바꾸지는 않을 거야. 그저 그러는 게 좋을 것 같아."

엄마 머리가 어떻게 됐나 봐.

"누구한테 좋은데요?"

"너한테!"

"아니에요, 엄마!"

"어째서?"

"말했잖아요, 이미 내겐 아빠가 있다고!"

엄마한테 소리치고 싶지 않았지만, 엄마는 계속 밀어붙였다. 배 속이 마구 끓는 주전자 같았다. 난 엄마가 방에서 나가길 바랐다.

"루이스, 그건 아무도 네게서 빼앗아 가지 않을 거야."

엄마가 고개를 떨어뜨리면서 덧붙였다.

"하지만 아빠는 네가 아주 어렸을 때……."

"돌아가셨죠. 그리고 전 다섯 살이었어요. 그래서요?"

난 침대 옆 탁자에 놓인 아빠의 사진을 바라보았다.

"그러니까 네 삶에 아빠를 대신할 사람이 있는 게 중요하다는 생각이 들어서……."

"아뇨!"

나는 버럭 소리를 질렀다. 이런 헛소리를 더 참을 수가 없었다. 매뉴얼이 내 삶에 있다고 엄마한테 말하고 싶었다. 내가 원할 때마다 아빠랑 대화할 수 있다고. 아빠가 편지로 내게 말을 걸고, 날 사랑한다고 계속 이야기해 준다는 것. 아직도 내게 아빠가 있다고 말해 주고 싶었다!

"루이스……."

"엄마는 내가 아빠를 모른다고 생각하지만, 난 알아요."

"루이스, 있지……."

"엄마가 아는 것보다 아빠에 대해 많이 알아요. 우린 매일 대화하는데……."

내가 말꼬리를 흐리자, 엄마의 눈이 휘둥그레졌다.

"그게 무슨 말이니?"

"아무것도 아니에요."

내가 말했다. 몸짓으로 내 방에서 나가라는 뜻도 표했다. 이 방은 내게는 성지였다. 엄마가 아빠의 매뉴얼 근처에 얼씬대는 게 싫었다.

"그 이야기는 다음에 하자."

엄마는 말하고 나서 조용히 문을 닫고 나갔다. 나는 매뉴

얼을 펼쳤다 눈물이 떨어져서 두어 단어가 번지자 욕설이 나
왔다. 아빠가 다시는 못 쓸 글자인데……

　엄마와 빙고 사나이를 가능한 한 모른 체하려고 애쓰며
지냈다. 꼭 필요한 말만 주고받았다. 그렇게 몇 주일이 흘렀
다. 그러다가 1년에 한 번 친할머니를 방문할 때가 오자 전에
없이 반가웠다.
　외할머니와 지내는 것은 즐거웠지만, 할머니가 노인 보호
시설에 들어간 후로는 그럴 수가 없었다. 하지만 친할머니는
서식스에 살았고, 여름 방학이면 일주일씩 썰렁한 바닷가 집
에서 지내다 가라고 했다. 집 안은 박물관에나 어울리는 가
구가 대부분이고, 아빠의 사진으로 도배되어 있었다. 성적
표, 축구 대회 메달, 아빠가 어릴 때 할머니에게 써 준 글씨
들이 잔뜩 있었다. 필로미나와 이나 고모들의 물건은 없다는
생각이 문득 들었다. 하지만 이유를 물어보지는 않았다. 사
실 할머니와 거의 말을 안 했다. 그곳에서 지낼 때는 꿔다 놓
은 보릿자루가 된 기분이었다. 또 칼라와 코리가 보고 싶었
다. 할머니 집 주변에는 양 떼와 노인들밖에 없었으니! 다행
히 워크맨과 코리가 준 테이프 덕분에, 생강 과자를 먹는 할
머니와 마주 앉아 있을 때도 미치지 않을 수 있었다. 엄마는
꼭 내게 생강 과자를 들려 보냈다.
　좀 더 어렸을 때는 인형이나 책이 있어 비명을 지르지 않

고 버틸 수 있었다. 하지만 틴에이저가 되고 보니 친할머니
랑 지내는 게 점점 힘들어졌다. 칼라와 새 친구들이랑 유원
지를 어슬렁거리고 싶었다. 서식스와 친할머니는 그야말로
시간 낭비였고, 정말 질색이었다.

"할머니, 다른 프로그램 봐도 돼요?"

내가 물었다. 뉴스 프로가 싫증 났다. 칼라의 엄마는 케이
블 TV를 신청해, 「요! MTV 랩」 프로그램을 볼 수 있었다.

"네 아빠는 늘 뉴스 프로를 좋아했는데."

또 시작이란 생각이 들었다. 늘 그런 식이었다. 계속 나랑
아빠를 비교했다. 할머니가 야단치는 기미가 없다면 신경 쓰
지 않았을 것이다. 할머니는 나를 아빠보다 못하다고 봤을
까. 모르겠다. 할머니는 명랑한 사람이 아니었다. 가끔 그런
게 느껴졌다. 아주 많이. 난 베이츠 가족에 대해서는 잘 몰랐
다, 아니 이해하지 못했다.

자리에서 일어났다.

"어디 가니?"

"제 방에요. 워크맨 들을래요."

"할머니랑 같이 앉아 있는 것보다 라디오를 듣는 게 더 좋
구나?"

"아뇨, 그게 아니라요……."

"그럼 가거라. 방 정리를 하렴. 케빈의 방이니까."

할머니는 언성을 높였다. 나는 다시 눈을 굴리고, 아빠가

자 본 적도 없는 방으로 향했다. 할머니가 서식스로 이사한 것은 아빠가 죽고 나서였다. 돌겠어, 정말.

저녁 시간 내내 아빠가 구해 주기를 바라면서 천장만 올려다봤다. 매뉴얼을 펼쳐 읽다 만 부분을 계속 읽었다.

이제 엄마 말을 듣는 대신 친구들에게 조언을 구하는 게 더 좋겠지. 내 단짝은(네가 지금껏 알면 좋겠다만) 찰리란다.

아니, 난 찰리를 만나 본 적이 없었다. 적어도 내 기억으로는 그랬다. 아빠와 둘이 찍은 사진을 본 적은 있었지만 그게 다였다.

우리가 네 나이였을 때는 늘 둘이 붙어 지냈지. 한번은 나한테 변기에 머리를 넣으면 자기가 물을 내리겠다고 하더구나. 그래서 그렇게 했지. 아니, 꼭 그랬다는 것은 아니고 열세 살 무렵에는 찰리가 그러라고 했으면 그랬을 거라는 뜻이란다. 내가 말하려는 것은 친구들의 조언이 다 옳지는 않다는 점이야. 어떤 일을 하기 전에 생각해 보고, 그래서 누구의 마음이 상할지 따져 본 다음에(그래, 여기에는 엄마도 포함되겠지) 결정해야 한다.

그렇다고 어른의 충고를 다 들어야 한다는 말은 아니란다. 아냐. 너도 곧 알게 되겠지만, 사람들은(나를 포함해서) 때론 말도 안 되는 소리를 잔뜩 늘어놓기도 하거든. 하지만 할 수 있다면 나이 많은 분에

십대 남자아이는 터지기 쉬운 호르몬 티백과 같지

게는 신경을 쓰렴. 진짜 나이 많은 분 말이야. 노인들. 그들은 아는 게 많단다. 얼굴에서 세월의 흔적을 고스란히 그려 볼 수 있지. 거기에는 우리가 아무리 효율적으로 계획을 세운다고 해도 인생이란 늘 계획대로 풀리지 않는다는 사실도 포함되지. 명심하렴. 노인들은 네가 아직 경험하지 못한 일을 보고 맛보고 느끼고 경험한 분들이란다. 그러니 노인들이 네가 하고 싶은 일을 못마땅해하더라도 잘 봐 드리렴. 그들이 격려해 주지 않는 것은 자신이 비슷한 일을 했는데 나쁜 결과를 얻은 경험 때문일 거야. 그들은 나름의 방식으로 네게 똑같은 실수를 하지 말라고 경고하는 거란다. 알겠지?

그들이 재미를 망치려고 그러는 것처럼 생각되겠지만 그게 아니란다.

그런데 요즘은 이런저런 이유로 노인들의 말을 귀담아듣지 않지. 오히려 그들의 말과 완전히 반대로 행동하지. 잘 듣고 이해하고 머릿속에 담아 두었다가 나중에 사용하렴. 노인들의 말은 아주 소중하단다. 나는 내 할아버지에게 들은 말을 지금도 써먹거든. 물론 네 친할아버지는 안 계시지만, 친할머니와 외할아버지 내외분이 곁을 지켜 주시겠지.

어느 날 아침 슈퍼마켓에 갈 때, 나는 아빠의 말대로 친할머니와 잘 지내려고 노력하기로 했다. 그래서 시키지 않아도 짐을 들어 드렸다. 힘에 부칠 정도로 많이 들었다. 또 집에 와서는 장 봐 온 것들을 풀면서, 할머니가 시끄러운 이웃들에 대해 끝없이 늘어놓는 푸념을 들었다. 할머니는 '옛날 집'이 그립고, 돈이 많으면 좋겠다고 했다. 나는 사이가 좀 더 가까워질까 싶어 아빠 이야기를 꺼냈다. 그런데 할머니는 입을 다물고, 나를 별종 보듯 바라보았다.

"아빠는 어땠어요?"

할머니의 표정이 부드러워졌고 눈물이 고인 것 같았다.

"네 아빠는…… 어머니가 바랄 수 있는 최고의 아들이었 지."

할머니는 아빠의 사진이 놓인 곳으로 걸어가서 매만졌다. 검지로 턱 선이며 도톰한 입술을 거쳐 검은 점까지 쓰다듬었 다. 할머니는 아주 오래도록 사진을 응시했다.

내가 말을 꺼냈다.

"아빠가 많이 그리우시죠. 저도 그래요……."

너무 당연한 말인 줄 알지만, 그저 할머니가 나랑 이야기 하길 바랐다. 우리가 대화 같은 걸 하면 좋겠다 싶었다. 아빠 에 대해서.

그러나 내 계획은 어긋나기 시작했다.

"당연히 그 아이가 그립지. 아주 많이 그립단다. 그 애는 내 아들이었어, 내 아이. 매일 깨어 있는 순간에는 그 아이가 그립지. 내 인생은 그날부터 멈춰 버린 것 같구나……. 그날, 그 아이가……."

할머니는 구식 장식장으로 걸어갔다. 도자기 조각상들과

십대 남자아이는 터지기 쉬운 호르몬 티백과 같지

천으로 된 지도 사이에 아빠의 사진이 있었다. 할머니가 사진을 꺼내 들었다.

"나랑 너의 할아버지는 늘 자식들이 좋은 삶을 살기를 바랐단다. 영국으로 온 것도 그 때문이었어. 난 내 아들이 안전한지 늘 확인했지. 아버지와 함께 외출하면 도무지 마음을 놓질 못했어. 무슨 일이 생길지 몰랐으니까. 나무에 올라가고 뛰어다니고……. 아이가 긁혀서 집에 돌아오면 난 당장 소독약을 발라 주었지. 깨끗이 닦아 주고. 그러다가 십대가 되자 아이가 안전하게 돌아와 잘 때까지 난 잠을 자지 않았단다. 허구한 날 아들 걱정을 했지. 딸인 필로미나와 이나는 이해하지 못했지. 절대로."

할머니는 다시 멍하니 날 바라보더니, 아빠의 사진으로 눈을 돌렸다. 그러고는 덧붙였다.

"그러다가 아이는 집을 나가 살림을 차렸지……."

할머니는 다시 사진을 내리면서 말을 이었다.

"……네 에미랑. 그걸로 끝이었어. 그 후로는 그 아이를 자주 못 봤지. 내 아들을."

얘기가 어디로 흘러갈지 알 수가 없었다.

그래서 맨 먼저 생각나는 말을 했다.

"안됐네요."

"안됐지."

할머니가 멍하니 되뇌었다. 할머니는 사진을 장식장에 다시 넣었다.

그 이후 친할머니는 마음의 문을 닫아건 것 같았다. 가끔 간단한 말만 했다. 케첩이 어디 있느냐는 질문에 대한 대답만. 어두침침한 전구가 나간 것 같았다. 곧 새걸로 갈아 끼울 기회가 없을 것 같았다. 남은 '휴가'가 참을 수 없는 일로 그려졌다.

친할머니가 화장실에 있을 때 엄마에게 전화해, 예정보다 며칠 일찍 날 데려가지 않으면 히치하이킹을 해서라도 집에 가겠다고 말했다. 엄마는 칼라의 아빠를 보냈고, 친할머니는 아빠의 사진을 끌어안고 흔들의자에 앉아서 말이 없었다.

나는 문을 닫고 나오면서, 다시는 서둘러 할머니를 만나지 않겠다고 생각했다. 어쩌면 마음이 변할지도 모르지. 하지만 아닐 거야. 상관없었다. 그랬다, 솔직히 마음에 걸렸다. 조금. 할머니가 잘못했지만 그래도 아빠의 엄마이니 몇 달 후에는 내가 연락을 해야겠지(으윽). 하지만 난 긴 시간을 잘 견뎌 왔고, 이젠 아빠가 지켜보고 있으니 다른 사람은 필요 없었다.

런던으로 돌아오니 진짜 좋았다. 친구들이 있고, 내 침대에서 자고, 아직은 개학하지 않았으니까. 잠깐 집을 떠나 있는 동안 칼라에게 변화가 생겼다. 머리가 많이 자랐고 립스틱을 바르기 시작했다! 무엇보다 나쁜 일은 남자친구가 생겼

십대 남자아이는 터지기 쉬운 호르몬 티백과 같지

다는 것이었다.

"저기 온다!"

'레인스 생선 튀김집'을 지날 때 칼라가 속삭였다. 우리
가 어슬렁대던 자리에 이제는 여드름투성이 여자 애들이 몰
려 있었다. 골목 바깥쪽엔 남자 애들이 헐렁한 청바지를 입
고 똑같은 오렌지색 운동화를 신고 서 있었다. 세련되어 보
이는 것은 인정할 수밖에 없었다.

"저 애 이름은 대런이야!"

칼라가 말했다.

한 쌍의 원앙새는 서로 쳐다보았고, 칼라가 달려갔다.

"안녕, 대즈!"

칼라가 허연 이를 드러내며 아양 떠는 목소리로 외쳤다.
내 단짝친구가 그러는 것을 생전 처음 보았고, 마음이 영 불
편했다. 다른 애들은 나를 무시했고, 두 연인은 입술을 빨고
야단이었다. 대런인지 대즈인지가 허연 혀를 칼라의 입속으
로 밀어 넣었다. 메스꺼워서 정말.

며칠 동안 '대즈가 이랬고', '대즈가 저랬고'란 말을 귀에
못이 박일 정도로 들었다. 때문에 개학 일주일 전, 그가 칼라
를 버리고 다른 헤픈 여자 애한테 갔을 때는 솔직히 마음이
놓였다.


내 열네 살 생일 파티는 스케이트장에서 열렸고, 작년 생

일과는 완전 딴판이었다. 특히 엄마가 초를 마구 꽂은 유치한 큰 케이크를 가져오자, 내 손님들은 구석에서 키득거렸다. 난 평생 다시는 생일 파티를 안 하겠다고 결심했다. 그 자리에서 눈물이 나와 징징대는 장면을 들킬 것만 같았다.

엄마는 내가 힘든 나이라고 생각했다. 엄마가 정원 담장에서 빨래를 널며 칼라의 엄마와 수다 떠는 소리를 엿들었다. 칼라의 엄마는 작은 비키니를 입고 멋진 모습으로 일광욕 의자에 누워 있었다. 칼라의 엄마를 보고, 빙고 사나이의 헐렁한 양말 속에 바짓가랑이를 넣은 엄마를 보니, 누가 세련되어 보이는지 금방 드러났다. 엄마는 틴에이저에 대해 쥐뿔도 모른다. 옷차림이 어떤지, 크리스 크로스*가 누군지. 힘든 나이? 내가?

난 몸의 변화를 감지하기 시작했다. 칼라의 몸매와 비슷한 모양이 되긴 했지만, 언제나 뒤떨어진 모습일 것이다. 다른 것은 이렇게 말해 보자. 학교에서 받은 썰렁한 성교육과 칼라가 아니었다면 난 그 '거시기'한 것에 대해 아무것도 모를 거다.

어느 날 아침에 눈을 떠 보니, 내 새가슴이 진짜 가슴이 되기로 한 모양이었다. 이제 스포츠 브래지어의 노예에서 벗어났기에, 칼라와 백화점으로 달려가서 재 보니 34B 사이즈

* 미국의 십대 래퍼 그룹.

십대 남자아이는 터지기 쉬운 호르몬 티백과 같지

였다! 그리고 아빠 말이 맞았다. 남자 애들이 변하기 시작했다. 물론 칼라가 대즈랑 깨졌다는 소문이 돌아서이기도 했지만. 남자들은 햄 냄새를 맡은 개들처럼 칼라 주변에서 킁킁대기 시작했다. 게다가 빌리 터너만 빼고 모두 코리와 샬린 로킹엄(그 애는 늘 목소리가 남자 같았다)의 중간 같은 깊은 소리를 내기 시작한 것 같았다.

기타: **호르몬**

아, 그래. 이 이야기는 겁나서 건너뛰고 나중에 하기로 했지, 루이스?

그래, 그럼 지금 해 보도록 하자…….

내가 여자가 되어 본 적이 없으니, 이 문제에 대해 권위 있게 말할 수는 없겠구나. 그러니까 틴에이저 남자 애들로 국한해서 말해 보자.

전에 남자들이 가슴에 대고 말한다고 쓴 대목이 있는데 읽어 봤니? 그래, 호르몬이 논리적인 설명이 되겠구나. 학교에서 남자 애가 가방을 들어 줄지 물어본다면, 녀석이 진짜 하려는 말은 '너랑 섹스하고 싶다'란다. 그가 '잘 지내?'라고 물으면 진짜 하고 싶은 말은 '너랑 섹스하고 싶어'지. 널 쳐다보면서 그 녀석이 생각하는 것은…… 그래, 짐작이 되겠지…… 섹스란다. 그러니까 내가 말하는 핵심은…… 틴에이저 남자 애들은 호르몬이 터지려는 티백 같다는 거야. 일단 뜨거운 물에 담그면 어떻게 될까? 문자 그대로 터지지. 네가 나이를 좀 더 먹으면 이 말의 의미를 알게 될 거야. 아주 나중에. 특히 네가 멋지게 변해 가는 지금은, 네가 당장 치과 치료를 받아야 할 기린처럼 생겼다고 생각하더라도 조심하렴. 연필을 집으려고 몸을 숙여도 남자 애가 목을 길게 빼고 볼 거야. 혹은 말할 때 입술을 빨아도 그럴 거야. 네가 웃으면 걸신들린 어린 녀석들은 마음이 동할 거고……. 그러니 조심하고 기억하렴……. 넌 아직 겨우 열서너 살이야.

**참, 넌 아름다워. 사랑한다. 아빠가.**


　남자 애에 대해서는 아빠가 틀렸다. 남자 애들이 내게 눈길을 주는 것은, 칼라가 근처에 있을 때만이다. 하지만 기린 이야기는 맞다. 난 개미핥기 쪽이 더 맘에 들지만. 내게 말을 건 남자 애는 코리뿐이다. 코리야 내가 아주 어릴 때부터 아는 사이니까 문제가 아니었다. 아무튼 나는 아무 남자도 날 여자친구감으로 보지 않는다는 사실과 타협하기로 했다. 칼라를 통한 애정 생활을 이어 가는 데 만족해야지 뭐. 칼라는 벌써 제이크 손더스 같은 우리보다 나이 많은 남자 애랑 사진을 찍었고, '레인스 생선 튀김집' 뒤에서 콜린 미크랑 키스도 했다. 긴 다리와 근사한 커트 머리를 보면 남자들이 사족을 못 쓸 만도 하지 뭐.


　기타: **데이트 상대를 구하지 못한다고?**


십대 남자아이는 터지기 쉬운 호르몬 티백과 같지

잘됐구나!

아니, 그건 아니고. 어려운 일인 건 알아. 주위 사람 모두 남자친구가 있으면 특히 더 힘들겠지. 다들 사진을 찍고 손을 잡고 다니면서, 하트 모양의 카드를 사면 말이다. 하지만 서둘 것 없어. 어느 날인가 누군가 네가 얼마나 특별한지, 너랑 같이 있으면 얼마나 좋은지 알 사람이 나타날 거야. 너한테 그런 상대가 나타날지도 모르고. 나처럼 평범한 사람을 누가 쳐다봐 줄까 했는데, 그녀가 그랬거든. 네 엄마 말이야. 얼마나 멋진 여자인지. 제 눈에 안경이란 말이 딱 맞더구나.

제이크의 단짝친구인 게리 존스를 봤을 때 가슴이 철렁했다. 그에게 키스를 받고 싶은 기분이었다. 하지만 루이샴부터 뎁포드까지 여럿이 몰려다니는 게리는 테이프와 풋볼 이야기를 할 때만 내가 끼는 걸 반기는 눈치였다. 다른 이야기는 아니었다. 그래도 난 괜찮았다. 더구나 게리와 제이크는 내가 사내애 같아서 좋다고 했거든. 그 말은 언젠가 내게도 남자친구가 생긴다는 뜻일 거야.

그게 아니었나?

기타: **남자친구 1**

친구 사이인 남자 애들은 무척 많겠지. 그게 아니라면 최소한 한 명은 있을 게다. 같이 어울려 다니고 대화할 수 있는 사람 말이지.

서로 웃게 할 수 있는 친구. 학교 급식부터 나라 사정까지 온갖 이야기를 나눌 수 있는 친구. 그것도 좋지만, 혹시 이 친구를 상대로 상상하기 시작했다면 다른 기대는 말려무나.

남자들은 애인을 원하지. 분홍 리본을 달고, 프릴 달린 옷을 입고 장미향을 풍기는 여자 애는 아닐지라도, 똑같은 여자를 원한단다(미안!). 남자들이 오프사이드 룰을 알고 트림하고, 편하다는 이유로 바지에 손을 찌르는 여자 애랑 같이 있는 게 좋다고 해도 귓등으로 흘려들으렴. 쓸데없는 소리니까. 사내놈들은 뭘랄까…… 여자답게 구는 사람에게 끌리는 것은 너무도 당연하단다(또 한 번 미안!). 칭찬을 받으면 당황하며 눈꺼풀을 파르르 떨고, 트림이나 방귀는 꿈도 못 꿀 것 같은 여자한테 끌리지.

그러니 친구 중 하나가 널 여자친구감으로 보고 싶어 하면('여자친구'라 함은 손을 잡고, 공원에 같이 가는 것을 말한다), 본모습(그게 가장 중요하지)뿐만 아니라 여자다운 모습으로 대하도록 노력하렴.


나는 게리와 그의 무리와 친구하는 것을 그만두기로 했다. 축구 경기 분석도 안 하고, 그들의 숙제도 도와주지 않고, '여자'와 관계된 충고도 안 했다. 일주일 내내 그렇게 이상하게 굴었더니, 결국 게리 존스는 내가 못된 여자 애가 됐다고 말했다. 벌에 쏘인 것처럼 마음이 아팠지만, 곧 원래의 나로 돌아가기로 마음을 바꾸었다.


십대 남자아이는 터지기 쉬운 호르몬 티백과 같지

# 나이 들수록 창피스러운 일도 많아진단다

중등학교의 마지막 해구나.

친구들은 학교라는 감옥의 철창을 벗어나기 무섭게 여행을 가겠다, 취직을 하겠다, 세상을 바꿔 놓겠다 떠들썩하겠구나. 그런데 루이스, 아직 식스 폼*을 결정하지 않았다면, 지금부터라도 생각해 보기 바란다. 열여섯 살에 학교를 떠난다고 해서 아무것도 못하게 된다는 말은 아니다. 아빠는 선택했고, 그래서 병원 운영 파트에서 꽤 많은 급여를 받았다. 그저 네가 선택의 여지가 많아지기를 바라서 그러는 거야. 그것은 공부를 더 많이 해야 한다는 뜻이지. 제발 진지하게 생각해 보렴. 그러면서 공부에 전력을 다해라. 친구와 남자친구(만일 남자친구가 있다면. 제발 아직은 없기를!!)를 모른 체하라는 게 아니라, 공부할 수 있는 시간을 어영부영 낭비하지 말라는 뜻이란다.

---

* 영국의 교육 제도는 중등학교에서 11학년까지 마친 후 졸업하는 경우와 이후 '식스 폼 (Sixth Form)'에서 2년간 대입 시험인 A레벨을 공부하는 경우로 나뉜다.

올해가 네게는 중요한 한 해구나.

기억하렴, 사랑한다. 무지무지.


열다섯 살 무렵, 내 인생에서 중요한 사건 세 가지가 일어 났다.

처음으로 남자한테 데이트 신청을 받았다.

난 혁명가가 되었다.

처음으로 얻어터졌다.

먼저 얻어터진 얘기부터. 샬린 로킹엄이 마침내 내 머리채를 휘어잡았고, 니는 그 아이의 교복 셔츠를 쫙 찢었다. 샬린이 두어 번 내 뺨을 갈기고, 서로 몇 번 밀치다가 싸움이 끝났다. 나는 당한 대로 갚아 줬지만, 그 애의 체구와 내 몸집은 아무리 봐도 상대가 되지 않았다. 운동장에 흩어진 머리칼이 모두 내 머리 같았다. 구경하던 애들이 어이없어 하며 웃었다. 둘이 코드링턴 선생님의 방에서 쭈뼛대며 서 있을 때에야, 내 브래지어의 앞쪽 솔기가 터져서 겉으로 드러난다는 것을 알아차렸다. 아이고, 창피해라!


### 기타: 창피한 일들

난 창피한 일을 많이 당했단다.

* 축구 대회에서 17대 0으로 진 일
* 직장에서 하루 종일 바짓가랑이에 두루마리 휴지 한 쪽을 붙이

나이 들수록 창피스러운 일도 많아진단다

고 다닌 일

* 남자들 파티가 끝난 후, 대니와 찰리한테 끌려가(눈을 가리고 옷
  을 벗은 채로) 상점이 문 열기 두 시간 전까지 진열장 앞에 서 있
  던 일

너는 나처럼 창피스러운 일을 당하지는 않겠지. 학부모 모임에
엄마가 흐물거리는 난감한 모자를 쓰고 나타나는 일이 네가 겪을 수
있는 최악의 사건으로 생각하겠지. 하지만 내 말을 믿으렴. 넌 아직
아무것도 몰라. 나이가 들면 창피한 일이 뭉텅이로 몰려오는 경우가
있지. 하지만 성숙해지면서 그런 일을 감당하는 방법도 알게 된단다.
그러니 지혜와 경험이 늘어나면서 그런 능력을 잘 발휘하게 되기
를……. 무슨 뜻인지 알겠지.


샬린과 싸운 벌로 2주간 방과 후에 남게 된 것은 별로 놀
랍지 않았다. 하지만 칼라와 친구 두엇이 나 대신 샬린에게
'본때'를 보여 주겠다고 제안한 것은 놀라웠다. 내심 감동받
았지만, 그냥 두기로 했다. 중등학교 졸업이 겨우 1년 남았
고, GCSE*를 잘 보는 게 최우선 목표였다. 다른 일은 중요
하지 않았다.

그리고 두 번째로, 혁명가가 되었다. 그 비슷한 사람이.

* General Certificate of Secondary Education: 영국에서 중등교육을 마치면서 보는 국가
고사. 이 성적이 식스 폼 때 A레벨을 준비하는 데 영향을 준다

조회 때 교장 선생님은 시의회에서 우리 학교를 라이벌 중등학교와 통합할 계획이라고 발표했다. 다들 그 말이 무슨 뜻인지 따지느라 강당이 갑자기 시끄러워졌다. 나는 다음 열두 달을 생각했다. 새로운 남학생들에 둘러싸여 지내야 할 터였다. 남자이지만 친구가 아니라 모르는 남자 애들. 새로운 집단에는 날 흘끔대는 애들도 있을 터였다. 그날 아침 강당에서 나올 때, 우리들 사이에서 새로운 열기가 감돌았다. 킥킥대고 속삭이고 저마다 자기 의견을 말하느라 열띤 분위기였다. 새로운 학교에 반대하는 애들도 있었다.

"우리를 '그것들'이랑 섞어 놓으려 하다니 기가 막혀서!"

샬린 로킹엄이 또 나섰다.

"남자 애들이라!"

칼라가 기분이 좋아서 입술을 빨아 대며 중얼거렸다.

"그런 게 아니라……."

"할 말 있으면 해, 당당히 상대해 줄 테니까. 난 루이스가 아니라고!"

칼라가 쏘아붙였다.

다른 여자 애가 입을 열자 샬린은 물러섰다.

"이게 그 사람들이 바라는 거야! 우리가 서로 싸우는 것 말이야. 이거 알아……?"

"이거 뭐?"

우리는 놀랍게도 똑같이 물었다.

"우리는 그 계획에 찬성하지 않을 거야! 우리가 왜 찬성하 겠어?"

이 질문에 사람들이 더 몰려들었다. 모두들 기운이 넘쳐 흘렀다. 친구들과 하나가 되는 것도 좋은 아이디어라는 생각 이 들었다.

점심때 나는 칼라와 친구 몇 명을 따라 과학실 뒤로 갔다. 한 아이가 말했다.

"있지, 일이 그렇게 되도록 내버려 둘 순 없어!"

"말도 안 되지. 우린 맞서 싸워야 해!"

다른 아이가 말했다.

"맞는 말이야. 다른 학교랑 '합병'이라나 뭐라나 하는 걸 못하게 할 거야, 그렇지?"

칼라가 공중에 주먹을 휘두르며 말했다. 저렇게 의견이 금세 바뀌는 건 처음 보았다. 하긴 칼라나 나무 벤치에 모인 애들이 이런 모습을 보이는 것도 처음이었다. 그들을 보자 체크무늬 상의를 입은 노인들의 시위가 떠올랐다. 플래카드 를 들고 TV 카메라를 향해 소리 지르고, 구호를 외치고 맞다 고 고개를 끄덕이고…… 여섯 시 뉴스에나 나와야 할 것들이 지 중등학교에서 벌어질 만한 일은 아니었다. 교장 선생님이 우리를 쫓아낸 후에도, 모임은 체육실 뒤에서 계속되었다. 다음 날에는 가정 경제 선생님까지 지지 의사를 밝혔다.

이어 몇 주간 점심시간마다 '집회' 비슷한 것이 열려, 우리의 교육에 대한 위협을 어떻게 물리칠지 의논했다. 꽃미남 남학생들을 생각하면 속상했지만, 단결하는 게 좋아서 이 일에 합류한 기억을 잊지 않았다. 그러니 거리에 나가 '통합 반대, 통합 반대!' 라고 구호를 외쳐야 한다면 그럴 작정이었다. 샬린 로킹엄을 끼워 줘야 해도 할 수 없었다. 우리는 같은 팀이니까. 우리 자신과 다가올 세대를 위해 좋은 교육을 지켜야 하는 의무감에서 여성들이 단합해야 하니까.

루이스, 네가 믿는 것을 위해 싸울 준비가 되지 않았으면, 짐을 싸 들고 집에 가는 편이 낫단다.

교장이 추후 발표가 있을 때까지 학교 통합은 유예되었다고 발표하자, 나는 열다섯 살 여학생들이 사악한 짓을 하는 시의원들의 마음을 흔들 수 없었을 거라는 사실을 알았다. 하지만 그래도 '승리'의 맛이 입 안에서 기분 좋게 감돌았다. 신선하고 낯선 맛이었다.
하지만 정상적인 생활로 돌아가 엄마를 피하고, GCSE에 대비해 공부하게 되어 반가웠다. 시험 공부가 잘되어 가던 중, 비 내리는 어느 날 저녁 '레인스 생선 튀김집' 앞에서 고기 파이를 먹는데 미키 밀스가 데이트 신청을 했다.
사실, 미키 밀스는 꽃미남이라곤 할 순 없는 남자 애였다. 비쩍 말라서 다리가 젓가락 두 짝 같았다. 또 생일 선물로 여드름 치료제를 사 줘야 할 것 같았다. 멋지지는 않았지만, 학교의 멋진 애들 사이에서는 위치가 확고했다. 또 규모가 작지만 여자 애들 팬클럽도 있고 남자 애들한테 존경도 받았다. 옷차림도 괜찮았다(최신 유행하는 상표를 입지 않았지만). 그런 애가 나한테 영화 「쥐라기 공원」을 보러 가자는 걸 보면 미쳐도 단단히 미쳤다. 난 냉큼 좋다고 대답했다. 칼라와 예쁜 여자 애들이 몇 년째 맛본 일에 굶주린 참이었으니까.

다행히 영화에 섹스 장면은 없어서, 미키의 바지 앞쪽을 검사하지 않아도 됐다. 게다가 팝콘(혹은 연필!)을 집으려고 몸을 굽히지도 않았다.

"저기…… 진짜 즐거웠어."

우리 집 앞에서 미키 밀스가 더듬더듬 말했다. 미키 밀스는 눈을 가늘게 뜨고 여드름 자국만 안 보면 그럭저럭 봐줄 만한 외모였다.

"나도 그래. 영화비 내줘서 고마워."

"음, 팝콘 사 줘서 고마웠어."

미키 밀스가 말했다. 그가 내게 가까이 다가와서 눈을 꾹 감았다. 지난번 변비에 걸렸을 때 나도 그렇게 눈을 질끈 감았는데.

"뭐 하는 거야?"

내가 물었다.

미키 밀스가 눈을 떴다.

"너한테…… 키스하려던 참이거든?"

우리는 한참 동안 서로 쳐다보았고, 결국 내가 다가가서 축축한 키스를 퍼부었다……. 그의 뺨에.

"잘 가!"

내가 말했다. 벌써 열쇠가 다 돌아갔다. 콩닥거리는 가슴으로 계단을 올라갔다. 입술이 귀에 걸려서는.

비디오 레이저 디스크나 그런 것 이후로 최고인 사람을 발견했다고 생각할지 모르겠다. 하지만 처음으로 특별한 관심을 보이거나 머리를 칭찬해 주는 사람이 최고는 아니란다. 네 아름다운 머릿결이나 예쁜 웃음이나 계산기 없이도 암산하는 실력을(그럴 줄 알지?) 칭찬해 줄 남자는 앞으로도 얼마든지 많을 거야. 게다가 그가 진짜 '제짝'이라면 어찌 되어도 둘은 만나게 되어 있단다. 나중에. 아주 나중에. 말하자면 서른여섯 살쯤? 인심 썼다, 서른 살쯤!

학교에 갈 때까지 열네 시간이나 남았는데, 칼라에게 전화해서 소식을 전하고 싶어 좀이 쑤셨다.

내가 수화기를 내려놓는 순간, 엄마가 나타났다.

"둘이 매일 붙어 다니고, 또 옆집에 살잖아. 그런데도 전화를 해야 하니? 난 돈을 찍어 내는 사람이 아니다."

엄마가 신음 소리를 냈다. 엄마는 낡은 잠옷 차림으로 코코아 잔을 들고 있었다.

나이 들수록 창피스러운 일도 많아진단다

"할 얘기가 많아서요, 엄마. 엄마는 이해 못할 거예요!"

내가 맞받아쳤다.

"저녁에 즐거운 시간을 보냈니?"

"네?"

내가 멋쩍게 물었다.

"남자 애랑 만날 거라고 짐작했는데."

당황스러운 마음에 얼굴이 홍당무가 되었다.

"그냥 친구예요, 엄마."

"친구는 코리지. 그런데 이 아이도 친구구나, 그렇지?"

갑자기 침대로 뛰어 들어가서, 반갑지 않은 심문을 피하고 싶었다.

"그건 아니고요. 엄마, 저 진짜 피곤해요."

"알았다. 하지만 나한테는…… 무슨 말이든 해도 된다는 걸 알아 두렴."

"네."

난 벌써 숨기고 있는걸.

"데려오고 싶으면 집에 데려오렴. 내가 식사를 차려 주마. 도미랑 밥 정도면?"

차라리 내 손에 장을 지지지. 나는 고개를 끄덕이고 위층으로 뛰어 올라갔다. 꿈에서 초록색 공룡으로부터 날 구해 주는 미키를 만나려고.

학교에서 칼라와 데이트에 대해 엄청나게 수다를 떨고, 저녁에 그 애 집에 가서 같은 얘기를 또 했다.

"진짜 끝내 준다!"

칼라가 흥분해서 말했다.

"나도 알아!"

"알다니 뭘?"

코리가 물었다. 그는 학교를 졸업한 후 하룻밤 새에 성숙해진 것 같았다. 안달하는 고릴라 같던 걸음걸이가 남자답게 씩씩해졌다. 또 일자형 청바지를 입고 있었다.

"상관 마셔!"

내가 말했다.

"아냐, 계속해 봐!"

코리가 다섯 살 아이 같은 말투로 졸라 댔다.

"루이스에게 남자친구가 생겼어!"

칼라가 말했다.

내가 칼라의 발을 밟았다.

"아야!"

"누군데?"

코리가 물었다.

"왜?"

"내가 아는 사람인가 해서."

코리가 대답했다.

"오빠는 몰라. 우리 학년이니까 신경 끊으셔!"

"그냥 궁금해서 물어본 거야…… 그뿐이라고!"

"궁금하다니 뭐가?"

칼라가 물었다.

"후진 놈인지 아닌지."

코리가 나가자, 우리는 다시 수다를 떨기 시작했다. 단짝 친구와 함께 나눌 공동의 화제가 생기니 정말 기분이 좋았다. 시간이 흐르면서, 미키 밀스랑 같이 있는 것보다 칼라와 연애 이야기를 하는 게 더 재미있었다. 가까이 있을 때면 미키 밀스한테서 입 냄새가 났다. 난 절대 키스하지 않으리란 것을 알았다. 결국 미키 밀스는 내가 '진한' 키스를 거부한다면서 날 차 버렸다. 그러나 솔직히 속이 시원했다.

# 어떤 일이든 좋은 방법과 나쁜 방법은 모두 있어

떠나느냐, 마느냐?

아마 학교가 싫을 테고, 모든 규칙의 굴레에서 벗어나고 싶어 안달이 날 테지. 지긋지긋한 급식은 말할 것도 없고. 하지만 루이스, 식스 폼 과정을 이수하거나 대학 진학에 대해 신중하게 생각해 보렴. 공부를 더 하도록 해. 명심해라, 그러면 기회가 많아진다는 것을.

'식스 폼 칼리지'*는 중등학교와는 분위기가 다르고 특권도 많다. 가장 좋은 점은 교복을 안 입는 것과 진짜 쿨한 남자 애들을 매일 부딪친다는 것. 관심 가는 남자가 있다는 얘긴 아니고. 언제나 걸신들린 남자들을 불러 모으는 사람은 단짝친구 칼라였고, 앞으로도 그럴 터였다. 칼라는 아주 특

---

* 대학 입학시험 A레벨을 준비하는 학교.

별한 모습으로 변했다 — 날씬한 허리, 큰 가슴, 섹시한 만화 캐릭터 제시카 래빗 같은 오만한 걸음걸이. 정말 끝내 줬다. 가게 주인 탤리 아저씨도 콜라 큐브라는 사탕을 담으면서 이상한 눈으로 칼라를 쳐다보기 시작했다. 나는 청바지 차림을 즐겼지만, 칼라는 데이지 듀크*처럼 입고(아주 짧은 팬츠 차림) 엉덩이 경쟁이라도 벌이려는 것 같았다. 따라서 칼리지 상급반의 상냥한 안트완 리처드와 내내도록은 아니지만 자주 어울리는 것도 놀랄 일이 아니었다. 또다시 나는 이런 상황에 익숙해졌고, 마음 쓰지도 않았다. 그러던 어느 날, 칼라의 집에 갔더니 코리가 문을 열어 주었다.

"칼라는 어떤 남자 애랑 나갔는데."

코리가 말했다. 무척 오랜만에 그를 보았다. 열여덟 살이다 된 그는 무척 어른스러워진 것 같았다. 아트 칼리지 학생이고, 스쿠터를 타고 다녔다. 또 염소수염을 기르고 제법 인상적인 모습으로 변해 있었다. 최근에는 금발 미인과 다니는 모습이 목격되기도 했다. 그게 뭐 신경 쓰인다는 얘기는 아니고.

"안트완 때문에 벌써 두 번씩이나 칼라한테 바람맞았어!"

나는 안으로 들어가면서 징징댔다.

"무슨 이름이 그러냐?"

---

* 영화 「해저드 마을의 듀크 가족」에 나오는 인물로 섹시한 캐릭터이다.

코리가 어디선가 담배를 꺼내 내밀었다.

"아니, 됐어. 담배 안 피워."

"그럼 나도 안 피울게!"

그는 담배를 내던지며 말했다.

"칼라가 여섯 시까지는 집에 오겠다고 했거든."

나는 쓸데없는 말을 늘어놓았다.

"네가 왜 내 동생한테 신경 쓰는지 모르겠다."

아빠가 그러라고 했으니까, 하며 쏘아붙이고 싶었다.

코리가 부엌으로 사라졌다.

"다들 어디 가셨어?"

내가 소리쳤다.

"엄마랑 아빠는 극장 가셨어. 집엔 나만 있어."

그가 맥주 캔 두 개를 들고 나타났다. 나는 평소처럼 TV 앞에 자리를 잡았다. 코리가 맥주를 던졌지만 난 못 받았다.

"아직도 못 받는구나, 보따리. 진짜 못 받는다."

그는 끔찍한 체하면서 고개를 저었고, 나는 손가락질 욕으로 맞받았다.

"그래 어떻게 지내니?"

"잘 지내."

"아직도 멍청이랑 만나냐?"

"미키 말이야? 옛날 옛적 얘기지."

"그 후론 아무도 안 만나?"

나는 못 들은 체하고 맥주를 홀짝이기 시작했다. 메스꺼운 맛이었다(코리한테 그런 말은 하지 않을 테지만).

"칼리지는 어때?"

"미술 강좌가 정말 재미있어……."

코리가 싱긋 웃자 보조개가 패었다. 그가 말을 하자, 나는 '심오한' 얘기는 묻지 않아 주기를 바랐다. 코리는 아트 칼리지에 다녔고…… 미술을 공부했다. 반면 나는 동네 '식스폼' 칼리지에서 A레벨 과정 영어와 컴퓨터를 배웠다. 그의 친구들은 미술 하는 사람들이지만, 내 유일한 친구는 칼라였다. 대화를 나눌수록, 우리에게 공통점이 없다는(칼라를 제외하면) 사실이 드러날 터였다. 그게 속상했다.

"음악도."

코리가 미소를 지으며 말했다.

"음악이 어떤데?"

"아직도 LL 쿨 J를 좋아하니?"

"약간은……."

"내가 준 테이프 기억나니?"

"어디 뒀는지 몰라. 오래전이어서."

"난 2번 트랙을 들을 때마다 네 생각을 했는데. 내가 가장 좋아하는 앨범이었거든."

"기억 안 나는데."

내가 얼른 대답했다.

"2번 트랙 말이야?"

"응, 아마 찬장에 있을 거야."

맥주를 홀짝이자, 혀의 가장자리에 묻은 거품이 이상했다. 얼른 삼켰는데, 갑자기 사레가 들린 것 같았다. 목구멍 뒤쪽으로 맞지 않는 게 넘어간 느낌이랄까.

"괜찮아?"

코리가 물었다.

"어어!"

나는 목을 개운하게 하려 했지만 잘되지 않아서 버둥댔다. 계속 기침이 나와서 당황스러웠다. 내가 계속 캑캑대고 있자, 코리가 일어나서 내 뒤로 왔다.

"그냥 뱉어 버려, 알겠어?"

그러고는 내 어깨를 두드렸다.

사레는 시작될 때처럼 갑자기 가라앉았고, 코리가 그대로 곁에 있어 나는 얌전을 떨며 체면을 차리려 했다.

"이제 정말 괜찮아."

"알아, 보따리."

그가 뻣뻣한 어깨를 주무르며 대답했다. 내 뻣뻣한 어깨를. 그의 행동에 갑자기 얼어붙었다. 몸을 빼고 싶은 것은 아니었다. 아니, 몸을 돌려…… 키스하고 싶었다. 그의 숨소리만 들렸다. 난 충격 때문에 오래전부터 숨을 못 쉬었으니까. 어쩐다? 어떻게 한다? 어떻게 해야 하나요, 아빠?

어떤 일이든 좋은 방법과 나쁜 방법은 모두 있어

"돌아봐……."

코리의 목소리는 평소와 달랐다. 쉰 소리. 다급했다. 나는 일어나서 그를 마주 보았고, 그때 일이 벌어졌다. 내 입술이 그의 입술에 닿았다. 무일푼인 사람이 금을 캐듯이 맥주 맛이 나는 혀가 내 이 주위를 헤집었다. 아침에 3분 동안 양치질 할 걸, 후회스러웠다. 또 TV 음악 프로그램「톱 오브 더 팝스」의 테마곡 말고 낭만적인 음악이 배경에 깔렸으면 좋았으련만. 나중에 회고할 때 최고의 키스는 아닐 테지만, 열일곱 살이란 '삭은' 나이에 한 첫 키스로 기억될 터였다.

나중엔 아무 말도 나오지 않았다. 단짝친구의 오빠랑 키스하다니, 맙소사!

"맥주 더 마실래?"

코리가 담담하게 물었다.

그래서 그날 밤, 우리는 TV 드라마「이스트엔더스」를 보면서 맥주를 조금 마셨고, 아홉 시에 부모님이 외출에서 돌아오시자 코리는 맥주 캔을 숨겼다.

아빠는 '기타' 항목에 키스에 대해 적었다. 나는 집에 오자마자 콩닥대는 가슴으로 얼른 매뉴얼을 펼쳤다.

기타: **첫 키스**

이 항목을 어디 넣어야 할지 가늠이 안 되더라. 그래서 '기타'에 넣기로 했다. 내 뜻대로 하려 했다면 이런 항목은 넣지도 않았을 거야. 어떤 자식이 너랑 키스하는 게 싫거든. 하지만 네가 아이들을 낳아 키우고 가족과 함께 나이 들어 가길 바라는 내 꿈이 이루어지려면 키스 정도는 해야겠지.

그래서 말이지…….

자, 시작한다(심호흡을 크게 하렴. 후유).

너의 첫 키스.

벌써 했거나 곧 하게 될 테지. 내가 할 수 있는 말은, 그 첫 키스란 게…… 실은 별것 아니란다. 좋은(혹은 나쁜) 소식은 연습하면 아주 나아진다는 것이지. 처음에는 치아랑 입술이 부딪치기만 하고, 입 냄새가 신경 쓰이지. 아니, 나만의 경험일 수도 있으려나? 네 경험은 마법과 같을 수도 있겠구나. 신데렐라가 왕자님을 만난 것 같은.

명심하렴, 키스를 즐겨라……. 하지만 너무 많이는 말고!


그래서 아빠가 시키는 대로 했다.

나는 침대 협탁 위로 몸을 숙이고 빙긋 웃으며, 미소 짓는 아빠를 바라보았다. 너무 난처해서 아빠를 쳐다보기가 힘들었다. 아무튼 키스의 처녀성이 깨졌으니까 말이지.

칼라에게는 말하지 않기로 했다. 칼라는 코리와 내 관계가 변한 것을 알아차리지 못할 터였다. 우리는 칼라가 방에서 나갈 때까지 기다렸다가 얼른 키스를 나누었으니까. 일요일엔 점심 식탁에 마주 앉아 서로 쳐다보았다. 한번은 칼라의 엄마가 립스틱 색상 이야기를 하는데, 식탁 밑으로 손을 잡기도 했다. 짜릿한 순간을 맞으면 유행가 가사가 모두 그럴듯하게 들렸다. 하지만 집에 와서 곰인형을 옆에 끼고 침대에 앉으면, 내가 코리에 대해 왜 '그런 식'으로 생각하는지 혼란스러웠다. 어릴 때부터 그를 알았고 만났다……. 단짝친구의 짜증 나는 오빠였고. 이제 모든 게 뒤죽박죽이 되었다. 근사하고 으스스하고, 미칠 것 같고 짜릿하고. 하지만 무엇보다도 근사한 기분이 가장 컸다.

"언제부터 나를 두고 상상하기 시작했니?"

'레인스 생선 튀김집'에서 가족이 먹을 음식을 사 가지고 오면서 코리가 물었다.

"그런 적 없는데!"

"뭐야? 한 번도?"

"왕자병인가 봐."

"뭐라고?"

"왕자병에 단단히 걸렸다고."

코리가 내 손을 잡자, 기분 좋게 찌르르 전기가 흐르는 것 같았다.

"계속해 봐, 보따리!"

나는 장난스럽게 손을 뺐다.

"우리 이야기를 모두에게 해 버릴 테야."

그의 말에 내 가슴이 터질 것 같았다.

"오늘은 안 그럴 거지?"

나는 아직 모두에게 알릴 마음의 준비가 되어있지 않았다. '매뉴얼'처럼 이것도 다른 사람과는 관계없는 일이었다. 또 이런 감정을 최대한 오래 간직하고 싶었다. 일이 어긋날 가능성이 생기기 전에.


어느 날 저녁 칼라가 안트완과 스케이트를 타러 갔을 때, 코리와 나는 소파에 앉아 TV를 보고 있었다.

"얘들아, 안녕!"

우리는 고개를 들었다. 칼라의 엄마가 환하게 웃으며 들어왔다. 코리와 나는 동시에 벌떡 일어났다.

"엄마!"

"긴장 풀어라, 뭔가 있다는 걸 벌써 눈치 챘으니까."

칼라의 엄마는 실크 핸드백을 소파에 놓았다. 우리가 앉아서 소파는 아직 따뜻했다.

"나랑 아빠가 그런 눈치도 없는 줄 아니?"

이제 칼라에게 사실을 털어놓을 수 있다는 게 안심되어 나는 빙긋 웃었다. 칼라도 엄마처럼 잘 받아들여 주면 좋을 텐데. 이렇게 그 애 오빠와 사랑에 빠진 게 옳은 일을 하는 것 같았고, 코리도 나를 데려다 주면서 그렇게 느끼는 것 같았다.

"하지만 당장은 기다려 보자. 엄마는 아무 말도 안 하실 거야."


어떤 일이든 좋은 방법과 나쁜 방법은 모두 있어

"왜 기다려? 칼라도 좋게 볼 텐데."

나는 잔뜩 겁을 먹었다.

"주말까지만 기다려 보자고."

우리는 문간에서 키스했다. 마법 같은 키스였고, 내게는 금세 잊혀지지 않을 키스였다.


네가 그 녀석을 진짜 좋아한다는 걸 알지만, 모든 걸 천천히 가져가야 한다는 걸 명심해라. 정말 천천히, 달팽이가 맥주를 큰 잔으로 마시면서 다른 달팽이를 유모차에 태워 밀고 가는 것처럼 느릿느릿⋯⋯. 그 녀석이 네가 꺼리는 곳을 만지려 하면 꺼지라고 말해. 네가 아빠한테 말할 거고, 그러면 아빠가 귀신이 되어 붙어 다닐 거라고 말해 줘.

너무 서둘러 관계를 진척시키려 든다면 그만한 가치가 없는 녀석이란다. 네가 그 녀석을 얼마나 좋아하든 간에, 네 마음이 불편한 일은 절대로 하지 마라. 좋은 사람이라면, 너와 네 바람을 존중할 거야. 내가 남자 애들의 호르몬과 티백에 대해 한 말 기억하지? 그건 언제나 유효하니까, 항상 그 점을 염두에 두렴. 솔직히 이런 일에서 난 별로 도움이 안 된단다⋯⋯. 그러니 이 문제는 엄마랑 얘기하는 편이 좋을 거야. 혹은 단짝친구와 의논해도 좋겠지. 그러면 상황을 더 명확하게 볼 수 있단다.


'엄마' 말이 나오자 나는 긴장했다. 엄마한테 코리 이야기를 하느니 차라리 내 손에 장을 지지는 편이……

그날 밤 숙제를 놓고 씨름하는데 마음은 온통 코리에게 쏠렸다. 우리가 같이할 일들. 그가 나를 얼마나 행복하게 하는지. 아빠가 말한 것과는 달리, 오랫동안 친구였던 게 중요한 의미가 있는 듯했다. 이제는 비밀로 하지 않아도 된다는 것…… 손을 잡고, 같이 있고……. 내가 데이트 신청을 해도 좋을지 궁금해졌다. 데이트다운 데이트. 처음으로 공공연하게 나서는 날 말이지.

**기타: 남자한테 데이트 신청을 해도 될까?**

그렇다.

내가 살던 때와는 시절이 달라졌지(이런, 너도 들었지? 내가 꼭 할아버지처럼 말하는구나). 하지만 잘 알아 두렴. 여자가 데이트 신청을 해도 좋은 방법과 나쁜 방법이 있단다. 꽤 까다로울 수 있지. 섬세하게 접근하렴. 먼저 하고 싶은 것을 말한 다음에, 예를 들면 '영화 보러 가고 싶어?'라고 말하고 나서, 영화는 남자가 고르게 하렴. 혹은 햄버거집에 간다면, 어떤 집에 갈지는 남자가 선택하게 해. 우리 남자들은 여전히 남자답고 싶어 하거든. 그러나 남자는 여자한테 데이트 신청받는 것을 싫어한다는 말은 귀담아듣지 마라. 그건 완전 엉터리니까! 여자가 남자한테 데이트 신청하는 일이 워낙 드물어서, 신청을 받은 남자는 으쓱할 거야. 내 말을 믿으렴. 한번 해 보시지, 아가씨. 네 신청을 거절한다면 머리가 돈 녀석일 거야!

어떤 일이든 좋은 방법과 나쁜 방법은 모두 있어

갑자기 자신감 백배가 되어, 다음 날 칼라의 집에 갔다. 칼라의 엄마가 눈물을 철철 흘리며 나왔다.

"무슨 일 있어요?"

나는 놀라서 물었다. 칼라나 코리가 흉기에 찔려 쓰러진 풍경을 상상했다.

"아니!"

칼라의 엄마가 훌쩍거리더니 코를 풀었다. 두근대는 가슴으로 거실로 들어갔다. 다행히 코리는 살아서 허공에 대고 주먹질을 했고, 칼라는 아버지의 숱 없는 머리를 만지작댔다. 특별할 게 없었다.

"코리가 좋은 아트 칼리지에 들어가게 됐대!"

칼라가 무심히 말했다.

나는 코리에게 몸을 돌렸다.

"축하해!"

그의 품에 뛰어들어 뽀뽀를 퍼붓고 싶은 걸, 가까스로 참았다.

"그래, 보따리."

"정말 좋겠다. 그러고 싶어 한다는 걸 알았어."

"그래……. 한데……."

"어디 있는 학교인지 말했니?"

칼라의 엄마가 훌쩍이며 물었다.

"당신 너무 그럴 것 없어. 최고로 좋은 학교인걸."

칼라의 아버지가 말했다.

"어디 있는 학교인데요?"

"잘난 프랑스!"

칼라가 말했다.

나는 설명을 듣고 싶어 코리를 쳐다봤지만, 그는 자축하는 기분에 완전히 빠져서 실실 웃기만 했다.

"프랑스?"

카펫에 구멍이 뚫려서 쑥 빠지고 싶은 기분이었지만, 당연히 그런 일은 없었다. 나는 칼라의 엄마가 너무한 일이라고 푸념하는 소리를 들었다. 같이 하소연하고 싶었다.

"잘됐네! 정말 잘됐어. 잘되어서 좋네."

나는 가까스로 중얼댔다.

얼마 후 내가 복도에 서 있을 때, 코리가 나와서 말했다.

"미안해."

"그럴 것 없어, 코리."

나는 부드럽게 속삭이고 집으로 돌아왔다.

내 방에서 코리가 준 LL 쿨 J 앨범의 2번 트랙 노래를 들었다. 「어라운드 더 웨이 걸」이 방 안에 울려 퍼졌다.

내가 가장 좋아하는 노래였다.

어떤 일이든 좋은 방법과 나쁜 방법은 모두 있어

{ 열여덟 살에서 스물한 살, 딸에게 보내는 메시지 }

지금이 너한테는 최고의 시기야!

날 사랑한다면 넌 기다려 줄 거야

젊은이답게 보내렴

또 아직 여권을 만들지 않았으면 꼭 만들도록 해라. 운전을 배우고
매달 조금씩 저축하렴. '우리 노친네가 무슨 말을 하는 거야?'
라는 생각이 들겠지만, 내 말을 믿으렴.
언젠가 그런 것들이 있으면 편리할 때가 온단다.

― 「지금이 너한테는 최고의 시기야」 중에서

# 지금이 너한테는 최고의 시기야!

내 딸내미가 열여덟 살이라니! 야아! 넌 이미 5년 전에 어른이 됐다고 생각했겠지만, 이제 정식으로 여성이 되었구나. 기분이 어떠니? 사실 어제와 다를 게 없겠지. 열여덟 살이 되면 대단할 것 같지만, 막상 그날이 오면 열일곱 살 때와 똑같다는 걸 알게 되지.

그래, 그렇다니까!

**이건 대단한 일이야.**

큰일이지. 엄마가 큰 파티를 열어 주겠구나. 아니면 친구들이랑 (바라기는 처음으로) 합법적으로 술을 마시러 갈 테고. 뭘 하든 기억에 남는 날이 되길 바란다. 신나게 지내되 과음하지는 말고, 알겠지?

루이스, 이제 넌 열여덟 살이 됐으니, 네가 하는 일을 더 주도할 테고 그런 권리를 잘 이용하기 바란다. 예컨대 선거 때가 되면 꼭 투표하렴. 십대 후반 아이들이 '그래 봤자 달라질 게 있나'라고 반항하지만 그러지 마라. 사람들이 투표권을 얻어 내려고 자기 목숨을 버리는 나라들도 있단다.

또 아직 여권을 만들지 않았다면 꼭 만들도록 해라. 운전을 배우고 매달 조금씩 저축하렴. '우리 노친네가 무슨 말을 하는 거야?'라는 생각이 들겠지만, 내 말을 믿으렴. 언젠가 그런 것들이 있으면 편리할 때가 온단다.

일요일에 코리는 아버지가 운전하는 차를 타고 유로스타를 타러 갔다. 하늘은 비가 뿌릴 듯 잔뜩 찌푸렸다. 차가 우리가 늘 가던 '레인스 생선 튀김집' 앞과 유원지를 지나 큰길로 사라지자, 칼라의 엄마는 눈물을 찍어 냈다. 오빠가 떠나자, 칼라는 평소 성격과는 다르게 속상해하면서, 적어도 잠자리에 들 때까지는 눈물을 참으려고 애썼다. 나는 칼라의 등을 토닥이면서, 바깥세상으로 가는 코리에게 손을 흔들었다. 윗입술이 굳었다. 첫 키스한 남자가 떠난 것은 '정리가 끝났고', 내일도 비가 올지 안 올지만 궁금했다.

전날 밤 칼라의 엄마가 마련한 송별회에서 차분히 작별하고 상황을 받아들였다. 코리는 가족과 초대한 친구들을 챙기느라 내겐 별말 하지 않았다. 그는 계속 연락하겠다고 했다. 편지를 보내겠다고. 하지만 나는 그 자리에서 마음을 접었다. 바깥 세계에 ─ 코리를 포함해서 ─ 그와 끝냈다고 말했으니까. 그렇지?

"행복해."

지금이 너한테는 최고의 시기야!

나는 말했다. 코리가 그렇게 보였으니까. 그가 뭐라 말하려고 하는데, 그의 엄마가 울면서 부엌으로 데려갔다. 케이크가 어떻다면서. 내 기분은 조금도 중요하지 않다는 듯 말이지. 내가 중요하지 않다는 듯이.

이미 말했듯이 코리랑은 끝냈다. 이 순간 전에 이미 접었다. 어쩌면 처음으로 키스하던 날 끝냈던 거야.

걱정할 것 없어, 내겐 아빠가 있으니까. 공부할 것도 산더미고 운전 교습도 받아야 했다. 또 어떻게 살아야 할지 장래에 대해서도 생각해야 했다. 대학 진학이냐(싫어) 월급을 절반만 받고 안정된 직장 생활을 하느냐 사이에서 마음이 계속 변했다.

코리랑은 이미 끝났다고 또다시 다짐했다. 그날 밤, 나는 눈물 젖은 얼굴을 외눈박이 곰인형에 파묻었다.


루이샴에 있는 '프리먼 하디 윌리스' 구두점에 취직했다. 출퇴근 시간이 일정했고, 20퍼센트 할인을 받았는데 나보다 칼라가 더 흥분하는 것 같았다. 솔직히 하루하루가 지루했다. 더운 여름에 사다리를 타고 올라가 '미리암 빨간색 사이즈 5'를 찾아서, 냄새 나는 발에 신기고 까다로운 손님을 상대해야 했다. 하지만 직접 돈을 번다는 만족감은 발 냄새나 무좀을 참게 해 주었다. 칼라도 곧 '근면 정신' 운운하면서 구두 가게와 가까운 백화점에 취직했다. 우리는 점심때 만났고, 퇴근하면 같이 버스를 타고 들어왔다. 코리의 분주한 파리 생활 소식을 듣는 것만 빼면(들을 필요가 없었다. 그가 엽서를 보냈으니까) 칼라와 함께 다니는 것도 좋았다.

보따리에게

파리는 멋져. 얼마나 아름다운 도시인지. 그림을 봐야 하는데. 저번 날에는 루브르 박물관에서 몇 시간이나 보냈어. 거기로 이사할 수 있으면 좋을 텐데! 개선문도 끝내 주는 건축물이야. 모든 게 잘되기를 빈다.

코리 x.(x는 키스라는 뜻)

몇 달 후인 열아홉 살 생일 무렵, 나는 구두점에서 주임으로 승진했고 칼라는 지겹다며 백화점을 그만두었다. 동료들이 시기해서 나를 흉측하게 그린 그림을 떼어 내는 일은 재미없었지만, 그렇다고 구두점을 그만둘 수는 없었다…….

……지금이 너한테는 최고의 시기란다. 책임질 일도 없고, 젊고 자유로우니까. 루이스, 거기서 벗어나 탐험하고 여행하렴. 어디로 가야 할지 도움이 필요하다고? 눈을 감고 하늘과 그 아래 있는 너를 상상해 보렴. 무슨 옷을 입고 있니? (큼직한) 비키니? 가짜 털 코트와 털모자? 어디 있니, 루이스?

한번 그려 봐.

지금이 너한테는 최고의 시기야!

맨발로 해변을 밟고 있니, 아니면 큼직한 하이킹 부츠를 신고 산길을 트레킹하는 중이니? 아프리카, 아시아, 미국, 히말라야? 너는 돈이 없는 나이여서 많은 것을 할 형편이 아니겠지. 그런데 아이러니하게도 이때가 여행하기에 가장 좋은 시기란다(걱정하지 마라, 나이 들어도 기회는 있을 거야. 하지만 지금의 자유는 아주 귀한 거란다). 대학에 다닌다면 방학이 있겠구나. 토요일에 아르바이트해서 모은 돈으로 떠나렴. 어디든지 가. 세상 구경을 하렴. 남들이 어떻게 사는지 알아봐. 이 세상에는 탐험할 곳이 정말 많지. 난 언제나 '금시계를 사고 은퇴하면 여행해야지'라고 중얼댔단다. 나랑 너랑, 엄마랑 오스트레일리아로 배낭여행을 가고 싶었지. 우린 몇 번인가 그 이야기를 나누기도 했고, 나는 아프리카로 사파리 여행을 가고 싶다고 했어. 그러자 네 엄마는 내가 고양이를 무서워한다는 점을 일깨워 주었지(그래, 네 아빠는 그렇단다). 나는 엄마에게 큰 고양잇과 동물은, 밤에 거리를 돌아다니면서 울어 대고 뭐든 긁어 대는 작은 고양이들과는 다르다는 점을 지적했지. 정말 다르거든. 큰 고양잇과는 남자다운 고양이들이거든! 얘기가 딴 데로 빠졌구나. 요점은 내게는 여행하고 싶은 꿈이 있었고…… 그 꿈들이 어떻게 됐는지 우리 모두 알지. 그때 못한 일은 지금도 못하는 법이거든. 예전에는 내 마음대로 쓸 시간이 아주 많다는 이상하고 불확실한 생각을 했지……. 진짜 난 바보야.

어른이 되는 것은 눈 깜빡할 새 그렇게 되는 것 같아.

내일은 보장 못하니까 오늘을 잘 살려무나. 세상을 봐.

어릴 때 한 여행을 빼면, 난 신혼여행 때 스페인에 가느라 비행기를 타 본 게 고작이었어. 기회 있을 때 더 많이 여행하지 않은 게 너무도 후회스럽구나. 너는 내 말대로 하고, 나처럼 그러지 마라, 루이스.

"좋은 직장을 버리고 석 달 동안이나 미국을 돌아다니겠다니 기가 막혀서!"

엄마는 아무나 붙잡고 푸념을 늘어놓았다. 칼라의 엄마는 우리 부엌에서 빨간 매니큐어를 칠하고, 엄마는 투덜댔다. 나는 차를 준비하고. 나는 인생의 다음 단계가 어떻게 펼쳐질지 궁금했다.

미국.

눈을 감으면 떠오르는 땅은 아니었지만, '점프 아메리카'라는 자선 단체 덕분에 내가 비용을 감당할 수 있는 곳이 미국이었다. 이 단체는 학생들과 젊은이들이 미국을 '탐험'할 수 있게 해 주었다. 내게 석 달간 일자리를 구해 주었고, 할인된 비행기 값만 내면 숙식을 제공해 주었다. 나는 거절될 거라 생각하면서도 지원서를 보냈다. 엄마와 빙고 사나이와 함께 집에서 지내며 TV 드라마 「테리와 준」이나 「장미의 전쟁」을 보며 뒹굴고 싶지 않았다.

"잘 생각한 것 같은걸요!"

칼라의 엄마가 매니큐어 바른 손톱을 후후 불면서 말했다. 엄마와 나는 자리에 앉았다.

지금이 너한테는 최고의 시기야!

"감사합니다."

내가 인사했다.

"너무 젊을 때 천생연분을 만나서 아이들을 낳지 않았다면, 나도 똑같이 여행했을 거예요. 코리가 그러는 게 정말 반가웠던 것도 그 때문이죠. 가슴이 찢어지긴 하지만요."

나는 코리의 이름이 나오자 눈을 내리깔았고, 칼라의 엄마는 내 쪽으로 알 만하다는 미소를 던졌다. 우리의 '작은 비밀'을 안다는 거겠지. 난 엄마가 예전에 아빠랑 오스트레일리아에 가려고 계획했던 일을 말하기를 바랐다. 하지만 엄마는 고개를 끄덕이면서, 옆집 부인의 매니큐어를 감탄하는 표정만 지었다.

합격 통지서가 도착해 충격을 받았지만 그것도 한순간이었다. 이후 마음이 백만 번도 더 바뀌었다. 그대로 지내는 것과 떠나는 것 사이에서.

"둘이 뭘 할지 계획을 엄청나게 세워 놨는데."

칼라가 징징댔다. 솔직히 죄책감이 밀려왔지만, 엄마와 빙고 사나이가 부엌에서 싸우는 소리를 듣자 죄책감이 싹 사라졌다. 코리가 파리에서 무도회에 간다는 소식을 듣자, 다시 마음이 흔들렸다.

나도 그러고 싶었다.

아빠 말이 옳았다.

# 날 사랑한다면 넌 기다려 줄 거야

연착된 비행 편들과 출발 게이트 변경을 알리는 소란스러운 안내 방송을 들으며 난 잘한 일이라고 스스로를 위로했다. 그리고 그렇다는 걸 알았다.

"자식을 하나 더 떠나보내는 것 같구나!"

포옹하면서 칼라의 엄마가 말했다. 그녀에게서 귤 향내가 풍겼다. 그녀는 짧은 미니스커트 차림이었고, 그 나이에도 사람들이 고개를 돌려 쳐다보았다.

"잘 지내."

나는 칼라의 머리를 흩뜨리면서 말했다. 워싱턴행 비행기가 늦어진다는 방송이 나왔다. 나는 뉴욕으로 가는 길이었고, 스크린에는 내가 탈 비행기가 정시 출발로 나와 있었다.

"잘 가, 루이스. 멋진 선물 사 가지고 올 거지?"

칼라가 말했다.

"어떤 거?"

"글쎄……."

칼라는 만화의 등장인물처럼 예쁜 머리를 긁적거렸다. 머리 위에 커다란 물음표는 없었지만.

"어떤 거?"

나는 답답한 체하며 물었다.

"운동화 정도?"

칼라가 한참을 생각한 후에 말했다. 예쁜 얼굴에 눈물이 맺혔다. 칼라가 우는 모습을 본 적이 없었다. 코리가 떠날 때도 안 울었는데. 코리는 그 잘난 엽서를 두 번 보내더니, 손가락이 부러졌는지 전화도 안 했다.

엄마가 나타났다.

"비행기에서 먹으라고 사탕을 샀다. 귀가 먹먹할 때 도움이 될 거야."

"고마워요, 엄마."

"조심해라. 식사 제대로 하고. 핫도그는 너무 많이 먹지 말고. 도착하자마자 전화해라."

"네, 엄마. 그럴게요."

내가 대답했다. 정말 그럴 작정이었다. 엄마의 초췌한 모습을 보니, 매일 싸움을 거는 빙고 사나이한테 욕이 나왔다. 어젯밤만 해도 두 사람은 대판 싸움을 벌였다. 엄마는 '필요한' 뭔가에 대해 말했고, 빙고 사나이는 '위험 부담' 어쩌고

저쩌고 하면서 부딪쳤다. 나는 엄마의 뺨에 뽀뽀하면서 '다녀오겠습니다'라고 말했다. 칼라 모녀와 다시 한 번 포옹하고, 가방을 끌고 '출발 라운지'로 향했다. 그러곤 미지의 세계로 들어갔다.

검색, 여권 검사, 보딩 게이트. 유로스타를 타고 프랑스로 수학여행을 간 것과 몇 년 전 칼라네 가족과 바르셀로나에 간 것을 빼면, 혼자 하는 여행이라 조금은 초조했다.

비행기 좌석에 앉아 안전띠를 매자, 남아 있던 영국과 코리 생각은 솜사탕 같은 구름 속으로 사라졌다. 그리고 초조와 흥분의 경계를 넘어섰다. 첫 번째 기내 식사를 끝내고는, 기분 좋은 잠에 빠져 아빠 꿈을 꾸었다. 아빠는 나를 얼마나 대견해하실까.

버스가 공항을 빠져나가 우리가 묵을 맨해튼의 호텔로 향했다. 모든 게 얼마나 다르고 독특한지 놀라웠다. 넓은 도로들, 큰 차들, '걸으시오'란 글자와 보행자 그림이 번갈아 들어오는 신호등. 모퉁이를 돌면 상점이 있었다. 식당은 또 얼마나 많은지. 한 남자가 개를 산책시켰고, 노부인은 흔들거리는 수레를 밀고 지나갔다. 모두들 뭔가 밀면서 걸었다.

운전사가 '빅 애플*에 오신 것을 환영합니다'라고 말하자, 모험을 시작한 사람들로 꽉 찬 버스에서 요란한 박수가

* 뉴욕을 상징하는 말.

터져 나왔다.

나는 이토록 행복할 수가 없었다.

그해 여름에 뉴욕의 멋진 것들을 다 맛볼 만한 돈을 벌지 못한다는 것을 알았다. 그래도 TV 프로그램에서 구경만 하던 곳에 있다는 걸로 충분했다. 당장은 그랬다.

'점프 아메리카'는 나와 몇 명을 멋진 맨해튼 호텔에 투숙시켜 주었다. 다음 날 아침에는 팬케이크와 와플로 푸짐하게 식사했다. 순진하게도 나는 석 달 내내 똑같이 보낼 거라고 짐작했다. 빠르게 돌아가는 대도시에서 화려하게 보낼 거라고. 하지만 다음 날 우리는 기가 막히게 더운 버스에 태워져서 허드슨 강을 따라 뉴저지로 갔다. 뉴욕에서 몇 시간 달려가니, 아찔한 마천루 대신 소똥 냄새와 초록색 세상이 내 앞에 나타났다. 내가 버스에서 내리자 자그마한 여자가 다가왔다. 작은 코에 쪼그마한 안경을 걸치고, 무릎 바로 위까지 오는 카키색 반바지를 입고 있었다.

"안녕하세요. 우리 농장에 오신 것을 환영합니다!"

여자는 내가 백만 달러짜리 복권에라도 당첨된 것처럼 소리를 질렀다.

"감사합니다."

내가 말했다. 운전사가 내 가방들을 옆에 내려놓았다. 나는 '차도'라는 길을 낑낑대며 걸었고, 여자는 마이클 잭슨이 헬륨을 마신 것 같은 목소리로 재잘댔다. '농장'의 역사가 깊어서(엄청나게 드넓은 벌판에 숲만 있었다) 매년 여름 부모들이 백 명이나 되는 아이들을 보낸다고 했다. 여름 캠프는 미국에서 아주 흔했지만, 여자가 석 달간 내가 지낼 곳을 구경시켜 주었을 때 가슴이 쿵 내려앉았다.

'기숙사'는 어둡고 기능적이었다. 침대에 누우면 나무껍질에 누운 것처럼 등이 배겼다.

"괜찮겠어요?"

여자가 물었다.

"네, 감사합니다."

나는 하품을 참았다.

내가 가방을 열자 여자는 고음으로 말했다.

"마지막으로 도착한 거예요. 나는 가 볼 테니까 짐을 풀도록 해요. 하지만 15분 후에는 아래층에 내려와서 저녁 식사를 해요."

나는 새로 지내게 된 곳을 둘러보았다. 간소하게 꾸며진 방에서 퀴퀴한 냄새가 났다. 이내 짜증이 날 것 같았다. 세상에서 가장 불편한 침대에 누워 천장을 보니, 금이 간 데가 적어도 두 군데나 되었다. 작은 가방에서 '매뉴얼'을 꺼내 가슴에 꼭 안았다. 그러면 금방 괜찮아질 듯싶었다.

그런데 그게 아니었다.

첫날 아침은 끔찍했다. 20명쯤 되는 사람들 속에서 내 이름과 좋아하는 동물, 왜 여름 캠프에 왔는지를 말해야 했다.

더 끔찍한 일은 아이들에게도 소개하는 것이었다. 아이들 99 퍼센트는 부유한 가정 출신으로, 부모들이 조용히 살려고 캠프에 보낸 것이었다. 곧 그 이유를 알 수 있었다. 끝없이 싸우고 고집을 부리는 바람에 캠프 '카운슬러'들이 진땀을 빼야 했다. 다행히 내 임무는 관리실에 한정되어, 아수라장에서 벗어나 지냈다. 전화를 받고, 식재료를 주문하고 타자 치는 일을 했다.

열아홉 살 정도인 카운슬러들 가운데 마음이 맞는 사람은 보스턴에서 온 그레그와 시애틀에서 온 에린뿐이었다.

농장에 온 지 2주일 되었을 때, 그레그와 나는 설거지 당번이 되었다.

"이럴 줄 알고 왔어?"

그레그가 물었다. 난 독특한 북쪽 억양에 익숙해졌다.

처음에는 질문이 놀라워서, 생각에 잠겨 냄비를 닦았다.

"꼭 그렇지는 않아. 우선, 청소나 할 줄은 예상도 못했지! 하지만 괜찮아!"

사실 솔직하게 말하자면, 난 즐거운 시간을 보내는 동시에 내 또래들이 꿈만 꾸는 일을 함으로써(냄비 닦는 건 빼고) 아빠의 충고를 충실히 따르고 있었다. 또 냄비도 뭐 미국 냄비니까. 게다가 — 이렇게 생각하긴 싫지만 — 칼라가 없으니 내가 원하는 대로 생활할 소중한 공간을 가질 수 있었다. 아침 여덟 시부터 오후 다섯 시까지 사무실에서 일했고, 저녁 시간에는 캠프 카운슬러들을 도왔다. 소프트볼 경기 규칙을 익히고 애들이랑 모닥불을 피우고 마시멜로를 구워야 할 때도 있었다.

"넌 정말 재미있다."

그레그가 마지막 냄비를 마른행주로 닦으면서 말했다. 그건 내가 할 일이었다. 그는 나를 좋아하기 시작했고, 나는 그가 내 의견을 묻는 게 좋았다. 정치에 대해서나, 복권이 사회 계층들 사이에서 어떻게 탐욕을 키웠느냐에 대해 열정적으로 말하는 게 마음에 들었다. 나는 그레그야말로 칼라가 '심오하다'고 말하는 타입이라고 생각했다. 특별히 잘생긴 외모는 아니었지만 그건 중요하지 않았다. 미소가 진심이고 따뜻했으니까. 코리의 미소와 비슷했지만 보조개는 없었다.

"루이스……."

"응?"

나는 쭈그리고 앉아 찬장에 냄비를 넣으면서 대꾸했다.

"나……."

그가 운을 뗐을 때 에린이 나타났다.

"이봐, 둘 다 서두르라고! 5분 후에 내가 애들한테 책을 읽어 줄 거거든."

에린이 말했다. 금발과 하얀 치아. 나는 에린이 예쁜 어린이 대회에서 열두어 번은 입상했을 거라고 상상했다.

"피가 난무하는 이야기를 또 들어야 하나?"

나는 징징대는 체했다.

"아니, 이번에는 멋진 이야기야."

에린은 내게 윙크를 던졌다. 그녀가 다시 말했다.

"둘 다 이따 보자고!"

내가 윙크의 의미를 파악하기도 전에 에린이 가버렸다.

"나는 네가 좋아, 루이스."

그레그가 말했다.

"나도 네가 좋아."

나는 커다란 싱크대 가장자리에 커다란 행주를 접어 놓았다. 미국은 뭐든지 큼직했다.

"넌 달라."

그레그가 말했다.

"너도 그래. 사실 이 모든 경험이 색다르지!"

나는 흥에 겨운 나머지 활달한 몸짓을 하며 대꾸했다. 갑자기 큰 미국의 주방에서 모르는 사람들을 위해 설거지를 하는 게 정말 자유롭고, 정말 행복하게 느껴졌다. 그때 그 순간에 세상에서 가장 있고 싶은 곳이 바로 여기였다. 그레그가 내게 몸을 돌리고, 세제 묻은 손으로 내 턱을 잡았지만 난 꺼리지 않았다. 그때 그가 진짜 이상한 짓을 했다. 내 쪽으로 머리를 당기더니 입술에 축축한 키스를 했다. 처음에는 기분이 이상해서 놀랐다. 코리와의 입맞춤처럼 사랑스럽지도, 혀로 하는 키스도 아니었지만 위로가 되었다.

"미안……."

그레그는 감전된 사람처럼 홱 물러났다.

"아냐, 괜찮아."

나는 환한 미소를 지었다.


언제나 아침에는 일어나기가 힘들었다. 전날 밤에 지쳤기 때문이었다. 여섯 시에 일어나 주방장과 함께 아이들의 아침 식사를 준비했다. 카누와 농구 같은 '놀이' 준비를 도와준 다음 사무를 보았다. 배달부들을 만나고 배송장을 받고. 하지만 첫 달이 끝날 즈음, 농장은 내게 집이 되었다. 에린과 그레그는 단짝친구들이었다. 아쉽게도 여행을 떠나기 전에 바랐던 것처럼 미국을 많이 보지는 못했다. 일주일에 하루인 휴일에는 그레이하운드 버스를 타고 뉴욕에 가서, 상점 구경을 하고 햄버거를 먹었다.

"정말 그레그가 좋은 거야, 응?"

어느 날 저녁 에린이 물었다. 열세 살짜리들과 카누를 타느라 고단한 하루를 보내고 쉴 때였다. 그레그는 간식을 가지러 창고에 가고 없었다.

"그레그도 괜찮지……."

나는 당황해서 말을 질질 끌었다. 전날 쓴 엽서들을 만지작댔다. 필로미나 고모(엄마의 결혼식 후로 1년에 두 번밖에 소식을 못 들었지만, 엽서를 보내야 할 것 같았다)에게 한 장, 친할머니에게 한 장(도리인 것 같았다), 엄마에게 한 장, 칼라와 그녀의 가족들에게도 각각 한 장. 물론 거기에는 코리도 포함되었다.

"그럼 그 사람이랑은 끝났어?"

에린이 멋쩍게 물었다.

"누구?"

"프랑스에 산다는 미국 이름을 가진 남자 말이야!"

"코리? 진작에 끝났지. 재미있는 얘기도 아니야!"

그레그가 쿠키와 감자칩을 들고 돌아오는 걸 보고 우리는 일어났다.

"내가 그렇다고 했잖아."

그가 말을 시작했고 에린은 쿠키 상자를 뜯었다. 그레그가 말을 이었다.

"그게 다 대중을 통제하려는 정부의 음모라니까. 우린 천천히 빅 브러더 국가가 되어 가고 있어. 영국도 곧 그렇게 만들 테니 두고 보라고."

나는 그레그를 빤히 쳐다보면서 쿠키를 입에 쏙 넣었다. 도대체 무슨 얘기를 하는지 알 수 없었지만, 중요한 내용 같았다. 또 그는 코리와 만난 후 느끼지 못한 것들을 느끼게 해 주었다.


그동안 '매뉴얼'을 읽을 짬이 없었다. 너무 고단하거나 노느라 바빴다. 혹은 '발음이 너무 귀엽다'라는 말을 수천 번도 더 듣고 웃느라 바빴다. 하지만 어느 날 밤 2주 만에 처음으로 그리움을 느꼈다. 아빠의 이야기가 그리웠다. 그래서 '사랑해요 뉴욕'이라고 적힌 헐렁한 티셔츠를 입고, 책상다리를 하고 앉아 초록색 매뉴얼을 펼쳤다. 아빠의 이야기에 빠져 웃을 준비를 했다. 물론, 아빠의 이야기를 읽으면서 울 때도 있었다. 5분쯤 지났을 때, 문을 두드리는 소리에 아빠와 나, 둘만의 시간이 깨졌다.

"누구세요?"

내가 물었다.

"나야. 그레그야."

그의 목소리를 듣자 배 속이 뻣뻣해졌다. 나는 삐져나온 머리칼을 손질하고 매뉴얼을 베개 밑에 밀어 넣었다.

"들어와."

그레그는 웃통을 벗고 사각팬티만 입고 있었다. 앙상한 가슴에 털이 숭숭 나고, 무릎은 감독관처럼 툭 튀어나와 있었다. 그레그는 내 곁에 앉자마자 키스하기 시작했는데, 이번에는 전보다 열정적인 입맞춤이었다. 나는 어떻게 해야 할지, 무슨 말을 해야 할지 몰라서, 그냥 그가 하는 대로 따라했다. 하지만 단단한 게 허벅지를 누르는 느낌이 들었고, 텐트처럼 솟은 그것이 날 빤히 보는 것을 알았다. 아빠의 도움이 필요했다.

"그레그."

내가 숨을 몰아쉬며 그를 불렀다.

"응?"

"그냥 이야기만 해도 될까?"

"물론이지."

그날 밤 그레그에게 코리 이야기를 하고 말았다. 그는 볼턴에서 데이트했던 옛 여자친구 이야기를 해 주었다.

"글쎄, 내 생각에 코리는 멍청이야. 널 놓치다니."

마음 한구석으로는 코리를 변호하고 싶었다.

"이제 오래전의 일인걸."

"적어도 그건 동의해."

침묵이 흘렀고, 그레그가 다시 키스하기 시작했다.

나는 몸을 뺐다.

"미안해……. 좀 피곤해."

두렵고 혼란스럽고, 어색한 기분이 들었다.

'스무 살이 다 됐는데 아직도 처녀라니!' 라고 외치고 싶었지만 조용히 있었다. 그레그는 실망한 분위기를 풍기며 문으로 향했다.

"알았어, 루이스. 그럼 내일 아침에 봐."

나는 매뉴얼의 몇 년치 내용을 뒤적였다.


기타: **'싫다'고 말하기**

네가 좋아하는 녀석이 마침내 감을 잡고 데이트를 신청했다. 이제 둘은 만나기 시작해서 몇 차례 데이트했다. 그러다 그의 침실에서 키스하고, 녀석은 좀 더 진도를 나가고 싶어 한다. 너는 어떻게 해야 할까?

내 조언: 하지 마라! 하지 마!

그래, 방금 진한 홍차에 브랜디를 좀 뿌리고 심호흡을 크게 했다. 케빈 베이츠는 딸에게 섹스에 대해 이렇게 조언하련다……. 그런데 넌 다섯 살인데? 알아, 안다고. 네가 이 글을 읽을 즈음에는 다섯 살이 아니겠지. 이거 힘든 일이구나, 알겠니? 내가 옆에 있어서 네 남자친구들을 조사하고 째려보지 못하는 게 더 힘들다. 네가 레모네이드를 가지러 가면, 녀석을 한쪽으로 불러서 네가 싫어하는데 손끝이라도 대면 팔을 분질러 버리겠다고 으름장을 놓지 못하는 게 더 속상하구나. 이제 털어놓을 이야기들이 있다. 진지해질 때란다. 난 이 일을 해낼 수 있을 거야.

그래, 해낼 수 있어. 해낼 수 있다고. 난 우드스톡* 시절의 아이였지. 미국에 살았다면 아마 이 유명한 페스티벌을 직접 봤을 거야 (꽤 거리를 두고 봤겠지. 단순히 조사 차원에서 말이지).

이제 본론으로 돌아가자꾸나.

남자친구랑 단둘이 있기 전에, 어떤 것에 동의하고 어떤 것에 동의하지 않을지를 먼저 생각해 두어야 한다. 미리 알아야 대비할 수 있을 테니. 그러니까 손을 잡는 것: 예스. 다른 '신체 접촉': 노. 상대

---

* 1969년 뉴욕 외곽에서 시작된 록 페스티벌로 젊은이의 자유분방함을 상징하는 행사였다.

날 사랑한다면 넌 기다려 줄 거야

에게 이런 한계를 미리 알리는 것도 좋은 방법이지. 두 번째, 녀석의 눈이 이상하게 '번들대는' 것을 알아차릴 때 말하렴. '아니, 난 너랑 자고 싶지 않아'라고 똑똑히 말하는 것을 겁내지 마. 꺼려지는 101가지 이유를 줄줄이 늘어놓을 수도 있겠지. 이유 49: 아직 마음의 준비가 안 됐다. 이유 100: 아빠가 너를 평생토록 귀신이 되어 따라다닐 거다.

키스와 신체 접촉을 완전히 중단함으로써 너의 의사를 분명히 밝히는 것도 좋을 것 같구나. 그래, 다 그만 하는 거야. 녀석이 네 결정을 존중하지 않을 때, 네가 어떻게 해야 하는지 확실해지지. 방에서 나오는 거야. 지금 이 이야기를 털어놓으려니, 특히나 내 딸에게 말해야 하니 창피하다만, 전에 여자친구에게 이런 말을 한 적이 있단다. '네가 날 사랑한다면 하게 해 줘. 알잖아…… 끝까지 가고 싶어……'라고.

옛날 여자친구가 말했지. '널 정말 사랑해. 날 사랑해?'

나는 대답했어. '물론 널 사랑하지. 누구보다 사랑해. 그래서 너랑 이러고 싶은 거라고.' 하지만 그 친구는 멋진 말로 한 방 날렸지. '케빈 베이츠, 날 사랑한다면 넌 기다려 줄 거야……. 그렇지?'

옳은 말씀.


혼란스러웠다. 지금이 그때인지 어떻게 안담? 그레그가 내게 맞는 상대인지 어떻게 알지? 내가 사랑에 빠졌나? 이런 느낌을 맛본 적이 있나? 문득 코리의 이미지가 떠올랐다. 얼른 지워 버렸다.

처음 만났을 때 네 엄마는 얇은 초미니스커트와 굽 높은 부츠 차림이었지. 나는 심하게 흉한 아프로 머리를 해서, 막 전기에 감전된 듯한 모습이었어. 하지만 그건 중요하지 않았지. 네 엄마가 날 바라봤으니까. 심장이 가슴에서 튀어나갈 것 같더구나(사실 다른 것도 튀어나오려 했지만, 너는 지금도 앞으로도 귀염둥이 딸이니 그냥 심장이라고만 해두자). 그 정도로 행복했지.

그녀가 따로 만나겠다고 했을 때, 난 세상에서 가장 운 좋은 남자라는 걸 알았지. 너도 내 웃는 얼굴을 봐야 했는데. 어찌나 좋던지 입이 귀에 걸렸다니까. 또 그녀가 결혼해 주겠다고 했을 때, 이 아름답고 지적인 여인이 여가 이상의 시간을 하찮은 나와 같이하고 싶어한다는 게 어찌나 으쓱하고 행복하던지. 난 지상 최고의 미남도 아니고, 장차 머리가 빠질 게 뻔하고(아버지 덕분에), 때로(특히 한 잔씩 한 다음에는) 사회성이 개코원숭이 정도였지. 그래도 그녀는 나를 원한 거야. 나 역시 그녀를 사랑했고. 정말 많이 사랑했지. 네가 태어났을 때는 월드컵에서 결승 골을 넣은 기분이었단다. 마침내 원하는 모든 것을 얻은 기분이었어. 내가 하려는 말은 이런 거란다. 누가 무슨 말을 하든 간에 누군가 사랑하고 그의 사랑을 받는 것이야말로 네가 바랄 수 있는 가장 아름다운 경험이란다. 또 사랑하는 이에게 그 경험을 빼앗는 것은 온당치 않아. 그러니 장차 네 엄마가 다시 사랑을 찾는다면, 못마땅해하지 마라. 엄마를 지지해 줘. 그 사람을 미워하지 마(그가 네 아빠보다는 약하고 못생겼을 게 뻔하지만). 제발 그 일로 엄마를 못살게 하지 마…….

나는 매뉴얼을 탁 닫아서 침대에 던졌다. 내가 구한 것은 내 얘기와 내가 사랑에 빠지는 것에 대한 답이지 엄마 얘기가 아니었다. 내가 그레그에게 느끼는 감정에 대해 아빠한테 듣고 싶었다. 이게 사랑인지? 그에게 내 처녀성을 주어야 하는지?

침대에 누운 채로 생각에 잠겼다.

자정 무렵 그레그가 문밖에서 조용히 내 이름을 불렀다. 난 들어오게 했다.

"네가 자는지 보려고 왔어."

그가 말했다.

나는 일어나 앉았다.

"아직 안 자."

그레그는 내 손을 잡고 손에 입 맞추었다. 딱 알맞은 때 — 집과 익숙한 것들과 멀리 있을 때 — 작은 몸짓이 큰 의미로 다가왔다.

그날 밤 난 처음으로 사랑을 나누었다.

처녀성을 잃고 나서 딱 집어내기 어려운 변화가 생겼다. 이미 오래전부터 아이처럼 느끼지 않아 그 부분은 크게 달라지지 않았다. 때늦은 반항심이랄까, 아니면 이제 칼라의 그늘에서 살 필요가 없어져서 그런 걸까. 나는 나였다, 루이스. 약간 격해졌다. 통제가 안 된다고 해야 할까. 미국에서는 성년이 되려면 1년이 남았지만, 난 정기적으로 맥주를 홀짝거렸고(맥주 맛이 싫은데도), 내 평생 처음으로 '특별한' 사람이 된 기분을 느꼈다. 가는 곳마다 사람들이 영국식 발음과 걸음걸이에 대해 이야기했다. 영국이 왕자들과 말과 오이 샌드위치로 넘쳐 나는 먼 나라라도 되는 것처럼.

어느 날 밤, 어떤 아이한테 대마초를 압수했다. 반항심은 의기양양한 상태에서 더 나아가 상상도 못해 본 상황으로 빠졌다.

"감독관에게 말할 수도 있는데……."

그레그가 말했다. 우리는 작은 봉지를 쳐다보며, 그것이 불러올 가능한 일들을 떠올렸다. 병, 중독, 퇴출, 영국으로의 수치스러운 강제 송환…….

"아니면 조금 피워 볼 수도 있고, 그렇지?"

에린의 말에 난 놀랐다. 하얀 치아가 누레질 텐데?

"그런데…… 감독관이 알면 어쩌지……? 냄새가 나지 않을까?"

내가 더듬댔다. 세세한 부분을 잘 몰랐다. 몇 번 코리랑 담배를 피워 본 게 전부였으니까.

"겁먹을 것 없어, 루이스. 밖에서 피우면…… 구이 요리를 한 다음에 그러면…… 별일 없을 거야."

에린이 나한테 배운 영국식 억양으로 말했다.

그날 밤 아이들이 침상에서 자야 하지만 다들 규칙 위반을 저지르는 시간, 드디어 에린과 그레그가 불을 댕겼다.

"피워 봐, 좋아!"

에린이 대마초를 입에 물기 전에 말했다. 그녀는 깊이 빨았고, 나는 대마초를 받아서 어색하게 들었다. 다행히 두 사람은 약에 취해 내가 마른 입술에 대마초를 물고 쪽 빠는 광경을 못 보았다. 연기 때문에 콧구멍이 간지러웠다.

"쭉 빨아!"

에린이 채근했다. 나는 시키는 대로 했다.

"연기를 내뿜어야지!"

그레그가 말해서 그대로 했다. 둘은 신경질적이었다. 별로 재미없었다. 목구멍이 화끈대는 것도 불쾌했다. 연신 기침을 하자니 처음 담배를 뻐끔댈 때가 기억났다. 그들을 달래려고 한 모금 더 빨고는 벌렁 누워 버렸다. 그들은 웃음을 터뜨렸고, 몸을 흔들어 가며 낄낄댔다.

기타: **섹스, 마약**

네가 이런 인생의 어두운 면을 접하지 않을 거라 생각할 만큼 나는 순진하지 않단다. 인생에 노란 데이지와 무지개만 있는 게 아니지. 그럴 수 있기를 바라지만 말이다.

이런 것들을 제의받거나 '새롭고', '짜릿한' 일이어서 시도해 봐야 할 것 같다면, 순식간에 내린 섹스와 마약에 관련된 결정이 인생을 영원히 바꿀 수 있다는 점을 명심해라. 그러니 시간을 갖고 네가할 일에 대해 잘 생각해 봐야 한단다. 어떤 결정을 하든 분명한 결과가 따르기 때문이지. 네 가치관, 이 매뉴얼에서 읽은 내용, 자신의 신념이 섹스와 마약에 대한 일들을 처리할 때 도움이 되길 빈다. 하지만 명심하렴.

* 네가 인생에서 원하는 게 뭔지에 초점을 맞춰라.
* 마약은 얼간이들이나 하는 짓이라는 사실을 깨달아라.
* 피임약 복용을 고려해 볼 수도 있겠지.

그날 밤 모두 잠들었을 때, 나는 몰래 부엌으로 가서 저녁 때 먹고 남은 블루베리 파이를 잔뜩 먹었다.
난 블루베리 파이가 싫었다.

돌아가기 일주일 전, 다이애나 비가 죽었다는 소식을 들었다.
미국에 온 지 석 달 됐을 때, 에린이 방에 뛰어 들어와 그 소식을 전해 주는 순간 감지했다. 진짜 집으로 느껴 본 적이 없던 곳으로 돌아가야겠다는 이 소리 없는 끌림을.
"믿을 수가 없어!"

평소처럼 밤에 놀려고 모였을 때 에린이 말했다.

"나도 마찬가지야!"

나는 멍하니 대답했다. 왕실에 큰 관심은 없었지만 엄마가 슬퍼할 게 분명했다. 다이애나 왕세자비처럼 짧게 머리를 자르기도 한 칼라는 두말할 것도 없었다. 그날 밤 칼라에게 전화해서 그 소식이 사실임을 확인했다. TV와 라디오에서는 계속 관련 프로그램을 내보냈다. 정규 프로그램은 취소됐고, 다이애나 비를 만난 적도 없는 모르는 사람들이 길에서 울었다. 칼라의 말을 다 알아듣지 못했지만 한 가지는 분명했다. 어린아이 둘이 어머니를 잃어 슬퍼했고, 나는 그 기분을 잘 알았다.

엄마에게 전화해서 말했다.

"기가 막혀 죽겠어요!"

"다들 그렇지. 언제 집에 올 거니?"

"도착 날짜는 알려 드린 걸로 아는데요?"

"알지. 네가 집에 있으면 싶어서 그래. 이런 일이 생기고 보니……."

"알아요."

정말 그랬다. 하지만 계약한 날짜까지 겨우 며칠 남았고, 약속을 지키는 게 중요할 것 같았다. 먼저 전화를 끊고(엄마는 내가 '거친' 미국에 물들었다고 확신하겠지), 그레그를 찾으러 마당으로 나갔다. 그는 낙엽을 모으고 있었다. 가을이 온다는 기미가 느껴졌다.

"헤이, 그레그!"

내가 미국식으로 말한 걸 알고 스스로 화들짝 놀랐다.

그는 쇠스랑을 내던졌다.

"루이스."

나는 그의 품에 안겨 로션 냄새를 맡았다. 알고 있었다. 곧 이 사람을 다시는 못 만나리라는 것을. 내가 처음으로 잠자리했던 이 남자를. 진정 사랑했을 수도 있었을 그를.

"괜찮아?"

내가 숨을 쉬려고 몸을 빼자 그레그가 물었다.

"응, 그레그."

정말 괜찮았다. 그 순간, 운명을 받아들였으니까. 결국은 누구든 떠나기 마련이었다. 코리도 떠났다. 그러니 그레그와 농장과의 이별은, 도착한 순간부터 시작된 일이기도 했다. 내가 물었다.

"왜 안 괜찮겠어?"

"난 왕실을 좋게 보는 사람은 아니지만, 다이애나에게 일어난 일은 비극인 것 같아."

"나도 알아. 여기 있으려니 기분이 이상해. 처음에는 아이들과 감독관까지 나한테 위로의 말을 했어. 정말 이상해."

내가 중얼댔다.

"코디랑 얘기해 봤어?"

그랬구나.

"코리 말이군. 아니, 왜 그러겠어?"

조금은 변명조로 대꾸했다. 그런 티가 났다.

"지금 파리에 있지?"

"응."

나는 한숨을 쉬었다. 그레그는 마음이 깊은 사람이었다. 내 감정과도 잘 맞는 사람이었다. 하지만 그도 보통 남자처럼 질투했고, 그 순간 코리에 대해 솔직히 말한 게 후회스러웠다.

나는 그레그를 올려다보며 거짓말을 하기로 했다.

"여기 온 후로 코리 생각은 해 본 적도 없는걸. 그런데 생각하게 해 줘서 고마워……!"


'점프 아메리카' 경험의 마지막 주가 너무 빨리 다가왔다. 에린이 먼저 떠나게 되었다. 그녀는 시애틀행 비행기를 타러 가면서 공허한 약속을 했다.

"편지 쓸게! 이메일 있니?"

"아니, 없어."

식스 폼 칼리지에서는 이메일을 제한했고, 내가 아는 사람들은 컴퓨터가 없었다.

"그럼 편지를 쓰자. 약속하지?"

에린이 물었다. 예쁜 얼굴이 내 대답을 기다리고 있었다.

"약속해."

나는 공허하게 말했다. 주소를 교환하면서, 다시 연락할 거라 믿고 싶었지만 그러긴 힘들었다. 지금껏 말을 하고 실천하지 않는 사람들을 정말 많이 봤으니까.

며칠 후 그레그가 떠났다. 그를 데려갈 택시가 기다리는 동안, 계단에서 키스를 나누면서 나는 확실히 깨달았다. 의심할 여지 없이 우리 사이는 끝이었다.

"편지 보낼게."

그레그가 말했다.

"나도."

"사랑해."

그가 어색하게 말했다.

멋쩍은 순간이 이어졌다. 내가 같은 말을 할 순간이었겠지. 석 달간의 유대감을 돈독히 해야 할 순간. 하지만 그런 말은 배 속에서 떠돌지도 않아, 입 밖에 낼 수가 없었다. 대신 셋이 비디오로 본 영화 「고스트」의 한 장면을 연출하기로 했다.

"이하 동문."

그레그가 탄 택시가 멀리 사라지자, 나는 영국으로 돌아간다는 흥분에 휩싸였다. 내 집으로. 안달이 나서 견딜 수가 없었다. 모두에게 내 새 모습을 보여 주고 싶었다. 이상한 말이지만, 다이애나 비의 죽음으로 온 나라가 함께 겪는 감정을 끌어안고 싶었다. 정말 이상하게 들리겠지만, 나도 그 일부가 되고 싶었다. 맨 먼저 만나고 싶은 사람은 엄마였다.

그날 오후 비행기에 오르는데 묘한 희열이 밀려들었다. 늘 그렇듯 잿빛 구름이 자욱하고 찬 바람이 몸을 휘감았다. 하지만 난 집에 돌아왔다. 'WH 스미스' 서점 앞을 지날 때, 여러 신문과 잡지에 실린 다이애나 비의 사진이 눈길을 끌었다. 어디나 우울했다. 대기도, 회색빛 하늘도, 사람들의 얼굴도 침울했다. 독립적인, 새로운 내 면모를 유지하고자 집까지 혼자 가고 싶었다. 남은 돈으로 집까지 택시를 타고 갈 수 있으면 좋을 텐데. 심신이 피곤해서 목욕을 하고 싶었다. 엄마가 필요했다.

고속도로가 놀랄 만치 뻥 뚫렸다. 나이츠브리지 지역을 지날 때, 해로즈 백화점 진열장에 꽃으로 장식된 다이애나 비와 도디 파예드의 대형 사진이 걸려 있었다. 지난 2주간 벌어진 사건들의 서글픈 흔적이었다.

"거기서도 소식을 들었어요?"

운전사가 물었다. 그는 내게 어디 다녀오는 길이냐고 묻지 않았지만, 그럴 필요가 없었겠지. 그런 시기에 영국에 없었다면 어디에 있었든 다 '거기'일 테니까.

"네, 들었어요."

"끔찍하지요. 정말 끔찍한 일이에요."

그가 고개를 저으며 말했다.

"지금도 믿을 수가 없어요."

"하루가 멀다 하고 TV와 신문에서 보던 사람인데…… 갑자기 없어진 거죠. 그런 꼴이에요…… 마치…….

택시가 모퉁이를 돌았다. 운전사가 말을 이었다.

"마치 영원히 떠나 버린 기분이에요. 무슨 말인지 알겠어요?"

"알고말고요."

택시는 이윽고 찰턴의 우리 집으로 들어갔고, 팁까지 줄 돈은 없었다. 그때 여기는 미국이 아니라는 생각이 났다.

열쇠를 돌려 현관문을 연 뒤, 나는 복도에 가방을 내려놓고 소리가 들려오는 부엌으로 갔다. 엄마와 빙고 사나이는 대화 중이었다.

"어서 와라, 루이스! 내가 데리러 갈 수도 있었는데!"

빙고 사나이가 소리치자, 나는 얌전하게 고개를 끄덕였다. 엄마는 내게 등을 돌리고 있었다. 평소보다 머리가 뽀글뽀글했다. 엄마가 몸을 돌려 나를 맞아 주었다.

"루이스! 이리 와서 꼭 껴안아 주렴."

엄마는 벌어진 이를 보이며 환하게 웃었다. 그 순간 감정이 밀려들어 엄마를 꼭 껴안고 싶었다. 얼마나 보고 싶었는지 알게 해 주고 싶어졌다. 그래서 앞으로 가서 팔을 뻗는데, 몸에서 모든 흥분이 쏙 빠져나가는 느낌을 맛봤다.

"무슨 일이에요?"

내가 엄마의 배를 손짓하며 물었다.

"아, 저기……."

엄마는 미소로 대답했다.

"네 어머니는 임신 7개월이란다."

빙고 사나이가 거들었다.

"임신이요?"

토하고 싶었다. 고함치면서 내 머리칼을 다 뽑고 싶었다.

임신이라고?

그 나이에?

빙고 사나이의 애를?

나는 넘어지지 않으려고 애쓰며 의자에 앉았다.

엄마가 임신했다. 내 엄마가 임신을. 내 엄마가 임신을 했단다.

"괜찮니, 아가?"

엄마가 물었다.

임신……. 나는 이상스러운 주문이라도 되는 것처럼 그 말을 되뇌었다. 계속하다 보면 그런 현실이 사라지기라도 할 것처럼. 가까스로 부엌에서 나와 전화기로 갔다. 다행히 계단 난간 옆의 원래 자리에 있었다. 하지만 시차 핑계를 대지 않고 그냥 나와 버렸다.

"그래, 네 엄마가 아기를 가지셨어. 이제 뉴욕 얘기 좀 해

봐! 얼간이들 얘기를 해 보라고. 삭스*에 가 봤어? 내 운동화
사 왔니? 실은 화장품이면 더 좋았겠지만 뭐든 괜찮아."

"왜 아무도 나한테 말해 주지 않았어?"

"뭘?"

"임신!"

"네 엄마가 하지 말라고 하셨거든. 처음에 걱정되셨나 봐.
알 만하잖아. 40대 중반이니까."

"구역질 나는 일이야."

"우리 엄마는 멋진 일이라고 생각하셔."

칼라가 무심하게 말했다.

칼라가 수다를 떠는데, 내 귓가에는 들려오지 않았다.

엄마가 임신했다.

"내 말 듣고 있는 거야?"

칼라가 물었다.

"칼라, 세상은 널 중심으로 돌아가는 게 아니야. 난 방금
내 엄마가 임신했다는 걸 알았단 말이야!"

"그리고 난 방금 내 엄마랑 아빠가 이혼할 거라는 사실을
알았거든."

"뭐라고?"

"들은 대로야."

* 뉴욕의 유명한 백화점 '삭스 피프스 애버뉴'를 말한다.

날 사랑한다면 넌 기다려 줄 거야

침대에 벌러덩 누웠다. 입이 얼어붙어서 열 수가 없었다. 방금 들어선 세상을 가늠할 수가 없었다. 다이애나 왕세자비는 죽었고, 엄마는 임신했고, 칼라의 부모님은 이혼할 거라고 했다. 내가 아는 사람 중에는 이혼한 사람이 없었다. 영국이라는 세상이 너무 낯설어서, 불쑥 미국 농장에서의 생활과 내 가슴을 만지던 그레그의 손길이 간절했다. 그 단순함이 그리웠다.

그날 밤에는 '매뉴얼'도 내게 절실하게 필요한 위안을 주지 못했다.

# 젊은이답게 보내렴

## 기타: **형제자매**

네 엄마는 늘 대가족을 꾸리고 싶어 했고 나도 그게 좋았지. 내 아들딸로 축구 팀을 만드는 거야. 남던던 판 「월튼네 사람들」*이 되는 거지. 엄마가 아이를 더 낳겠다고 결정했을지 모르겠구나. 아니면 둘쯤. 이런 일이 생길 때 네가 몇 살일지 모르겠다. 루이스, 네가 이 일을 잘 감당할 만큼 성숙하면 좋겠다. 첫째, 아이를 정기적으로 괴롭히지 말고 둘째, 장난삼아 아기 머리를 초록색으로 염색하지 않기 바란다. 찰리가 내 머리를 그렇게 만든 적이 있었지. 흉한 모습이었단다. 비록 아기가 내 핏줄은 아니지만 그래도 네 핏줄이라는 점은 명심하렴. 따져 보면 아기한테 몇 가지 심부름을 시키고 네 공으로 돌리는 재미도 쏠쏠하겠지만, 동생을 봐주고 걱정을 들어주며 큰언

---

* 미국 농촌의 대가족 이야기를 다룬 TV 드라마.

니 노릇을 잘하는 것도 네 마음먹기에 달렸단다. 네가 그럴 수 있으리란 걸 난 알아. 또 둘이 필로미나와 나처럼 가깝다면 더할 나위 없이 좋고. 하지만 사이가 안 좋아도 걱정하지 마라. 나와 이나는 가까웠던 적이 없지. 내가 이런 진단을 받은 지금도 아직 이나를 만나지 않고 통화만 했지. 둘 사이에 여전히 껄끄러운 데가 있지만…… 그건 다른 이야기란다. 형제자매를 갖는 것은 좋은 일이야. 외동아이는 외로울 수 있고, 난 네가 그런 게 싫다.

하지만 난 '외로운' 게 좋았다.

인생 대부분을 그렇게 살았는데 뭘. 물론 아빠의 매뉴얼이 있긴 했지만. 아이가 태어난다고 해서 뭔가 변하게 하지 않을 작정이었다. 여자 애든 남자 애든 내 인생에 미치는 영향은 망망대해에 떨어진 깃털 정도밖엔 안 될 거야. 빙고 사나이가 남아도는 방에 아기 침대를 만든다고 쿵쿵대도, 낡은 서랍장 위에 선반을 두 개나 질러도 신경 안 쓴다니까. 다시 말하건대, 엄마의 아기는 내 인생에 코딱지만큼도 영향을 주지 않을 거야.

그러던 어느 날 아침, 자지러지게 울어 대며 아기가 태어났다. 분홍색과 흰색이 섞인 담요에 싸인 아기가 내 품에 척 안겼다. 안겠다고 하지도 않았는데.

우리는 병원에 있었다.

"예쁘지 않니?"

내가 '여동생'이라는 아기를 내려다보자, 빙고 사나이가 말했다. 작은 머리를 내 배에 기댄 아기는 외계인 같았다. 담요 때문에 간지러웠다.

팔이 아프기 시작했다.

"네…… 참…… 귀엽네요."

자랑스러워하면서 엄마는 아무나 붙잡고 스물네 시간의 진통이 얼마나 힘들었는지 떠들어 댔다. 나를 낳을 때 서른 시간 진통한 것보다 더하다는 듯이. 시시각각 도망치고 싶은 마음이 솟구쳤다. 하지만 난 발목을 잡히고 말았다. 담요를 껴안은 채 고약한 병원 냄새를 맡고 있어야 했다. 그사이 아는 사람들이(코리는 빼고) 다 아기를 보러 왔다. 아기는 자세히 보면 정원의 작은 조각상 같았다. 피부는 쭈글쭈글하고 머리통은 길쭉했다. 내가 무슨 말을 할 수 있으리오. '꼬맹이'는 전혀 특별할 게 없었지만, 왠지 엄마와 빙고 사나이를 포함한 모든 사람들은 다르게 생각했다.

"너를 빼다 박았다!"

칼라가 외쳤다. 남자 간호사가 엄마의 베개를 매만지면서 애타는 눈길로 칼라를 쳐다보았다. 칼라는 꼬맹이를 품에 안은 모습까지도 아름다웠다. 전에 짧게 잘랐던 머리는 이제 어깨까지 자라 빨간 입술과 인조 속눈썹을 붙인 듯한 숱 많은 눈썹을 돋보이게 했다. 또 요즘 늘 신는 하이힐 덕분에 키가 몇 센티미터는 커 보였다. 늘 예쁘지만 이제는 록 스타의 슈퍼모델 애인 같은 분위기를 팍팍 풍겼다. 세상에.

"칼라 엄마도 그런 것 같아요?"

엄마가 물었다.

"아뇨. 아기가 아빠를 똑 닮았네요. 우리 코리가 제……."

칼라의 엄마가 말꼬리를 흐리자 병실 안이 조용해졌다. 남자 간호사가 베개를 부풀리느라 탁탁 치는 소리만 들렸다. 그의 시선은 어느새 칼라 엄마의 가슴에 머물렀다. 섹시한 두 여자 중에서 한 사람을 고르는 게 그로서는 큰 부담인 듯했다. 그레그와 코리의 모습이 머릿속에 스쳐갔다. 나는 웃었다. 이 세상에서 적어도 두 남자는 나를 섹시하게 봐줬다는 걸 알았으니까.

"아빠 얘기를 해도 괜찮아요, 엄마!"

칼라가 말했다. 칼라는 부모님의 이혼에 무척 상심했고, 일부 엄마를 탓해서 난 놀랐다. 칼라의 엄마는 상황에 대해 분명한 태도를 보였다. 결혼 생활을 잘했고, 이제 자식들도 다 컸으니 다시 살아야 할 때가 되었다…… 그런 식이었다.

다들 아기 이름에 대해 말하고 기저귀를 갈아 주려 할 때, 나는 빠져나갈 작전을 세웠다.

"엄마, 집에서 가져올 물건은 없어요?"

나는 코트 단추를 채우면서 물었다. 아기가 칼라의 품에서 꼼지락댔다.

"엄마?"

엄마의 입술은 갈라지고 땀 냄새가 질펀했다. 엄마가 그렇게 행복해하는 모습을 처음 보았다. 엄마가 대답했다.

"아니야. 필요한 것은 여기 다 있단다."

엄마가 빙고 사나이에게 미소를 짓자, 그는 엄마의 이마에 붙은 떡 진 머리칼에 뽀뽀했다.

"그럼 다들 나중에 봐요."

내가 노래하듯 말했다. 하지만 아무도 대꾸하지 않았다. 모두들 내 단짝친구의 품에서 꼼지락대는 아기한테만 집중했다.

나는 슬그머니 빠져나왔다. 이런 감정을 느끼는 자신에게 화가 났다. 난 이제 애가 아니었다. 어엿한 스물한 살이었다. 그런데…… 그런데 말이지…… 엄마, 빙고 사나이랑 둘 사이의 자식이 이런 더러운 기분을 느끼게 하다니. 집에 돌아가자마자 매뉴얼을 꺼내서, 형제자매 부분을 다시 읽었다.

도움이 되지 않았다.


꼬맹이는 계속 울어 댔다. 새벽 두 시와 여섯 시에 엄마가 부엌에서 젖을 먹일 때, 나는 몇 시간 후에 침대에서 일어나 줄줄이 다섯 번의 면접을 보러 갈 수나 있을지 걱정스러웠다. 첫 번째 면접은 홍보 회사의 사무직이었다. 그러나 자격미달에 경험 부족, 최소 연령보다 다섯 살이나 어리니 취직이 될 리 만무했다.

두어 군데는 취직이 될 수 없는 자리였다.

그런데 왜 지원했을까?

얼떨결에 한 군데는 될지 모르니까.

게다가 면접 경험을 많이 쌓는 게 현명한 일이란다. 퇴짜 맞으면, 회사에 취직이 안 된 이유를 알려 주겠느냐고 정중하게 편지를 써도 좋다. 자격 초과거나 미달이어서일 수도 있고, 회사 측이 좋아할 만한 대답을 못했기 때문일 수도 있다. 그런 대답을 들은 적이 있다. 이유를 알면 좋다. 다음 면접에 대비할 수 있으니까……

면접을 볼 때마다 그럭저럭 풀리면서, 자신감도 커졌다. 물론 구두점에서 주임으로 일한 경력과 미국에서 사무 본 경험을 들이대며(또 과장해서) 현실적인 자리에 지원하기 시작했다. 한편 집에 새 식구가 늘어 엄마의 시간을 많이 빼앗았지만, 그래도 엄마는 짬을 내어 내가 꼬맹이한테 관심이 없다고 잔소리했다.

"면접 보느라 바쁜 걸 알면서 그래요. 내가 취직하면 좋지 않겠어요?"

"그냥 그렇다는 거야. 가끔 한 번씩 안아 줄 수 있잖니."

엄마는 아기를 나에게 밀어붙이며 덧붙였다.

"아기가 깨무는 것도 아닌데!"

"나도 알아요."

하지만 아기를 내려다봐도 마음이 무덤덤했다. 우연히 나랑 약간 관계있는 아이일 뿐이었다. 유독 낯익은 얼굴도 아니었다. 곧 빙고 사나이를 닮을 것 같지도 않으니 아기로서는 천만다행이었다.

"받아라!"

엄마는 승리감에 도취한 소리로 외쳤고, 나는 아기를 품에 안았다. 아이는 저번에 봤을 때보다 꽤 많이 컸다. 그래도 너무 약하고 부드러워서, 전에 엄마한테 사 달라고 졸랐던 인형이 생각났다. 내가 졸랐지만 결국 크리스마스 선물로 받은 사람은 칼라였다. 꼬맹이가 생긋 웃는 모습을 보고, 엄마는 우리가 엄청나게 잘 어울리는 한 쌍이라고 믿었다.

"봐라, 아기가 언니를 좋아하는구나, 그렇지 우리 귀염둥이?"

최근에 엄마는 '약간 지성적인 여성'에서 1초 만에 '꽥꽥대는 유아 프로그램 진행자'의 말투로 변할 수 있었다. 나는 억지 미소를 지으며 아기를 내려다보았다. 벽과 엄마의 몸짓 사이에 얼마 동안이나 끼여 있으면 될까. 아기의 입에서 가벼운 울음이 새어 나오자, 아기를 넘겨줄 기회다 싶었다.

하지만 울음은 한 시간 후까지 계속되었고, 나는 취직 서류를 검토하면서 상황을 분명히 이해하게 되었다. 새벽 두 시와 여섯 시에 터뜨리는 울음소리에 깨는 마당이니, 어떻게 해야 좋을지 알 것 같았다. 그래서 세 시간 더 기다리다가, 고단한 몸을 이끌고 집에서 나와 곧장 '취업 센터'로 향했다.

거기서 일자리를 골라 지원하고, 당장 일을 시작해도 좋다는
답을 얻었다. 적당하지 않은 업무였지만, 덕분에 칼라와 함
께 살 방 두 칸짜리 집의 월세 보증금과 두 달치 집세를 구할
수 있었다. 일은 야간에 대형 마트에서 물건을 보충하는 일
이지만 낮에 일하는 것보다 월급이 많았다. 칼라는 부모님이
이혼하고, 아버지가 바르셀로나로 떠난 후 집에서 나오고 싶
어 안달했다.

집에서 보내는 마지막 밤, 꼬맹이의 침대를 들여다보았
다. 아기가 눈을 꼭 감고 가슴을 들먹이는 광경을 지켜보았
다. 아기는 귀염성이 있었고, 곱슬머리가 곰돌이 베개를 덮
고 있었다. 칼라와 새집에서 쓸 물건을 사러 갔다가 아기 용
품점에서 산 베개였다. 한 번 더 아기에게 감정을 느껴 보려
고 애썼다. 아빠가 매뉴얼에 쓴, 조건 없는 사랑을 느껴 보려
했다. 우연히 핏줄이 통하게 된 아기에게 당연히 느껴지는
감정이 있을 터였다. 하지만 늘 그렇듯 아무 감정도 생기지
않았다. 사랑의 기미조차 없었다. 아기는 그냥 아기였다. 친
할머니, 필로미나 고모, 이나 고모에게서의 나처럼 그냥 아
이였다. 핏줄이라는 것만으로 반드시 뭔가 있는 것은 아니었
다. 나는 꼬맹이의 이마에 가만히 손을 올렸다.
    "잘 자라."
    조용히 속삭였다. 어느 누구의 아이더라도 그렇게 인사했

겠지. 어느 누구의 아이였더라도.

칼라와 나는 방 두 개짜리 아파트에서 살림을 시작했다. 지저분하고 가끔 시끄러운 공원이 내다보였다. 공원에서는 매주 두 번씩은 불법적으로 모닥불을 피우고, 울긋불긋한 벽화가 그려졌다. 그래도 여기는 그리니치였고 블랙히스와는 엎어지면 코 닿을 데였다. 엄마와 거리가 있었지만(버스를 타면 가까운 거리였지만), 그래도 아빠가 내린 뿌리와는 가까웠다. 또 내게 필요한 것은 그런 익숙함이었다.

심란한 풍경과 함께 아파트 내부는 우중충했고, 가끔 습기가 찼지만 이런 것은 별로 중요치 않았다. 칼라와 나는 마음 내킬 때 하고 싶은 일을 할 수 있는, 자유로 무장한 젊은 여성이었다. 미국 뉴저지가 지진 후의 여진처럼 내 안을 흔들어 댔고, 그 경험들을 다시 하고 싶어 안달이 났다. 모든 게 변했다. 내 생활은 시간에 휘둘리기 시작했다. 생활비를 대야 했고 집에서 요리하고 거리 두 블록 아래 있는 세탁방에 빨랫감을 들고 드나들어야 했다.

처음에는 칼라와 사는 게 좋았다. 하지만 얼마 지나니 — 일주일쯤이라고 하자 — 칼라의 태도가 신경에 거슬리기 시작했다. 예를 들어 칼라는 위생 관념이 없었다. 제 뒤도 치우지 못했고, 내가 선택하는 TV 프로그램에 대해 계속 불평했다. 가장 거슬리는 것은 칼라와 프레드(로커인 새 애인)가 옆방에서 섹스하는 소리였다. 그 와중에 나는 대형 마트에서 야간 근무를 하고 잠 비슷한 것을 청하려고 애써야 했다. 엄마의 집을 떠난 것도 울어 대는 아기 때문이었는데. 그래도 그런 소란과 원치 않았던 가정의 풍경에서 벗어났다는 것을 확인하느라 팔을 꼬집었다. 다행이었다.

물론 일요일에 식사하러 엄마한테 갔다(가끔은 빨랫감을 잔뜩 들고). 내가 자랄 때 깔끔하던 집이 점점 지저분해지는 광경에 경악해야 했다. 장난감과 기저귀가 굴러다니고, 아이는 매미처럼 울어 댔다. 내가 세탁기를 돌리는 동안, 엄마나 빙고 사나이는 꼬맹이를 안고 아기가 좋아하는 곡으로 휘파람을 불어 댔다. 그러면 조용히 옆집으로 갔다가, 세탁기가 다 돌아갈 무렵에야 집으로 갔다. 어느 일요일, 칼라의 엄마가 외출하는 바람에, 나는 엄마의 집에서 빙고 사나이가 '아빠 노릇' 하는 장면을 지켜보았다. 그는 눈이 빠져라 하고 딸을 뚫어지게 쳐다보았다. 내가 아빠한테서는 보지 못할 표정이 그의 얼굴에 퍼졌다. 그걸 보니 왠지 슬퍼졌다.

"괜찮니, 루이스?"

엄마가 묻자 나는 깜짝 놀랐다. 세탁기에서 속옷을 마저 꺼내고 일어났다.

"왜 안 괜찮겠어요?"

"네가 동생을 쳐다보는 모습이……."

"아뇨, 안 봤어요!"

내가 쏘아붙였다. 왼쪽 눈에 눈물이 맺히고 등골이 오싹해져서, 주먹으로 얼른 닦았다.

"아가, 네가 독립한 후로 수다를 떨 기회가 없었구나. 아니, 미국에 다녀온 후로는 통 짬이 없었지. 너무 많은 일이 일어나서……."

엄마가 말했다. 엄마는 이제 식탁에 앉아서, '나한테 하고 싶은 말이 있지, 아가씨야?'라는 눈빛으로 바라보았다. 몇 년 만에 보는 눈빛이었다.

"그래요. 알아요, 엄마."

"그럼 얘기해 봐."

엄마가 채근했다.

나는 빙그레 웃었다.

"우선 칼라 얘기부터 할까요?"

"그러든지. 단짝친구랑 사는 게 어떠니?"

"칼라는 가끔 집 안을 엉망으로 어질러요."

엄마는 통에서 비스킷을 먹으며 말없이 내게도 권했다. 저녁 교대 근무 때까지 별로 할 일도 없어서, 맞은편 의자에 앉는데 장난감 오리가 엉덩이를 찔렀다.

"네 동생이 그걸 좋아하거든."

"정말요?"

내가 뻣뻣하게 대꾸했다.

"미국 이야기 좀 해 봐라."

"그건 옛날 옛적인걸요, 엄마."

밤마다 머릿속으로 그때를 그렸다. 내 마음, 내 존재, 나의 모든 것에 영원히 각인된 그때를. 내가 덧붙였다.

"그 일은 별로 기억도 안 나요."

엄마가 기대하는 표정을 짓자 난 죄책감을 느꼈다. 조금만 얘기해도 나쁠 게 없을 텐데.

"좋아요. 드라마틱한 면으로 보자면 그 여름에 저는 진짜 어른이 됐어요."

엄마는 '무슨 말을 하는지 모르겠다만, 제법 중요한 말 같으니 이해하려고 노력은 해 보마'라는 눈빛을 던졌다. 그래서 얘기를 시작했다. 엠파이어스테이트 빌딩, 말썽꾸러기 애들, 에린, 그레그(당연히 가릴 건 가리고), 감독관의 튀어나온 무릎, 나 혼자서 살아남는 법을 배운 것, 마시멜로를 넣은 과자 샌드위치, 살림, 화창한 날씨, 모닥불을 피워 놓고 춤추기.

"멋지구나."

"그랬죠."

"좋은 청년이라도 만났니?"

"아뇨."

난 얼른 대답했다. 엄마가 못 믿겠다는 듯 눈을 가늘게 떴고, 나는 키득대며 웃어 댔다. 긴장이 풀리는 기분이었다. 그때 힘차게 부엌으로 들어오는 발소리가 들렸다.

"어머나, 세상에!"

엄마가 갑자기 일어나는 바람에 비스킷이 떨어졌다. 꼬맹이는 고장 난 움직이는 인형처럼 건들건들하더니, 마침내 빙고 사나이의 발치에 엉덩방아를 찧었다(그가 불쑥 나타났다).

"아기가 걸었어! 세상에, 믿을 수가 없네!"

엄마는 펄쩍펄쩍 뛰면서 다시 외쳤다.

"카메라를 가져와요!"

엄마가 빽 소리쳤다.

"조금 전에 발을 떼더군. 그래서 엄마한테 보여 주려고 데려왔지!"

빙고 사나이가 노래하듯 말했다. 나는 억지로 웃었고, 꼬맹이는 다시 '묘기 대행진'을 하기 싫은 듯 입 끝을 내리고 이마를 찡그렸다.

"어서 해 봐라, 우리 아기!"

아이 아빠가 배에 입을 대고 오토바이 소리를 내더니 공중으로 번쩍 들었다. 엄마는 겁을 내면서도 즐거워했다.

아기는 아빠의 품에서 버둥댔다.

"정말 믿을 수가 없네!"

엄마가 떨리는 손으로 입을 막았다.

"내 딸이 이 정도라니까!"

빙고 사나이가 거들었다.

"루이스 언니한테 인사해야지!"

엄마가 진정하면서 말했다.

"안녕……."

나는 어색하게 인사했다. 아기는 멍하니 내 쪽을 쳐다보더니, 곱슬머리를 아빠의 가슴에 묻었다.

"네가 있으니 수줍어서 그래. 언니랑도 빨리 사귀어야지. 안 그러니, 귀염둥아?"

엄마가 아기의 머리칼을 흩뜨리는 모습을 보자, 속이 메슥거려서 떠나고 싶었다.

"가 봐야겠어요, 엄마. 그럼…… 잘들 계세요."

"저녁 먹고 가지 왜? 아기가 걸을지도 모르는데."

엄마가 기대하며 말했다.

"할 일이 잔뜩 있어요. 다음 주에나 그럴게요."

집 밖으로 나오자 숨을 쉴 수가 있었다. 그때 문으로 들어가는 칼라의 엄마를 보았다. 8센티미터나 되는 빨간 하이힐과 거기에 어울리는 치마를 입고 있었다.

"안녕하세요!"

내가 외쳤다.

"반갑구나. 내 딸은 엄마가 어디 사는지도 잊었나 보다. 들어오렴!"

그녀가 손짓했다.

집 안으로 들어서자, 칼라의 엄마는 단정한 머리를 손질하려 했다.

"우리 독한 술을 마시자. 그리고 캘빈을 만나 봐!"

그녀가 흥분해서 말했다. 애완견과 지내다니 정말 잘됐다 싶었다.

"저는 너무 독하지 않은 걸로 주세요."

내가 말했다.

칼라의 엄마는 탁자에 술잔을 내려놓았다. 그런데 잔이 세 개였다.

"캘빈!"

그녀가 소리치자, 눈이 튀어나올 정도로 잘생기고 키 큰 남자가 거실로 들어왔다. 단단한 몸에 땀복 하의와 흰 티셔츠를 입고 있었다. 한참 후에야 정신을 차리고 벌어진 입을 다물었다.

"루이스, 캘빈이랑 인사하렴."

"안녕하세요."

"안녕."

그가 큼직한 손을 내밀었다. 손톱이 깔끔했다.

"내 남자친구란다."

캘빈이 내 또래였다는 말을 했던가?

"만나서 반가워요…… 저…… 캘빈……."

난 말을 더듬었다. 손이 차게 느껴졌고, 나와 악수를 하면서도 그의 눈길은 칼라의 엄마에게 쏠려 있었다.

그녀가 수줍게 미소 지으며 말했다.

"우린 체육관에서 만났단다."

그녀는 다행히 내 의심스러운 표정을 오해한 듯 다시 말했다.

"그래, 내 나이에 이런 몸매를 유지하기란 쉽지 않지!"

캘빈이 그녀에게 몸을 돌렸다.

"당신은 도움이 필요 없어요, 베이비. 완벽하니까요."

"고마워, 달링."

그녀는 눈을 찡긋하며 대답했고, 한동안은 비아그라라는 신약이 필요치 않을 거라는 생각이 들었다.

와인을 몇 잔 마신 후 코리 이야기가 나왔다. 다음 주면 방학이고, 프랑스에서 잘 지낸다고 했다. 그가 나를 무척 보고 싶어 한다는 얘기도 잠깐 나왔다.


내 딸이 스물한 살이 되었구나.

스물한 살이라니!

정말이지 믿기지 않는구나! 또 아주 기분이 묘하다. 내 나이 이제 고작 서른 살인데, 네 나이의 딸이 있다는 게 벅차구나. 가끔 지금의 네 모습이 어떨지 궁금하단다. 머리는 길까, 짧을까? 축구를 좋아할까, 테니스를 더 좋아할까? 잠깐만 실례할게, 우리 딸. 조금만 기다려 봐.


미안하구나. 나가서 남자답게…… 손수건을 적셨단다. 좀 감상적이 되나 보다. 어디까지 얘기했더라?

그래.

광고를 믿어 보렴. 스물한 살은 어른이 되는 나이란다. 마침내 — 최소한 사회 기준으로는 — 어린 시절을 벗어난다는 게 받아들여지는 시기지. 하지만 나와 찰리한테는 그런 소리 마라. 우린 스물한 살에서 크지 못하다가 결국 네 엄마랑 결혼식을 치렀단다. 하지만 내가 보기에 남자는 여자보다 성숙하는 데 더 오래 걸리는 것 같더라. 아무튼, 지겨운 얘길랑 그만 하자. 나가서 술을 마시고 밤새 파티를 하며 젊은이답게 보내렴. 하지만 동시에 월요일 아침에 대비하는 것도 잊지 말고……

스물한 살 생일을 축하한다, 내 사랑.


사실 스물한 살 생일은 엄마 집에서, 엄마가 꼬맹이를 달래면서, 망가진 21자 모양의 생일 케이크를 접시에 담는 모습을 보며 맞이했다. 칼라의 엄마, 캘빈, 칼라도 들렀지만, 주로 꼬맹이를 예뻐하느라 정신이 없었다. 칼라의 아빠가 스페인에서 보낸 카드가 도착해 놀랐지만 반가웠다. 하지만 칼라가 큼직한 꽃다발과 작은 분홍색 쪽지를 가져왔을 때는 충격을 받았다(그리고 기분 좋았다). 쪽지에는 '생일 축하해, 보따리. x'라고 적혀 있었다.

"난 생일날 싸구려 열쇠 같은 걸 받았는데. 오빠가 널 '싸랑' 하나 봐!"

칼라가 놀랐다. 난 무덤덤한 체했지만, 내심 배 속이 뒤틀렸다. 코리의 선물에 몰두할 시간이 없었다. 엄마의 집에서 나올 준비를 할 때 필로미나 고모가 나타났기 때문이었다.

9년 전 엄마의 결혼식 때처럼 이번에도 전혀 예상치 못한 등장이었다.

세월이 흘러도 여전한 모습이었다. 무엇보다 카리브 해의 태양 덕분인 듯했다. 고모는 2년 전 가족과 함께 그레나다의 캐리아코우로 이사했다.

"생일 축하한다, 루이스!"

고모는 포옹하면서 말했다. 다들 부엌에 모이자, 고모가 엄마에게 꾸러미를 주었다.

"너트맥* 빵이야."

엄마는 억지로 미소를 지으며 말했다.

"내가 차를 준비할게요."

"고마워요, 필로미나 고모. 하지만 빵과 카드는 우편으로 보내 주셔도 되는데요!"

나는 말은 그렇게 했지만 '전에도 그랬으면서'라고 속으로 중얼댔다.

"고모 노릇을 잘 못했지, 안 그래? 이번 일은 중요해서 말이야."

---

* 너트맥은 육구두라는 향신료.

엄마는 헛기침을 하면서(비꼬느라 그랬을 것이다) 분주하게 컵을 챙겼다.

"케빈을 위해 네 스물한 번째 생일에 와 본 거야."

다른 사람이 아빠 얘기를 하는 걸 듣고 난 충격을 받았다. 잠시였지만 아빠가 살아난 것 같았다. 뎁포드의 어느 카페에 앉아 있기라도 한 것 같았다.

"할머니를 만났어요?"

내가 물었다. 저번에 친할머니랑 전화할 때가 기억났다. 답답한 통화였다.

"그래, 이틀간 어머니랑 지냈지. 마지막으로 널 만나고 집으로 돌아갈 거야."

엄마가 찻잔 두 개를 식탁에 놓았다.

"두 사람이 얘기해요……. 난 가서 애비를 봐야 해요."

필로미나 고모도 그 편을 좋아할 것 같았다.

"저기, 루이스. 오늘은 네 생일이야. 스물한 번째 생일. 그래서 먼저…… 축하한다!"

"고마워요."

내가 대답했다. 포옹 같은 건 없었다. 우리 둘은 그런 사이가 아니었으니까. 하지만 아빠는 고모를 사랑했고, '매뉴얼'을 전해 달라고 맡길 정도로 신뢰했다. 그걸 아는 것만으로도 내게는 충분했다.

고모의 미소가 얼어붙었다.

"너한테 줄 게 있단다, 루이스."

나는 숨을 멈추었다. 지난번에 고모한테 그 말을 들었을 때가 떠올랐다. 고모가 덧붙였다.

"스물한 살 생일 선물이야."

그녀가 가방에서 색종이에 싸인 작은 꾸러미를 꺼냈다.

"열어 보렴."

고모가 말했다. 나보다도 더 흥분한 것 같았다. 나는 조심스럽게 포장지를 풀었다. 안에는 직사각형 모양의 카메라가 있었다.

"코닥 텔레 엑트라예요."

나는 옆에 적힌 글자를 읽었다.

"카메라구나. 멋지다."

필로미나 고모는 미소 지으며 천천히 고개를 저었다. 난 그제야 깨달았다.

"이걸 주는 사람은……?"

"그래, 케빈이야. 네가 스물한 살이 되면 주라고 약속했지."

가슴이 마구 뛰었다.

"매뉴얼에는 그런 말이 없었는데요."

그제야 포장지를 아무렇게나 푼 것이 마음에 걸렸다. 아빠가 손으로 직접 쌌을 텐데. 진작에 그런 사실을 알았더라면 혼자 있을 때 풀었을 것을. 매 순간을 아끼면서. 스카치테이프 두 쪽에서 아빠의 흔적을 찾아보았다. 머리칼이 붙어 있거나 아빠가 즐겨 쓰던 로션 냄새라도 배어 있는지. 혹은 우리 둘을 연결할 만한 DNA의 자취가 있는지.

필로미나 고모가 내 생일에 찾아와 줘서 정말 좋았다. 카메라 선물도 좋았고. 하지만 카메라에 필름이 들어있는 것을 아는 순간 숨이 막혔다. 오싹하고 정말이지 터질 듯한 놀라움이 밀려들었다.

당연히 사진관으로 달려가서 가외로 돈을 내고 당일 인화를 요청했다. 몇 시간 후 사진을 받은 뒤 밖으로 나와 봉투를 열었다. 열두 장이 들어 있었다. 다섯 장은 기억 안 나는 옷을 입은 내 사진이었다. 돼지 꼬리처럼 머리를 맨 모습. 세면대 옆 바닥에 발레리나처럼 허리를 뒤틀고 앉은 사진도 있었다. 일부 가구는 아직 엄마 집에 있었다.

하지만 나머지 일곱 장 때문에 몇 시간 동안 긴장되어 미칠 것 같았다. 아빠가 세상을 떠나기 몇 달 전에 찍은 사진들을 보니 눈을 뗄 수가 없었다.

내가 아빠의 무릎에 앉아서 작은 손으로 내 얼굴을 감싸는 사진, 나랑 엄마랑 아빠가 소파에 앉아 있는 사진, 아빠와 내가 무슨 일 때문에 키득대자 엄마가 성난 체하는 장면……. 다른 사진들도 비슷한 옷차림이었지만, 기본적으로 아빠와 내가 같이 있었다. 필름의 마지막 사진 때문에 난 마침내 울음을 터뜨렸다. 아빠의 얼굴이 반쯤 가려지고, 나머지 반도 엄지손가락이 가리고 있었다. 내 손가락이었다. 아빠의 얼굴에서 즐겁고 너그러운 표정을 읽을 수 있었다. 꼬맹이 딸은 마지막으로 찍는 아빠의 사진인 줄도 모르고 사진을 찍으려고 했다.

난 울었다. 울고 또 울었다.

아빠와 찍은 사진을 베개 밑에 넣어 두고, 잠들기 전에 입 맞추었다. '매뉴얼'처럼 카메라와 사진들도 내 생활의 일부로 만들 방법을 찾았다. 마침내 제대로 나오지 않은 아빠의 사진을 틀에 넣어 텔레비전 위에 올려 두었다. 매일 볼 수 있는 곳이 거기였다. 그 순간을 세상이랑 나눌 준비가 되었다. 물론 칼라는 사진 기술을 문제 삼았다. 특히나 아빠가 잘 나온 사진들이 있는데 왜 하필 그 사진이냐고 했다. 하지만 솔직히 말하면 남들의 생각 따위는 상관없었다. 그 사진이 내게 의미하는 바를 잘 알았으니까.

어느 날 밤 근무를 끝내고 집에 돌아오니, 칼라가 거실 바닥에서 뒹굴고 있었다. 감자칩 봉지를 카펫에 두고 TV에서 눈을 떼지 않았다. 아빠의 사진은 그대로 거기 있었다.

"뭘 보는 거야?"

나는 심드렁하게 물었다.

"밤에 TV드라마 「섹스 앤 더 시티」를 녹화했거든. 진짜 얘기가 지저분한데 재미있어. 감자칩 좀 먹어 볼래?"

"됐어. 지금은 아침 여덟 시라고!"

감자칩의 시큼한 냄새를 맡자 입맛이 나지 않았다.

"밤새 프레드랑 연주장에 있었어. 그 바람에 나도 한 시간 전에 들어왔어. 아직 잠잘 기분이 아니라서."

나는 부엌으로 들어갔고, 뒤에서 칼라가 계속 말했다.

"뉴스가 있어, 루이스! 마저 보고 말해 줄게."

설거지통에 그릇이 잔뜩 쌓여 있었다. 하루 종일 이렇게 어질러 놓고 치울 생각을 안 하다니 어떻게 된 걸까? 한숨을 크게 쉬면서 설거지통에 손을 담갔다.

"이제 걱정할 필요 없게 됐어."

칼라가 감자칩을 쓰레기통에 쏟으면서 말했다. 감자칩 하나가 쓰레기통 옆 바닥에 떨어졌다. 나는 칼라가 집는지 보려고 기다렸다.

칼라는 내게 몸을 돌리며 덧붙였다.

"곧 내 이런 꼴을 안 봐도 될 거야."

나는 몸을 굽혀, 늘 하는 대로 칼라의 뒤치다꺼리를 했다.

"이사 나갈 거야. 마침내 프레드가 정신을 차려서 나 없이는 못 산다는 걸 깨달았거든. 자기 집으로 들어오라고 부탁하더라."

처음에는 칼라의 말이 듣기 좋은 노래처럼 들렸다. 칼라가 이사를 간다……. 지저분한 꼴을 안 봐도 된다…… 늘어진 꼴도……. 그런데 다시 생각해 보니 집세가 안 나오잖아. 칼라가 보탠 돈은 쥐꼬리만 했지만 그래도……. 어쩌면 좋아. 또 인정하기 싫지만 여자끼리 떠는 수다가 아쉬울 터였다. 늘 TV를 보며 비평을 늘어놓는 것도 그립고 달콤한 딸기 향수 냄새도 그리울 터였다.

"나 혼자 집세를 어떻게 내라고?"

"저기, 글쎄…… 다른 룸메이트를 구하면?"

칼라는 냉장고 문을 열고 콜라 캔을 꺼냈다.

그녀의 어깨가 축 처졌다. 칼라가 다시 말했다.

"정말 미안해. 진심이야. 프레드가 딱 맞는 짝이란 생각이 들어서……. 아니, 그걸 알아서 그래. 프레드랑 난 이런 기회를 망치고 싶지 않아."

칼라에게 그냥 있으라고, 다른 사람이 들어올 때까지만이라도 나가지 말라고 애걸할 뻔했다. 하지만 몇 주 후면 프레드가 다른 지역으로 떠나기 때문에, 그동안이라도 최대한 같이 지내는 게 칼라의 계획이었다.


칼라와 함께 살면서 한 가지 배운 게 있다면, 룸메이트를 구한다는 생각은 접고 혼자 살림을 꾸려 갈 방도를 모색하는 것이었다. 그걸 알고 나니 갑자기 장기적으로 일할 전일제 직장을 구할 필요가 생겼다. 야간 근무를 해서는 생활비를 감당할 수가 없었다.

지역 신문에 연봉으로 기본급 3만 파운드를 보장한다는 광고가 있었다.

면접도 보지 않았다. 담당자가 전화로 인터넷 관련 지식 몇 가지만 묻고는 서류를 뒤적이더니 흥분한 말투로 물었다.

"언제 시작할 수 있죠?"

'I.T.T. 엔터프라이즈'의 호화로운 대기실에서 면접관을 기다리며, 아파트에 혼자 살면서도 돈을 모을 수 있다는 생각만 했다.

"루이스 베이츠."

누군가 날 불렀다. 의자에서 일어나며 바지 주름을 폈다.

"안녕하세요."

"어서 와요. 내 이름은 케네스 리그예요. 켄이라고 부르면 돼요. 약속한 시간에 와 줘서 고마워요. 이 업계에서는 시간이 핵심이거든요. 또 세계에서 가장 빨리 성장하는 산업인 인터넷 업계를 선택해 줘서 고맙고요."

켄이 안내석을 지나 쪽문으로 날 데려갔다. 계단 몇 개를 내려가자 컴컴한 지하실 같은 곳이 나왔다. 화려한 가구와 푹신한 카펫은 저쪽 동네 얘기였다.

"여기는 좀 어두우니까 계단을 조심해요, 베이츠 양."

켄이 문을 열자 큰 방이 나왔다. 과거에 노동을 착취하는 비밀 공장으로 쓰이던 곳 같았다. 책상과 의자가 줄줄이 놓여 있고, 전화기가 쭉 놓여 있었다. 가수들이 콘서트 때 쓰는 마이크를 쓴 사람들(주로 여자들)이 소리를 질러 댔다.

"앞에 보이는 곳이 '작전실'이에요. 주변을 둘러봐요, 베이츠 양."

켄이 흰 장갑을 낀 마술사처럼 손을 들면서 말을 이었다.

"여기서 우린 고객에게 전화를 걸고, 주문을 받고 배송을 처리하지요. 또 밖에서 작전을 펼치는 팀도 있어요. 그들의 역할은 제품을 알리는 일이죠. 판매 붐을 일으키는 거예요. 우리는 그들을 '지상 작전 부대'라고 불러요."

나는 켄에게 상냥하게 웃어 보였다. 그가 재치를 부리려 했지만, 솔직히 난 '작전실'에서 벌어들일 수 있는 돈에만 혈안이 되었다.

켄은 화재 비상구와 화장실을 알려 주었고, 상대방이 주문하는 데 머뭇거리는 경우, 그러니까 코드 블루가 발생할 때의 대처법을 말해 주었다.

"여기까지 질문 있나요, 베이츠 양?"

"어떤 종류의 인터넷 제품을 팔게 되나요?"

크리스마스트리에 전구가 켜지듯 그의 얼굴이 환해졌다.

"걱정하지 마요, 당장 알려 줄 테니까."


출근 사흘째 되는 날, 난 그때까지 물건을 하나도 팔지 못했다. 하지만 작전실은 부산했다. 상담원들은 서핑하면서 담배를 피울 수 있는 '담뱃대' 같은 필수품을 사라고 설득하느라 바빴다.

"이건 쓰레기 같은 일이야. 공부하는 동안만 일하고 그만 둘 거라고."

잰이 내게 말했다. 입사 6개월째인 그녀는 헤드셋에 분홍색 동물 인형을 매달고 내 앞에 앉아서 일했다.

"여기서 1주에 5백 파운드를 벌어 본 적이 있어?"

나는 답을 알면서도 물어봤다.

"웃자고 하는 말이지? 운이 좋아도 오십에서 백 파운드가 고작인걸. 가끔 한 푼도 못 벌기도 하고."

나보다 늦게 들어온 프리시가 끼어들었다.

"그 얘기 좀 해 줘요!"

"켄은 이 개떡 같은 일을 인터넷 혁명의 일부라고 생각하지. 하지만 웃기는 얘기지! 끝내 주는 아이디어로 웹 사이트를 구축하거나 자격증을 갖춘 엔지니어가 되어야 진짜 돈을 벌 수 있다고. 내가 바로 그렇게 되려는 거고. 몇 주만 지나면 난 최소 연봉 3만 파운드는 벌게 될 거야. 몇 달만 공부하면 그렇게 될 수 있어."

난 잰에게 자격증을 갖춘 엔지니어가 되는 방법에 대해 알려 달라고 졸랐다. 그래서 출근 첫 주가 지날 무렵, I.T.T. 엔터프라이즈에서 번 돈은 제로였지만, 직업 생활의 다음 단계로 나아가는 데 도움이 될 만한 정보는 충분히 얻었다.

{ 스물두 살에서 스물다섯 살, 딸에게 보내는 메시지 }


직장 남편 & 직장 단짝

첫 데이트, 네 육감을 믿으렴

애인과 헤어질 때는 구구절절 이유를 달지 마라

'우리의 노래'를 기억하렴

첫 데이트: 약속 시간을 지키렴. 여자가 '우아하게 늦어야 한다'는
헛소리는 머리에서 지워라.(속보: 남자는 그런 걸 딱 질색한단다!)
또 남자가 늦게 오면(습관적으로 그러는 게 아닐 때는) 너그럽게 받아들이렴.

— 「첫 데이트, 네 육감을 믿으렴」 중에서

## 직장 남편 & 직장 단짝

새 천 년이 가까워지니, 중대 결정을 해야 했다. 내 삶은 일, 일, 일의 소용돌이가 될 것이다.

이제는 한 에이전시에서 임시직 사무원으로 전일제 근무를 하면서, 목요일 저녁과 토요일 종일을 대형 마트에서 물건 채우는 아르바이트로 생활비를 감당했다. 또 일주일에 사흘 저녁은 잊지 않고 루이샴의 '가상 대학' ― 줄줄이 컴퓨터가 놓인 답답한 방― 에 가는 것을 잊지 않았다. 이곳에서 정보 기술의 기초를 배웠다. 하지만 불평하지 않았다. 맞다. 기진맥진했지만, 뒤에서 나를 믿어 주는 아빠가 격려해 주고 전에는 모르던 감춰진 욕망을 부추겼다. 그 욕망은 성공에 대한 열망을 일으켰고. 그래서 칼라가 '조만간 록 스타'가 될 애인과 결별하는 동안, 나는 일하고 공부하고 자고 먹었다. 물론 엄마는 전화를 걸어 꼬맹이에게 관심이 부족하다고 불평했다. 나는 엄마가 마음대로 상상하게 내버려 두었다. 나를 형편없는 사람으로 보는 게 엄마의 장기이니까. 사실 오래 일하고 공부하지 않더라도 꼬맹이를 보러 달려갈 것 같지는 않았다. 꼬맹이가 내 '진짜' 동생이 아니라고 생각하는 쪽이 한결 마음 편했다.

칼라는 이어서 사랑을 구걸하는 강아지처럼 로커인 프레드를 졸졸 쫓아다녔다. 프레드는 고풍스러운 런던 주변 지역의 중산층 가정에서 성장했으리라는 의심이 드는 남자였다. 그러면서 칼라는 내가 재미없게 산다고 투덜댔다. 입술을 부풀려 주는 립글로스를 바른 입으로 '젊어서 한때'란 말을 계속 내뱉었다. 이런 말을 듣고 마음이 흔들릴 때면 매뉴얼을 펼치는 게 수였다. 곧 멋진 아빠의 말이 흘러나왔다.

그런 결심 끝에 나는 8개월 만에 소정의 과정을 마쳤고, 잰의 말처럼 일주일도 안 지나 두 군데 회사에서 면접을 보게 되었다.

기타: **중요한 면접**
중요한 일자리의 면접 말이다.
큰 건수!
네가 평생 기다려 왔다고 느껴지는 직장.
너를 사다리의 첫 번째 단에 올라서게 해 줄 일자리. 그로 인해 인생이 영영 달라질 그런 자리.

좀 초조하겠지. 평소보다 땀이 많이 나겠지. 상식과 지식이라는 환영은 오래전에 창밖으로 줄행랑 놓은 것 같고……

**나는 씩 웃었다.**

좋은 첫인상을 주고 싶겠지. 자연스러운 생각이야. 하지만 면접에 갈 준비를 하면서 화장과 머리를 지나치게 꾸미지 마라. 그냥 단정한 차림으로 가면 된다. 너무 익은 닭구이를 누가 좋아하겠니? 그래, 예가 영 아니올시다 할 것이다.

**나는 거울을 힐끗 보았다. 입술 연고와 고단해 보일 때 아이라인을 그리는 것을 제외하면 거의 화장하지 않았다. 머리는 질끈 묶어 헤어밴드를 했고.**

자신감과 미소로(정신 나간 사람처럼은 말고) 무장하고 쾌활한 모습을 보이면, 다른 구직자들보다 한결 두드러져 보일 거야. 면접관이 여자를 밝히는 놈인데 엉덩이만 겨우 가린 치마를 입고 온 여자가 있지 않다면 말이지. 여기 네가 면접관 앞에 섰을 때 염두에 둘 사항 몇 가지가 있단다.

* 그도 너와 똑같은 인간이다.

* 그는 네가 주절대는 것을 못마땅해한다.

* 그는 네가 방귀 뀌는 것을 싫어한다.

* 그는 네가 자기 자리를 노린다는 인상을 받는 것을 싫어한다.

* 그는 네가 친구에게 축구 경기 결과를 물으려고(찰리) 공중전화 부스에 있는 동안 기다려 주지 않는다.

* 그는 네가 늘어놓는 칭찬에 영향받지 않는다('머리 모양이 마음에 들어요! 옷 색깔이 좋네요!'라는 입발림에 가산점을 주지 않는다).

* 면접이 아무리 따분해도(그런 경우가 있다) 결코, 절대로 하품하지 마라. 하품을 참으려 들면 쥐를 삼키려는 사람처럼 보일 게다. 전날 밤에 잠을 충분히 자 두려고 노력해라.


학교를 졸업하고 처음 치른 면접은 최악이었단다. 어느 모로 보나 내가 부족해서는 아니었어. 미리 그 회사에 대해 공부를 많이 했고 가장 좋은 양복을 차려입고 갔거든. 양치를 하고 머리도 빗고 화장도 안 했지! 하지만 면접관이 나를 보자마자, 애초부터 결정을 내린 것 같더구나. 그는 날 고용할 의사가 없었지.

너는 다른 경험을 할 거야. 그러길 바란다.

그러니까 자신 있게 당당히 면접실로 들어가렴. 자신감은 내면 깊은 곳에서 나와야 한다는 사실을 명심해야 한다. 갈비뼈 아래쪽, 아침밥과 점심밥, 저녁밥이 소화되는 어딘가에서 나오는 거란다. 네가 충분히 준비되었기를(자신감 말이야, 소화된 음식물이 아니라) 바란다. 또 거만이 아닌 자신감으로 보여야 한다는 것을 잊지 마라. 왜냐면 타인의 눈에 자신감과 거만은 종이 한 장 차이거든.

해서 말이지, 옷을 열 댓벌 입어 보고 애프터 셰이브 로션으로 목욕을 하다시피 한 후, 거울 앞에서 솔빗을 '마이크' 삼아 대사를 연습했지. 입 냄새가 나는지 보려고 20초에 한 번씩 손바닥에 입김을 불어 보고⋯⋯. 말하고 보니 화끈한 데이트에 나갈 준비라도 한 것 같구나. 그런 식으로 보는 것도 나쁘진 않을 것 같아. 팔뚝에 뜻도 모르는 이상한 머리글자를 문신한 사람으로 보이는 걸로 끝나지 않으면 돼. 내가 하고 싶은 말은, 경험 많은 면접관은 당장 그 문신을 눈치 챌 거란 점이야. 그들은 이전에 수십 명을 면접해 봤거든. 프로라고. 너는⋯⋯ 안절부절못하겠지. 그러니까 네가 자신감 있고 능률적이고, 적임자라고 생각하게끔 그들을 속이렴. 머리끝부터 발끝까지 너야말로 그들이 '찾던 바로 그 사람'이라고 보게 하렴. 하지만 다시 말하거니와, 거만하게 보이면 안 된다. 왜냐면 앞에서도 말했듯이 거만과 자신감은 종이 한 장 차이니까⋯⋯.

추신: 문신 얘기가 나왔으니 말인데⋯⋯ 절대, 문신은 하지 마라, 아가.


면접은 예상보다 잘 풀렸다. 침착하고 집중력 있는 태도를 유지했고, '화장실이 어디죠?'라는 질문을 빼면 바보 같은 질문은 한 번도 하지 않았다. 면접 중에 나온 걱정스러운 화제는 내 나이 문제뿐이었다. 스물두 살의 나이에 급여를 많이 받는 IT 관련 직원의 역할을 감당할 경험이 충분한가?

하지만 이 나라에서는 매주 IT 관련 직원의 부족을 겪는다는 사실을 알기에, 나이 문제가 고용 결정에 핵심 요소가 아니라는 것을 알았다. 그래서 '열정적으로 쭉 일해 나가겠다'는 번지르르한 말로 면접관들의 마음을 사로잡았다.

일주일 사이에 두 군데에서 고용 제의를 받았고, 나는 연봉이 적은 회사를 선택했다. 우중충한 부동산 개발 회사보다는 중심가에 있는 짜릿한 PR 회사에서 일하고 싶었다. 게다가 연봉 2만 2천 파운드면 나로서는 복권 당첨이나 마찬가지였다.

첫 출근 날의 아침이 밝았다. 프라다 안경을 쓴 면접관의 세련된 차림새와 소호 지역의 넓은 안내석을 떠올리자, 루이스 베이츠가 부족하고, 세련되거나 예쁘지 않다는 생각이 스멀스멀 기어들었다. 옷장에는 시장에서 파는 옷들이 뒤섞여 있었다. 정장이라곤 친절하게도 토요일에만 소매 판매를 하는 핀스버리 파크 도매 시장에서 산 옷 한 벌뿐이었다. 구두는 오래되었고 오른쪽 굽에는 구멍까지 났다. 하지만 전신 거울 앞에 서니 제법 그럴듯한 모습이라는 것을 알 수 있었다. 지난 몇 달간 체중이 줄어서 바지는 나중에 줄여야 했다. 옆모습을 비춰 보니 엉덩이 곡선이 눈에 띄어 수줍게 웃었다. 칼라에게 빌린 스트레이트기로 뻗친 머리를 가다듬어 단장을 마쳤다.

출발하기 전에 몇 분 짬이 나기에 마지막 응원을 받으려고 매뉴얼을 꺼냈다.

### 기타: 새 직장

오랫동안 간절히 바라던 직장에 처음 출근하는 날. 우선 네가 무척 자랑스럽구나. 네가 잘 해낼 줄 알았다. 둘째로 진정하렴! 그래 봤자 직장일 뿐이니, 하루가 저물어도 넌 살아 있을 거야(그래, 죽음에 대한 농담은 그만 할게). 그 누구보다 네가 그 자리에 있을 자격이 충분하다는 점을 기억해라. 네가 노력해서 당당히 얻은 자리니까.

새 직장에서 처음 적응하는 동안 모든 것을 흡수해야 한다. 회사와 가까운 동료에 대해 배울 수 있는 것은 다 배우렴. 업무에 대해서도. 같이 놀 사람이 누구인지는 말고. 분위기에 적응하고 필요한 질문을 하도록 해라. 나중에 질문하면 바보처럼 보일 테니까 지금이 물어볼 적기란다. 예를 들어 나는 출근한 지 2주일이 지나서야 직속 상관의 이름을 알아냈고, 다른 직장에서는 사흘이 지난 후에야 남의 책상에 앉아 있다는 걸 깨달았단다. 그래, 너는 아빠처럼 미련하지 않을 테지만, 내가 무슨 말을 하려는지 알겠지.

직장은 학교랑 비슷할 것 같구나. 다만 이번에는 네가 거기 다니겠다고 '선택'한 것만 다르겠지. 혹, 생활비 때문에 마지못해 다닐 수밖에 없거나. 직장은 학교처럼 위계질서도 있고 얼뜨기도 있고 예쁜 여자들과 멋진 남자도 있단다. 어딜 가나 다 똑같지. 이따금 내가 학교에 대해 조언한 대목을 들춰 볼 필요가 있을지도 모르겠구나. 사무실의 역학 관계 같은 진부한 얘기는 끝없이 늘어놓을 수 있지만 그러지 않으련다.

네게 소위 '직장 남편'이 생길지도 모르겠다. 다들 네가 은밀한 관계를 맺고 있다고 생각할 만한 동료 말이다. 같이 점심을 먹고 회의 때는 나란히 앉고, 텔레비전 프로그램에 대해 입씨름을 벌이는 동료. 같이 있으면 편하고 기분 좋고 느긋해지고, 가장 중요한 것은 위협이 느껴지지 않는 상대 말이야. 그가 엉뚱한 마음을 먹지만 않는다면 그런 관계도 좋지. 그가 엉뚱하게 굴면 '정말로' 민감하게 처신해야 할 거야. 그곳이 직장이라는 점을 명심해야 한다.

물론 그가 공격적으로 나온다면, 상부에 알려야겠지. 그러지 못하겠다면 이 매뉴얼의 '남자를 일시적으로 무기력하게 만드는 법' 대목을 참조하렴.

또 '직장 단짝'이 있지. 여러 가지를 함께하는 남자나 여자 동료 말이야. 퇴근 후에 한잔하는 사이지만 그 정도에서 모든 게 끝나는 사이 말이다. 네 집에 드나들지 않고, 직장 밖에서는 사귀지 않는 사이지. 한 사람이 좀 더 다가서고 싶어 해도, 상대방은 교묘하게 빠져나갈 방법을 모색하지. 난 실제의 삶과 직장이 뒤엉켜서는 안 된다고 생각한다. 그래, 이것은 남자친구들에게도 적용되지. 의심이 생긴다면 아빠의 이 질문을 기억하고 대답해 보렴.

네 집 뒷마당에서 '큰일을 보고' 싶으냐?

그래, 변기가 막혔고 이웃들이 다 외출했는데 전날 밤에 상한 오믈렛을 먹었다면 그래야겠지. 하지만 내가 무슨 말을 하고 싶은지 알겠지?

직장 남편 & 직장 단짝

"여기는 오믈렛을 아주 잘해요. 하지만 구내식당은 오믈렛을 빼면 그저 그래요. 그래서 우리는 근처의 카페와 바를 이용하죠. 음식이 한결 낫거든요."

내게 회사 소개하는 일을 맡은 직원이 말했다. 나는 그녀가 입은 디자이너 브랜드의 청바지와 구깃구깃한 내 정장을 비교했다. 그녀가 설명을 이어 갔다.

"하지만 여름이면 벽에서 유리창이 있는 벽까지 햇살이 들어서 아주 좋아요."

구내식당에는 자연광을 배경으로 화사한 색의 콜라주 작품이 걸려 있었다. 갓 내린 커피와 크루아상 냄새가 풍겼다. 걸음을 옮기는데 배 속이 조여들었다.

회의실에는 참나무 테이블과 가죽 의자 주변에 예술적인 콜라주 작품들이 걸려 있었다. 복도와 정수기와 내 사무실 문의 반짝이는 황동 손잡이도 인상적이었다.

"바로 여기예요!"

여직원이 내가 일할 사무실의 문을 열면서 말했다. 지금껏 돌아본 곳 중에서 가장 형편없는 방이었다. 방은 어두컴컴했고, 구석에는 낡은 컴퓨터 두 대가 버려져 있었다. 또 작동하는 컴퓨터 세 대 중 한 대에서 덜덜대는 소리가 났다.

"어서 와요. 내 이름은 키스지만 키소라고 불러요."

지저분한 머리를 어깨까지 기른 얼뜨기같이 생긴 남자가 인사했다. 처음 들어 보는 미국과 오스트레일리아 억양이 뒤섞인 말투였다.

"만나서 반갑습니다."

나는 목례하며 말했다. 그가 손을 계속 키보드에 올려놓고 있어서 악수할 수가 없었다.

그다음에 제이미를 소개받았다. 그녀를 보자 에린이 떠올랐다. 금발에 가슴이 큰 미인이었다.

"안녕하세요. 나중에 얘기해야겠네요, 방금 호출을 받았거든요."

그녀가 얼른 말하며 윙크를 했다. 회계부에서 부팅이 안 된다고 연락한 보양이었다. 제이미가 문을 빠져나가자, 우리 팀의 마지막 팀원이 자기소개를 했다.

"난 매슈지만 매트라고 불러요."

더할 나위 없이 잘생긴 남자였다. '직장 동료'로 딱 맞는 타입이었다. 매트의 꿈같은 눈을 종일이라도 들여다볼 수 있을 것 같았다

"이름이?"

매트가 물었다.

"네? 저기…… 루이스예요."

나는 얼굴을 붉혔다.

"레인의 루이스, 맞아요?"

키소가 키보드에서 고개를 들고 물었다.

"네, 아빠 말로는 그 이름을 따서 지었다더군요."

"야아!"

키소가 흥분해서 소리쳤다.

"여기 평생의 친구가 한 명 있어요. 공상 과학과 만화라면 우리 키소가 끝내 주거든요!"

매트가 말했다. 그가 미소 짓자 가지런한 치아가 드러나 반짝이는 눈이 더 돋보였다. 매트는 캘빈(혹은 코리까지도 — 인정하기는 싫지만) 외에 내가 만난 최고의 미남이라고 할 수 있을 듯싶었다.

매트와 제이미를 따라 식당으로 점심을 먹으러 갔다. 키소는 사무실에 남아 전화를 받았다. 제이미는 주로 말을 듣는 데 반해 매트는 종일이라도 떠들어 댈 수 있었다. 하지만 상관없었다. 정말 꽃미남이었다. IT 천재의 몸에 영화배우가 들어 있는 것 같다고 할까. 다섯 시 반쯤 난 첫 번째 소환을 받았고, 매트가 '감독하러' 함께 갔다. 그에게 흑심을 품게 되었다.

밤에 하는 아르바이트를 그만두어 주말에 쉴 수 있는 여유가 생겼다. 주 중에 퇴근 후 매트, 키소, 제이미와 어울리는 시간이 많아서 주말에는 쉴 필요가 있었다. 내 생활은 세련된 칵테일 바 순례로 바뀌었다. 특히 '올드 콤튼' 가의 모퉁이에 있는 바에 가면 내가 맛본 것 중 가장 달콤한(많이 맛보지 않았지만) 블루 라군 칵테일을 마실 수 있었다. 거의 비현실적이고 새로운 생활이어서 흥분으로 터져 버릴 것만 같았다.

또 새 직장 동료에 대해 많이 알게 되었다. 매트는 독신으로 보에서 엄마와 함께 살았다. 키소는 뉴질랜드에서 5년짜리 노동 비자를 받고 왔는데 비자가 거의 만료되었다. 그래서 만료일이 되기 전에 그와 결혼하고 싶어 '안달하는 영국 아가씨'를 만나길 바라고 기다리는 중이었다. 제이미는 독신이었지만 '절대로' 신분을 밝히지 않는 미스터리 남성을 사랑했다. 매트와 키소는 아주 늙은 유부남 회사 사람일 거라고 짐작했지만, 나는 가족과 잘 아는 친구일 거로 추측했다.

일 자체는 아주 고생스럽거나 신나지 않았다. (직원: "내 컴퓨터가 작동이 안 되는데요!" 나: "저기 혹시 전원이 켜져 있나요?") 하지만 일을 하면서 자신감이 쌓였고, 은행 잔액과 고급 브랜드의 새 옷을 사고 싶은 욕망도 커졌다. 한 사이즈가 줄자 특히 더했다.

이제는 코벤트 가든에서 쇼핑을 했다. 걱정 없이 60파운드짜리를 사들였고, 거친 도매상인들과 흥정을 벌여 끈질기게 값을 깎던 일은 먼 기억의 한쪽이 되어 버렸다. 또 겁 없이 유행에 따라 나이에 맞는 옷을 신나게 입고, '베이지 색 카디건'은 쓰레기통에 던졌다.

하지만 엄마와 아기를 보러 찰턴에 가지 않을 핑계를 댈 수는 없었다. 한 달에 한 번쯤 찾아가서는 내내 시계만 쳐다보았다. 그러던 어느 날, 우연히 코리와 부딪쳤다.

"보따리!"

그가 힘찬 팔로 나를 안았다.

"아직 프랑스에 있는 줄 알았는데."

"잠깐 다니러 왔어. 가끔은 엄마가 해 주는 음식을 먹어 줘야 하거든."

"오빠네 엄마의 닭구이는 유명하니까……."

그러곤 이내 침묵이 흘렀다. 어색한 분위기를 깰 만한 말이 한마디도 떠오르지 않았다.

그때 코리가 입을 열었다. 나직하게.

"터널로 얼마 안 걸려서 올 수 있어. 알겠지만 오는 길이든 가는 길이든."

나는 그 말에 깔린 암시를 모르는 체했다.

"이 모습 좀 봐!"

나는 과장된 말투로 소리쳤다. 세련되지만 손질하지 않고 자란 그의 머리를 잡아당겼다. 헐렁한 청바지를 입고 구멍 난 티셔츠에는 '난 멋쟁이!'라고 적혀 있었다.

"넌 보기 좋은데!"

코리가 천천히 머리를 저으면서 말했다. 마치 내 모습을 '감정'하는 것 같았다. 코리가 양팔을 뻗어 다시 끌어안자 나는 얼굴을 붉혔다. 밤마다 매트를 떠올리며 공상을 하지만, 현실에서는 2년 전 그레그 이후로 남자와 신체 접촉을 해 본 적이 없었다. 느낌이 좋았다. 코리가 기분 좋게 느껴졌다.

"안으로 들어가자! 엄마는 캘빈이랑 외출하셨어. 그동안 어떻게 살았는지 얘기해 줘. 내 동생이 로커가 꿈인 프레드라는 멍청이랑 어떻게 되어 가는지도 들어 보고. 녀석의 목소리는 목구멍에 자두라도 걸린 것 같더라고!"

나는 코리를 따라 집으로 들어가며, 예전에도 경험한 일 같은 강렬한 느낌을 받았다.

"저기 엄마랑 캘빈에 대해서는 어떻게 생각해?"

내가 물었다.

"두 사람에 대해선 생각하지 않으려고 노력하지. 네가 묻는 게 그런 거라면……."

나는 초조하게 웃었다. 내가 말했다.

"내가 물은 것은 캘빈이 워낙 나이가 적으니까……."

"저기, 아버지는 바르셀로나에 사셔……."

"아저씨는 어떠셔?"

"바를 개업했는데 잘 지내셔. 두어 주 전에 가서 만났어. 아버지가 네 안부를 물으면서 네가 언제 올 수 있는지 궁금해하시더라."

"정말이야?"

난 그 말에 놀랐다.

"당연하지! 너는 가족 같은걸. 하지만 솔직히 엄마가 행복하다면 그걸로 괜찮아. 엄마가 나보다 약간 나이 많은 사람을 만났으면 좋겠다 싶긴 했지만 말이지."

코리가 주머니에서 담뱃갑을 꺼내더니 내게 권했다.

"미안, 난 안 피워."

"미안할 것 없어. 지저분한 습관이니까. 네가 담배를 안 피운다는 걸 기억했어야 하는데."

코리가 불을 붙이며 말을 이었다.

"칼라 말로는 네가 아주 잘나간다면서."

"아니야. 컴퓨터 분야에서 일해."

"알 만하다, 보따리. 돈은 꽤 벌겠구나. 하지만 너한테 놀랐다는 말은 해야겠다."

"왜?"

나는 새로 다듬은 눈썹을 치떴다.

"난 네가 좀 더 창의적인 일을 할 걸로 생각했거든."

"뭐야, 오빠처럼 말이야?"

나는 소리 내어 웃었다.

코리는 흐트러지지 않았다.

"그게 얼마나 유혹적일 수 있는지 알아. 학교 친구 몇 명이 컴퓨터 소굴에 뛰어들었거든. 엔지니어 자격증을 따더니 미술계에서의 미래와는 작별을 고했지. 하지만 나는 아니야."

"그러니까 내가 '팔려 갔다'고 생각하는 거야?"

"그런 말은 안 했어, 보따리. 그냥 모두에게 창의적인 면이 있다고 믿을 뿐이야. 내게는 미술이고, 엄마는 바느질을 좋아하셔. 칼라는…… 글쎄, 칼라는 남자친구의 눈을 들여다보고 앉아 있는 걸 좋아하지."

둘 다 웃음을 터뜨렸다. 코리의 보조개가 눈에 들어왔다.

"그럼 내 경우는 뭔데?"

"몰라……. 네가 말해 봐."

스물한 살 생일날 받은 선물이 떠올랐다. 처음으로 그 사진들을 보았을 때의 기쁨이 기억났다. 아빠와 내가 다양한 포즈를 취한 사진들. 둘이 함께. 마지막으로……. 하지만 영원히 필름에 찍힌 순간들.

"아직은 찾지 못한 것 같아. 미안해……."

"보따리, 난 아무도 평가하지 않아. 너는 해야 한다고 느끼는 일을 하고 있을 따름이야. 또 거기에는 아무런 잘못도 없어."

둘이 '그동안 어떻게 살았는지 얘기'할 때, 나는 뻣뻣한 흰 셔츠 밑으로 땀을 줄줄 흘렸다. 코리가 날 쳐다볼 때는 특히 심했다. 유달리 야한 눈길도 아니었는데 내 몸이 반응했다. 칼라가 자주 말하듯 내가 '가뭄'이 들어 그런 것인지, 모든 상황이 낯익어서인지는 알 수 없었지만 4년이나 헤어져 지냈는데…… 여태 뭔가가 남아 있었다. 그게 뭔지 콕 집어 말할 수는 없었다. 바로 이 거실에서 내가 맥주를 마시다 사레들었을 때 키스한 후로 쭉 둘 사이에 그게 남아 있었다.

직장 남편 & 직장 단짝

"정말 예쁘다."

코리가 불쑥 말했다. 눈을 어디에 둘지 난처했다. 그의 입술, 가슴, 그 아래……. 막 어른이 되려는 아이 같은 기분이었다. 어른들의 일처럼 보여서 무슨 말을 해야 할지, 어떻게 해야 할지 난처했다. 코리가 내게 천천히 다가왔고, 난 무슨 일이 벌어질지 알았다. 이미 경험해 본 일이었으니까. 이윽고 둘의 입술이 닿았다. 처음에는 천천히, 그러다 다급히 허기를 채우듯 움직였다.

2층 코리의 방에서 그의 손이 멋대로 움직였다. 단추를 풀고 벗기고, 내가 그레그에게만 허락했던 곳을 매만졌다. 그의 혀가 내 입술에 얼른 원을 그리며 짧게 짧게 이를 핥을 때는 터져 버릴 것 같았다. 몸속에서 열기가 솟구쳐 '자기를 원해'라는 말이 나왔다.

"확실해?"

코리가 쉰 소리로 물었다.

확실했다.


"괜찮아?"

코리가 물었다.

"응."

그와 나란히 누워 있으니 옳은 일을 한 기분이 들었다. 코리가 담배에 불을 댕겨 내게 내밀었다. 난 두 번 생각하지도 않고 담배를 받았다.

"꼭 예전 같다, 그렇지?"

"정말 그래."

"괜찮아?"

그가 다시 물었다.

"그렇다니까! 제발 그렇게 묻지 좀 마."

코리에게 담배를 다시 건네주었다.

"넌 항상 요정처럼 빠져나가. 우리가 어릴 때도 그랬다니까."

내가 생긋 웃자, 코리가 이마에 가만히 입맞춤했다. 정말 부드럽고 사랑이 넘쳤다. 그와 영원히 여기 머물고 싶었지만, 마음속 깊은 데서는 그가 곧 프랑스로 떠난다는 사실을 알았다. 이 피할 수 없는 일에 대해 준비를 해야 했다. 또 그가 날 두고 떠난다……. 이젠 내가 그래야 했다.

"어디 가는 거야, 보따리?"

"가 봐야 해."

나는 시계를 힐끗 보면서 옷을 입었다.

"왜 그렇게 서두르니? 엄마는 네가 여기 있는 걸 봐도 언짢아하지 않으실 거야. 내 말 믿으라고."

"오빠는 프랑스에 돌아갈 거잖아?"

나는 문으로 다가갔다.

"하지만 다음 주나 되어야 갈 거야. 우리 둘이……."

"또 봐!"

나는 노래하듯 외치고 밖으로 나왔다. 문을 닫고 나서야 깊이 숨을 내쉬었다.

이러는 편이 나았다. 물론 다시 만날 수도 있겠지만 그러지 않았다. 좀 더 이야기하고 함께 좋은 시간을 보낼 수도 있었겠지. 하지만 코리는 며칠 후에 유로스타를 타고 프랑스로 가야 했다. 여기서 떠나야 했다. 런던을 떠나야 했다. 나를 두고 가야 했다. 총 맞을 게 뻔한데 멀쩡하게 서서 당할 순 없었다. 그런 꼴은 안 당해.

칼라에 따르면, 코리는 금요일에 떠났고, 토요일에 나는 아파트에 혼자 앉아 있었다. 주말이면 늘 그랬다. 또래들처럼 술을 마시러 나가지 않았지만 상관없었다. 덕분에 돈이 굳었으니까(예외로 새 천 년을 맞는 밤에 마실 샴페인을 사서, 칼라를 위해 손도 안 댔다).

다른 토요일, 집에 있었다. 햇살이 강렬했고 밖에서 애들 노는 소리가 소란스러워서 짜증이 났다. 녹화해 놓은 드라마 「이트스엔더스」를 보는데 집중하기가 힘들었다. 급여가 좀 오른 덕분에 이제 갖고 싶은 가전제품을 갖추어 놓았다. 세탁기도 사서, 엄마와 짜증 나는 꼬맹이를 볼 일이 더 줄었다. 전화벨이 울렸다. 칼라였다.

"프레드가 음반 계약을 맺었어."

칼라가 말했다.

"잘됐네!"

나는 비디오의 '정지' 버튼을 누르면서 말했다.

"그리고 날 찼어."

"어머나……."

"이제 스타가 될 거니까 둘이 잘 안 될 거라나. 나쁜 자식."

칼라의 목소리가 떨렸다. 난 친구가 힘들어한다는 걸 알았다.

"어쩜 좋아……."

"나중에 전화해도 되지? 가서 망할 놈의 기타를 망치로 박살 내야겠어. 나중에 전화할게, 알았지?"

나는 빙그레 웃으면서 '재생' 버튼을 눌렀다. 칼라한테는 안됐지만, 사람들에 대한 내 이론이 증명된 셈이었다.

다시 전화벨이 울렸다. 이번에는 엄마였다. 내 몸이 잔뜩 굳었다. 왜 자주 오지 않느냐, 잠자는 습관이 왜 그러느냐, 집에 세제는 넉넉히 있느냐는 잔소리 공격에 대비해 보이지 않는 방패를 준비했다. 그런데 이번에는 그런 시시한 예측이 완전히 빗나갔다.

"네 동생 말이다."

"애가 왜요?"

나는 신음했다. 지난달에 엄마는 전화해서 꼬맹이가 신동인 것 같다고 떠들어 댔다. 내가 크리스마스에 선물한 퍼즐을 순식간에 맞추었다나. 꼬맹이가 이렇게 말하고 꼬맹이가 저런 행동을 하고 어쩌고저쩌고. 친동생이라면 모르겠지만 듣기에 지루했다. 난 그 아이의 친언니가 아니었으니까.

"정말이지…… 말을 못하겠다……. 정말이지……."

엄마가 말했다.

"엄마, 무슨 일이에요?"

나는 비디오의 '정지' 버튼을 눌렀다.

"아이가 없어졌어. 없어졌다고!"


경찰에 신고했다.

엄마가 꼬맹이를 마지막으로 본 것은 뒷마당에서 노는 모습이었다. 엄마는 저녁에 먹을 채소를 땄다. 전화벨이 울렸고, 엄마는 친구랑 오랫동안 수다를 떨었다. 다시 나오니 꼬맹이가 보이지 않았다.

칼라의 엄마와 캘빈이 차에 올라탔고, 칼라와 나는 아이 이름을 부르며 동네를 뛰어다녔다. 우리는 유원지 주변과 나무 아래를 뒤졌고, 눈에 띄는 사람을 붙잡고 급히 복사한 사진을 들이밀었다. 사탕 가게 창문과 공중전화에 사진도 붙였다. 아이의 행방을 조금이라도 알아내려고 행인들에게 아이를 봤느냐고 물어보았다. 그때 경찰이 대로에 있는 정신병원에 찾아간 이야기가 귀에 들렸지만 난 듣지 않았다. 마찬가지로 블랙히스 황무지 쪽을 수색하겠다는 말도 들으려 하지 않았다.

한 시간이 흘렀다.

우리는 사방을 뒤졌다. 예전에 놀던 곳까지 샅샅이 돌았다. 휴대폰으로 서로 연락했다. 처음으로 휴대폰을 잘 샀다 싶었다.

두 시간.

아무 흔적도 없었다.

세 시간.

감감무소식이었다.

이제 나는 아이가 안 돌아올 거라는 무서운 생각에 시달렸다. 엄마가 바로 내 앞에서 어쩔 줄 모르고 주저앉는 모습을 떠올리니 당혹스러웠다. '기적 같은 아이'를 잃은 데 대해 어떤 위로도 통하지 않았다. 엄마의 남편도 두려움에 사로잡혀 아내에게 위로의 말을 제대로 건네지 못했다. 꼬맹이는 세 살이 채 안 되었다. 어려서 대화를 못했고, 집에 찾아오지도 못할 나이였다. 아이가 다쳤으면 어쩌지? 누군가 아이를 해쳤다면? 머리와 마음에 퍼지는 그런 생각을 없애려고 노력했지만 그러지 못했다. 늘 나쁜 일이 일어났다. 사람들이 떠나서는 영영 돌아오지 않았다.

나는 복사한 사진을 구겨 버렸다. 발끝에서 머리끝까지

뻗치는 아픔을 견딜 수가 없었다. 분노에 찬 눈물이 맺혔다. 제발 아이에게 아무 일도 일어나지 않게 해 달라고 빌었다. 내 어린 동생에게 그런 일이 없게 해 주세요. 제발 부탁이에요. 아빠가 형제자매에 대해 쓴 대목이 기억났고, 지난여름에야 내가 동생을 사랑한다는 것을 확실히 알았다. 나는 동생 애비를 사랑했다. 아이는 끔찍했다. 마음대로 안 되면 울어 대고, 냄새 나는 당나귀 인형을 끌고 다니면서 당나귀 귀로 콧구멍을 쑤시고 늘 콧물이 입까지 흘러 보기만 해도 구역질이 났다. 그리고 그 인형을 꼭 안고 잤다. 그건 사실이었다. 하지만 그 아이는 애비였다. 내 동생이 아니라는 얘기는 그만! 당연히 애비는 내 동생이었다! 엄마가 낳았으니까. 우리 몸에는 같은 피가 흘렀다. 아빠와 내가 그런 것처럼. 또, 난 애비를 사랑했다. 그 미소를 사랑했다. 그 빰, 동글동글 말리는 머리칼, 예쁜 사슴 같은 눈으로 웃는 모습. 작은 파카를 입고 분홍색 구두를 신은 광고에서 보는 아이처럼 예뻤다. 얼마나 사랑스럽게 생겼는지. 정말 예뻐서, 엄마와 빙고 사나이의 유전자로는 이런 아이가 나올 수 없었을 거라는 생각까지 들었다. 미남 미녀 부부가 볼보를 타고 골든리트리버를 데리고 나타나 아이를 돌려 달라고 하면, 다들 기절할 것 같았다. 그러면 애비는 영영 우리 곁을 떠날 터였다. 그래서 난 애비를 사랑하지 않겠다고 작정했다. 귀여운 녀석을 진심으로 안아 주지도 않았다.

그런데 정말 이런 일이 생겼다. 유치하고 이상하고 무엇보다 잔인한 말 같지만, 내가 예상했던 비슷한 일이 터졌다.

어릴 때 돌아다니던 거리를 다시 헤매고 다녔다. '레인스 생선 튀김집'과 유원지를 돌아다니면서 최악의 결론까지 내려야 한다는 생각이 들었다. 사랑한다고 말하기에는 너무 늦어 버렸다고. 너무 늦었어.

애비는 죽은 거야.

너무 늦었어.

그 작은 몸이 차디찬 바닥에서 나뒹굴 거야.

너무 늦었어.

또다시 눈물이 콸콸 쏟아졌다. 이번에는 죄책감이 가슴을 짓눌렀다.

느릿느릿 집으로 들어가서, 고개를 숙이고 열쇠를 돌렸다. 그때 울음소리가 들려왔고, 나는 피치 못할 일을 맞닥뜨릴 준비를 했다. 더 많은 눈물과 슬픔을 감당할 각오를 했다. 애비가 죽었구나. 아빠처럼 떠나 버렸구나. 그리고 난 다시 강해져야 했다.

묵직한 문을 닫았다.

부엌에 사람들이 잔뜩 모여 있었다. 문을 열고 들어가니, 다들 내 쪽으로 등을 돌리고 있었다.

"루…… 루이스!"

직장 남편 & 직장 단짝

엄마가 소리치자 사람들이 비켜섰다. 눈물로 얼룩진, 엄마의 부은 얼굴이 보였다.

"엄마?"

"봐…… 보라고……."

"엄마?"

"아기가 돌아왔단다!"

엄마가 울부짖었다. 엄마의 품에는 꼬질꼬질하지만 살아 숨 쉬는 동생이 안겨 있었다.

"꼬맹아!"

나는 달려가 아기를 받았다. 애비는 내가 소란을 떨자 놀라서 눈썹을 치떴다. 아기가 약간 버둥대자 누군가 당나귀 인형을 쥐여 주었다. 애비는 당나귀의 귀를 콧구멍에 넣었다. 사람들이 웃음을 터뜨렸던 것 같지만 내 귀에는 아무 소리도 들리지 않았다. 그냥 아기의 냄새를 맡고, 곱슬머리를 매만지고 싶었다. 무엇보다도 다시는 동생을 놓치고 싶지 않았다.

애비는 마당의 구멍으로 기어 나가 옆집 정원으로 갔었나 보다. 옆집에는 이사 온 지 얼마 안 되는 노부부가 살았다. 애비는 장미나무 수풀 뒤에서 잠들었고, 가시에 긁힌 자국 말고는 아무 상처도 입지 않았다. 그리고 이제 아이는 나와 이웃들의 관심에 둘러싸였다.

그해에는 애비가 돌아온 게 내가 소망하거나 요구하는 최고의 생일 선물이었다. 아빠가 내게 준 생일 메시지는 아주 간단했다.

지난 몇 년 사이 너는 많은 변화를 보였지. 많이 성장했고 여행하고, 새로운 감정을 경험했기 바란다. 계속 성장해라. 뒤돌아보지 말고 계속 앞으로 나아가렴.

# 첫 데이트, 네 육감을 믿으렴

엄마는 애비 사건 이후 모든 게 '정상'으로 돌아와서 정말 기쁘다고 계속 읊어 댔다. 하지만 내가 아는 바는 달랐다. 애비와 나 사이가 변했다. 적어도 그 아이를 향한 내 태도가 변했다. 애비는 여전히 시끄럽고 활기찬 아이였지만, 아이가 커 가면서 난 동생을 둔 재미를 기대했다.

"생일 축하합니다!"

애비가 노래를 부르면서 코에 당나귀의 귀를 쑤셔 넣었다. 난 식탁에 놓인 덜 구워진 토스트를 마저 먹었다. 엄마가 생일 아침상을 차려 주었다는 것을 알고 생긋 웃었다. 진짜 생일까지는 꼭 24시간이 남았지만. 남은 재료로 만든 볶음 요리와 천사 모양의 케이크(애비 덕분에)도 있었다. 또(역시 애비 덕분에) 유화 물감으로 그린 걸작도 있었다.

주말에 칼라와 나는 칼라의 아빠를 만나러 바르셀로나에 갈 예정이었다. 관광을 하고, 무엇보다도 휴식을 취하고 싶었다. 고된 업무와 계속 변하는 IT 기술을 따라잡기 위해 계속 공부하느라 지칠 대로 지친 상태였다.

"초콜릿 바를 사 두었는데."

엄마가 말했다.

"이제 초콜릿 바는 안 좋아해요, 엄마!"

내가 말했다. 그때 애비가 내 무릎으로 올라오더니, 더러운 인형을 내 입에 넣으려고 애쓰다가 안 되니깐 몸을 비틀며 내려갔다.

"애비, 가만히 앉아 있어!"

엄마가 나무랐다.

"언니가 당나귀를 먹어!"

"네가 비행기를 타는 게 영 마음에 걸리는구나."

"아무 일 없을 거예요!"

"밀레니엄 버그가 지난 새해 첫날에는 생기지 않았지만, 언제든 생길 수 있는 거 아니냐. 네가 탄 비행기에 문제가 생기면 안 되는데."

"엄마, 저는 IT 업계에 종사해요. 그런 일은 일어나지 않아요. 다 꾸며 낸 얘기라고요."

엄마는 내가 타자수로 일해 먹고사는 줄 알고 있다는 생각이 가끔 들었다.

"네가 그렇다면 그런 거겠지."

엄마가 말했다.


칼라의 아빠가 공항에 마중 나왔다. 아저씨는 흥분을 감추는 기색이 역력했지만, 우리 둘은 진짜 야자수를 보자 즐거워서 환호성을 질러 댔다.

"네가 바쁜 일정 속에서도 이렇게 와 주니 정말 기쁘구나. 네가 대단한 자리에 있다고 들었다, 루이스!"

"누가 그런 말을 전했는지 모르겠네요!"

내가 웃음을 터뜨렸다.

"코리한테 들었지."

'코리'의 이름이 나오자 나는 고개를 돌리지 않으려고 애썼다. 하지만 마지막 만남이 머리에 떠올랐다. 얼른 머릿속의 은밀한 '들춰 보지 말 것' 부분으로 기억을 밀어 넣었다.

칼라의 아빠는 별로 변하지 않았다. 수염을 기르고 셔츠 밑의 배가 불룩 나온 것만 빼면. 그가 캘빈에 대해 아는지 궁금했다.

"가자, 얘들아. 먼저 내 아파트로 가서 구경시켜 줄게."

칼라의 아빠는 작은 바닷가 마을인 카스타데펠스에 바를 개업했고, 근처의 가바 마르에서 살았다. 멋지게 꾸민 방 하나짜리 아파트였다.

"칼라가 코 고는 버릇을 고쳤어야 하는데. 둘이 공기 침대에서 같이 자야 하거든!"

칼라가 아빠를 째려보았다.

나는 유리 진열장 옆에 가방을 내려놓았다. 진열장에는 칼라와 코리의 사진들이 있었다. 그들과 내가 함께 있는 사진을 발견하곤 놀랐다. 신발이 흙투성이가 된 채 유원지에 서 있는 사진이었다. 여덟 살 때였으리라. 아빠가 세상을 떠나고 3년 후, 난 거기서 친구들과 놀고 있었다.

"난 나가 볼 테니 너희는 씻고 기분 전환이나 하렴. 바의 주소를 적어 놓았다. 나중에 택시 타고 바로 와라."

"좋아요. 그런데 잠깐만요, 아빠."

돌이켜 생각해 보면, 칼라는 필요 이상으로 아버지와 시간을 보낼 의사가 없었다. 다른 계획이 있었던 것이다. 거기에는 최대한 스페인 남자랑 많이 어울림으로써 프레드가 남긴 빈자리를 메우는 것도 포함되어 있었다.

"너도 참 따분하다!"

바에 들렀다가 라스 람블라 거리를 오랫동안 걷다 돌아와서, 내가 얼른 자자고 말하자, 칼라가 툴툴댔다.

"좀 기운이 없어서 그래! 오늘 아침에 비행기를 탔잖아!"

"두 시간짜리 비행이었는데 뭘!"

나는 운동화를 벗어 던졌다.

"밤 생활을 맛봐야지. 아빠의 늙다리 바에서 빈둥대자는 건 아니야. 우리가 들른 대형 쇼핑센터가 열 시 이후에는 큰

나이트클럽이 된대. 그러니까 지금 출발하면 열두 시에는 들어갈 수 있을 거야······."

나는 겁을 먹어 눈이 휘둥그레졌다.


재미있게 지낼 짬을 내야 한다는 것을 기억하렴, 루이스.


그래서 아빠 말대로 했다. 담배 연기가 자욱한 클럽에서 숨을 쉬려 애쓰고, 내 뒤에서 손으로 하늘을 찔러 대는 취한 남자들을 밀어내는 것을 '재미'라고 말할 수 있다면!

시끄러운 클럽에서 나와 칼라는 부은 발에서 빨간 하이힐을 벗겨 냈다. 나는 굽이 둥근 구두를 신고 있었다. 아스팔트에 앉아 있으니 서늘한 밤공기에 블라우스 밑으로 흐르던 땀이 금세 식었다.

칼라가 불쑥 물었다.

"혹시······ 외롭지 않니?"

"아니."

나는 얼른 대답하고, 술을 한 모금 홀짝거렸다. 바에서 나온 술 취한 남자가 칼라를 향해 비틀비틀 다가왔다.

"아가씨!"

그가 노래하듯 외쳤다.

칼라는 천천히 눈을 굴리더니, 과장된 몸짓으로 그를 외면했다.

칼라가 말했다.

"무슨 말을 하던 중이냐면……."

"무슨 말을 하던 중이냐면 아니, 난 외롭지 않아."

"하지만 넌 그 아파트에 혼자 살잖아."

"그게 어때서?"

칼라가 다시 같이 살려고 이사 오겠다는 소리를 할까 봐 순간적으로 아찔했다.

"네가 남자랑 어울렸던 기억이 없는걸……."

"그래, 알아. 나도 알지만 난 말이지, 진짜 외롭지 않아. 내 생활이 좋아……."

난 단짝친구의 얼굴에서 동정하는 표정을 보았다. 칼라가 날 진짜로 이해 못하리란 것을 알고 있었다. 누구도 이해 못할 거야, 아빠만 빼고.

"왜?"

"왜냐고?"

"들었으면서 그래!"

"칼라, 난 혼자 지내는 게 좋아. 네가 프레드랑 헤어진 후 곧장 엄마네 집으로 들어갔다는 걸 알지만, 그건 너니까 그런 거야."

"지금 내 이야기가 아니잖아. 넌 겨우 스물세 살인데 꼭 노인네처럼 행동하잖아. 난 오늘 널 끌어내다시피 해야 했어. 안 그랬으면 넌 내내 잠만 쿨쿨 잤을걸. 내가 계속 말해야겠어?"

"계속해 봐."

내가 채근했다. 그러자 칼라는 내 생활을 난도질해 댔다. 내가 일에 '중독'됐다나. 클럽에도 안 다니고, 퇴근 후에는 주로 키소, 매트, 제이미랑 어울리고. '클럽 복장', 메탈릭한 화장, 헤어스타일을 시험해 보지도 않고. 칼라가 계속 말하게 내버려 두었다. 너무 고단해서 말대꾸할 힘이 없었다. 게다가 나 자신을 누구에게 설명할 필요를 느끼지 않았다.

"또……."

칼라는 말을 이으려다가 칵테일을 홀짝였다. 무슨 말을 할지 생각이라도 하는 것처럼 눈썹을 잔뜩 치뜨더니 다시 말을 이었다.

"우리가 이렇게 해서 다행스러워. 스페인에 와서 말이야. 우리 노친네를 만나는 것 말고도 우리가…… 뭐랄까…… 바람을 쐬고 같이 지내니 좋다."

우리는 정말 달랐다. 둘의 생활은 완전히 반대 방향으로 치달았다.

"나도 기뻐. 평소 스트레스 받는 일들을 생각할 필요가 없으니 정말 좋아."

"말하자면 컴퓨터의 어떤 자판을 눌러야 하나 그런 거 말이야?"

칼라는 썰렁한 농담을 하고 스스로 한심해했다. 사실 칼라도, 그 누구도 모르는 일이지만 최근에 내 스트레스 수위는 마구 올라가고 있었다. 집주인인 퍼바디스 씨가 아파트를 팔고 싶다고 알려 왔기 때문이었다.

"아휴, 저리 좀 가셔!"

칼라가 여전히 주위에서 어슬렁대는 남자에게 소리쳤다. 그는 달라붙은 원피스를 입은 칼라의 몸매에 홀딱 빠진 모양이었다.

칼라가 코리 이야기를 꺼내자 난 배의 근육이 조이는 느낌을 맛보았다. 둘이 대화를 하려고 할 때면 늘 코리가 화제로 떠올랐다.

칼라가 술을 홀짝대면서 말했다.

"너희 둘에 대해 알고 있었어. 너랑 내 오빠 말이야."

얼굴 옆으로 네온 불빛이 비쳐서겠지만, 갑자기 그녀의 얼굴이 악마처럼 보였다.

"내가 멍청이인 줄 알았어? 아무것도 모를 줄 알았어?"

"누구한테 들었어?"

내 목소리가 약간 떨렸다.

"어느 날 엄마가 자기도 모르게 말했지. 엄마는 뭐든 혼자 알고 있지 못하는 사람이잖아. 그때는 네가 말해 주지 않아서 정말 삐쳤어. 하지만 지금은 고마워."

"어째서?"

칼라는 칵테일을 마셨다.

첫 데이트, 네 육감을 믿으렴

"너랑 오빠랑…… 왝!"

"고맙구나."

"됐어. 그 바람둥이가 널 진심으로 좋아했던 것 같아."

"그래, 됐다!"

난 무심하게 대꾸하고 술을 홀짝였다.

"너도 오빠를 좋아했고."

"그때는 그랬지."

나는 바 안으로 들어가서, 안주 접시를 들고 나왔다.

"네가 아직도 코리한테 빠져 있는 것 같아."

칼라가 안주를 집으며 말했다. 자리를 비운 사이 칼라가 그 이야기를 잊었기를 바랐지만, 알코올 때문인지 평소보다 예민한 것 같았다. 나는 그녀가 화제를 바꾸기를 기대하면서 고개를 저었다.

마침내 칼라가 말했다.

"나, 만나는 사람이 있어."

"어떤 사람인데?"

"투자 은행가야, 농담이 아니라고! 또 더 중요한 것은 롭이 내 평생의 짝이 되면 좋겠다는 거야. 우리가 여기 온 후, 내가 왜 다른 남자한테 눈길도 안 준다고 생각해? 이상하게 들릴지 모르지만, 롭을 바라볼 때마다 이런 욕구가……."

"그를 덮치고 싶은 욕구?"

키득키득.

"결혼해서 그의 아이들을 낳고 싶은 욕구."

"인생에서 바라는 게 그게 다야?"

"그게 뭐 잘못됐어?"

"아니. 하지만 넌 아직 젊어."

"하고많은 사람 중에 네가 그런 말을 하다니 기가 막히다. 자기는 나이에 맞게 사는 것처럼 말하네!"

난 그 말을 무시하고 말했다.

"취직하는 건 어때?"

"옥스퍼드 가에 있는 속옷 가게에서 일하는 거. 아니, 아무튼 그랬지……. 하지만 그게 요점이 아니야."

그 말을 듣자 우리 둘의 차이가 더 분명해졌다. 나는 야망을 품고, 일에서 최고 수준으로 올라가고 현명해지고 싶었다. 한편 칼라가 하고 싶은 일은 케이크 굽기였다.

"술이나 마시자. 마셔야 할 술이 많이 남아 있으니까!"

난 최대한 적극적으로 보이려고 애쓰면서 말했다.

남은 휴가 기간은 순조롭게 지나갔다. 해변에 다녀왔고 바르셀로나 동물원 구경도 했다. 하지만 나는 곧 영국으로 돌아와서 큰 결정과 마주했다.

집주인 퍼바디스 씨는 호의를 베풀어 나에게 3개월의 여유를 주었다. 그 후에 아파트를 부동산 시장에 내놓겠다고 했다.

아빠가 영감을 주는 말을 했을까 싶어 매뉴얼의 기타 부분을 들춰 보았다. 웬일인지 '모험' 대목으로 눈이 갔다.

계속 나아가렴. 이따금 모험을 하렴. 생명을 위협하거나 안전하지 않은 일은 빼고. 네가 소망하는 모습에 더 가까워지게 할 만한 일이라면 부딪혀 보렴. 내가 제대로 말하고 있나? 아닐 것 같구나. 예를 들어 볼게. 아니, 못하겠다. 미안. 난 항상 안전하게 살아왔지. 그런데 지금의 나를 보렴. 몇 가지 작은 모험을 했으면 좋았으련만. 그게 어떤 일들인지는 말하지 않으련다, 루이스. 왜냐면 너무 마음 아파서 적을 수가 없으니까. 미안하다, 아가. 오늘은 힘든 하루구나.

아빠는 진정제를 투약하고 있었다. 페이지마다 아픔과 후회가 구구절절 배어 있었다. 난 뭔가 해야 했지만 그게 무슨 일인지는 잘 몰랐다. 아빠를 실망시킬 수 없었다.

직장에 가서도 이 느낌을 떨칠 수가 없었다. 키소가 대화방에서 사람들과 나눈 허튼소리를 이야기해도 기분이 나아지지 않았다. 일주일 후 구내식당에 앉아 있을 때, 마침내 의문에 대한 답이 선명히 드러났다.

퍼바디스 씨에게 아파트를 살 작정이었다.

모험이었다.

칼라는 '스스로 무덤을 파는' 어리석은 짓이라고 말했지만, 아파트를 사는 게 옳은 일로 느껴졌다. 빙고 사나이도 주의를 주면서, 몇 년 전의 부동산 하락에 대해 말했다. 하지만 난생처음 집처럼 느껴지는 곳에서 살고 있다는 것을 알았으므로, 그 과정에서 손해를 본다고 해도 상관없었다. 게다가 난 아빠의 조언을 들을 참이었다.

다른 사람의 의견 때문에 네 관점이 흐려지지 않도록 노력해라.

게다가 내게는 집이 필요했다⋯⋯
"나라면 아파트를 안 살 거야."
제이미는 호출이 들어와도 모르는 체하고 손톱만 매만지면서 말했다.
"나도!"
키소가 맞장구칠 때 매트가 일을 마치고 들어왔다.
"이 사람들 말은 듣지 마요, 루이스. 키소는 떠돌이고 제이미는 미지의 연인이 사랑을 나눌 집을 사 주기를 기다리는 중이니까요!"
제이미가 매서운 눈길을 던졌다.
"고마워요, 매트!"
나는 진심으로 말했다. 그는 내게 다정한 미소를 던졌고, 이번에도 난 바보처럼 얼굴을 붉히고 말았다.

첫 데이트, 네 육감을 믿으렴

야근이 일상사가 되었지만 난 개의치 않았다. 특히 매트와 단둘이 야근할 때는 좋았다. 수월하게 시간을 보냈고, 별일 아닌 것으로도 웃고 농담을 주고받았다.

"난 오늘은 이만 할래요."

내가 컴퓨터를 끄면서 말했다.

"오늘은 '컴퓨터의 전원을 켰어요?' 라고 몇 번이나 물었어요?"

매트가 물었다.

"딱 두 번이요."

"어제에 비하면 좀 낫네요. 문제가 있다고 직원들이 호출하기 전에 그놈의 컴퓨터 전원만 넣으면 하룻밤 사이에 우리 일이 반으로 줄어들 텐데!"

나는 빙그레 웃었다.

"하지만 그러면 우리 밥줄이 끊길 텐데요"

"그 생각은 못했네. 오늘 밤에 할 일 있어요?"

"공부를 조금 할까 해요. 텔레비전도 보고. 매트는요?"

"텔레비전을 보면서 맥주를 마시면 좋겠죠."

더 말하고 싶은 마음도 있었다. 이런 사소한 대화에서 벗어나고 싶었다. 하지만 용기가 없었다.

"그럼 잘 있어요, 매트."

"잘 가요."

나는 문으로 몸을 돌렸다.

"난 30분 후에 퇴근할 거예요."

매트가 말했다. 같이 가자는 말인지 판단이 서지 않았다.

"그래요, 그럼 내일 봐요."

"그래요. 일찍 환하게 만나요."

나는 주머니에서 뭔가 찾는 체했다.

"뭘 찾아요?"

"교통 카드요."

"주말에 나랑 만나요, 루이스."

그가 그런 요청을 할 줄은 몰랐다.


"루이스가 매트랑 밖에서 만나다니 믿을 수가 없어!"

제이미가 자판을 두드리면서 말했다. 늘 그렇듯 라디오가 켜져 있고, 전화벨이 울려 댔다. 직장에서 늘 듣는 소리였다.

"그냥 저녁만 먹는 건데 뭘!"

"하지만 나머지는 빠지는 거잖아……. 그게 바로 데이트란 말이야."

"좀 더 진도가 나간다면……."

나는 말끝을 흐렸다. 문득 칼라 아닌 누군가에게 사적인 이야기를 하는 게 이상하게 느껴졌다.

"그래서 뭘 입을 거야?"

"청바지에 티셔츠!"

제이미는 내 편안한 바지와 셔츠를 훑어보았다.


첫 데이트, 네 육감을 믿으렴

"그러니까 매트는 매일 보는 루이스의 모습을 보게 되겠네. 좋겠다……."

그녀가 놀렸다.

"어떤 옷을 입어야 하는데?"

내가 수줍게 물었다. 전문가 앞에 있기라도 한 것 같았다. 나는 매트와의 데이트를 망치지 않게 제이미가 여자다운 지혜를 알려 주기를 간절히 바랐다.

"가장 괜찮은 청바지를 입을 수 있는데……."

"쇼핑하러 가자!"

나는 쇼핑을 좋아하지 않아서, 제이미가 속마음을 밝히면서 신나는 표정을 짓는 것을 알아차리지 못했다. 하지만 마지못해 그러자고 했다. 제이미 말마따나 그녀는 매트와 알고 지낸 지 오래되어서 뭘 좋아하고 싫어하는지 잘 알았으니까. 그녀는 딱 알맞은 스타일 조언을 해 줄 터였다.

그날 밤 나는 옷장 안을 살펴보았다. 목까지 올라오는 셔츠들. 유행하는 요상한 청바지가 있었지만 섹시하고 세련된 옷은 없었다. 난 이 세상에 족적을 남기고 싶은 케빈의 딸, 소박하고 구식인 루이스 베이츠였다. 침대 끝에 앉아서 속으로 한숨지었다. 매트와의 데이트를 생각하면 흥분되었지만 한편으론 두렵기도 했다. 베개 밑에 손을 넣어 매뉴얼을 꺼냈다.

"이거 괜찮겠는걸!"

토요일, 옥스퍼드 가를 걸을 때 제이미가 말했다. 그녀와 사무실 밖에서 다른 직원들과 동행하지 않고 둘이 만나니 기분이 이상했다. 둘이 커피를 마실 때 그녀는 가족 이야기를 했다. 어머니 이야기였다.

"남자친구가 끊일 새가 없었다니까!"

제이미는 커피를 쭉 마셨다.

"힘들었겠네."

"말하자면…… 그랬지!"

"그럼 미스터리 사나이는 어때?"

"어떻다니 뭐가?"

제이미가 빈 컵을 내려다보며 물었다.

"누구냐고 묻지는 않을게."

"잘됐네. 어차피 말하지 않을 거니까."

"유부남이야?"

"독신이야."

"나이는 많아?"

"동갑이야. 그 얘기는 그만. 이제 가 보자고. 숍들을 순례해야지!"

정말 그랬다. 집에 돌아가서, 소파에 앉아 홍차나 마시면 좋겠다 싶었다. 제이미는 나를 끌고 끝없이 이어진 옷 가게들과 백화점을 돌아다녔다.

"원피스는 자신 없는데……."

"그래도 예쁘잖아."

제이미가 등이 파인 검은 원피스를 가리켰다. 내가 보기에 동생 애비한테나 맞을 것 같은 옷이었다.

"나한테 어울릴지 모르겠는걸. 너무 짧아서……."

"매트가 좋아할 거야."

제이미가 눈을 찡긋하며 놀렸다.

"정말 그럴까?"

5분 후 제이미와 나는 거울을 들여다보았다.

"끝내 준다. 거봐, 내가 그럴 거라고 했잖아!"

그녀가 말했다. 내 모습을 보았다. 놀랍게도 거울에 비친 모습이 싫지 않았다. 성숙하고 섹시한 스물세 살 아가씨가 거기 있었다. 정말 나인지 확인하려고 눈을 비벼야 했다. 제이미는 말총머리로 묶은 내 머리를 풀어 올림머리를 해 줬다. 그리고 머리칼 몇 올을 뺨에 흘러내리게 했다. 우리는 내 모습을 바라보았다. 굴곡진 몸에 원피스가 딱 맞았고 모든 게 꽤 괜찮아 보였다.

우리는 거울을 들여다보았고, 문득 나는 이 순간을 카메라에 담고 싶어졌다. 미운 오리 새끼가 백조로 변하는 얘기는 아니었지만, 섹시해진 느낌이 들었다. '조심해요, 매트'라고 속으로 중얼댔다. 처음으로 '끝내 준다'라는 말을 들어서일까, 기가 다 빠져서일까, 아니면 매트를 기쁘게 해 주고

싶은 마음이 있어서일까, 아무튼 약간 떨리는 마음으로 등이
파인 원피스를 샀다. 제이미가 고집을 부려서 '날 벽에 밀어
붙여요'라고 말하는 것 같은 빨간색 하이힐도 구입했다. 그
걸 신고 걷는 모습은 도무지 상상이 되지 않았지만.

마지막으로 들른 곳은 백화점의 화장품 코너였다. 립스틱
은 자신이 없었다. 밝은 빨간색이었는데 내 피부에 어울리지
않았다. 그러나 제이미는 '이번 시즌의 유행 색'이라며 설득
했고 점원도 주저하지 않고 의견을 말했다. 그래서 립스틱과
함께 처음으로 파운데이션도 구입했다.

### 기타: 화장

네 엄마는 진한 화장을 하지 않았다. 초기 데이트 시절에는 립스
틱만 살짝 발랐지. 처음에 그녀에게 끌린 것은 자연스러운 아름다움
때문이었던 것 같아. 또 제대로 된 남자라면 네 그런 면에 주목할 거
야. 남자들이 잔뜩 칠한 여자를 더 좋아한다는 것은 속설에 불과하
단다. 화장은 조금만 할수록 좋아.

학교에서 짧은 치마를 입고 새빨간 립스틱을 칠한 여학생들이 남
학생들의 관심을 끈다는 생각이 들겠지. 글쎄…… 그래, 그렇기도 하
지……. 저기 말이다…… 앞서 말했듯이…… 이 문제는 엄마랑 얘기
해 보렴.

나는 페이지를 넘겼다. 아빠가 내 십대 시절의 '기타'에

첫 데이트, 네 육감을 믿으렴

그런 말을 썼다는 사실을 깨달았다. 지금 그 얘기를 하는 것
은 앞뒤가 맞지 않았다.

계속 읽어 나갔다.


기타: **첫 데이트**

우선 남자의 외모에 영향을 받아 이루어진 데이트가 아니기를 바
란다. 치아가 데이트 신청을 받은 날과 다른 모양이면 어쩌려고. 카
지모도*도 착한 마음을 가진 것을. 인종, 옷 입는 센스, 키, 직장에
상관없이 남자에게 기회를 줘라. 네가 엉뚱한 것들에만 주목한다면
좋은 남자를 놓칠 수도 있단다. 하지만! 입 냄새는? 그것도 예외는
아니다.

어떤 남자가 마침내 정신을 차려, 네가 얼마나 드물고 귀한 다이
아몬드인지 알아보고 진짜 데이트 신청을 했군. 혹은 네가 남자에게
만나자고 먼저 이야기를 꺼냈겠지. 그렇다 해도 요즘 여성들이 얼마
나 적극적인지 고려하면 놀라운 일이 아니지. 너도 블론디** 비디오
를 봤겠지?

이런 말이 구닥다리처럼 들리겠지만 너무 섹시한 옷은 입지 마
라. 남자는 허벅지까지 올라오는 치마를 입은 여자를 잡지에서 볼
때는 흥분할지 몰라도, 같이 다니는 여자는 고전적이고 매력적이기

---

* 『노트르담의 꼽추』의 남자 주인공으로 추한 외모를 가진 꼽추.
** 1970년대 말 최고의 인기를 누렸던 미국의 록 밴드. 여성리드보컬 데보라 해리
가 1974년 결성.

를 바란단다. 그래, 네가 내 딸이기 때문에 그런 말을 하는 게 아니야. 아니, 솔직히 그래서 하는 말이긴 하지만, 네가 이 글을 읽을 나이를 고려하면 너 스스로 이런 사실을 이미 파악했을지도 모르겠구나. 남자들은 시각적인 동물이고 눈에 보이는 데만 빠져 들지. 그러니 데이트 초기에 남자에게 어떤 이미지를 주는 것이 상책이 아닐 수 있지.

그리고 이상한 헤어스타일은 하지 마라. 벌집 머리가 떠오르는구나! 또 향수를 진하게 뿌리지 마라. 그 친구는 어떤지 몰라도 나는 후각이 예민하거든. 데이트 초기에 네 엄마가 짙은 향을 풍겼던 일이 기억나는구나. 그녀는 내가 수프에 재채기를 해 대자 늘 감기를 달고 사는 남자라고 생각했다더라.

약속 시간을 지키렴. 여자가 '우아하게 늦어야 한다'는 헛소리는 머리에서 지워라.(속보: 남자는 그런 걸 딱 질색한단다!) 또 남자가 늦게 오면(습관적으로 그러는 게 아닐 때는) 너그럽게 받아들이렴. 잔소리해 대지 말고. 그럴 기회는 관계가 무르익으면 얼마든지 있으니까 말이지.

그러면 무슨 얘기를 하느냐?

남자들과 대화할 때는 스포츠가 언제나 안전한 화제지. 그러니까 남자에게 취미와 관심사를 물어보렴(수사하듯 캐묻는 인상은 주지 말고). 하지만 그가 풋볼을 좋아하지 않는다고 하면, 양해를 구하고 그 화제에서 얼른 빠져나와야겠지. 그렇게 하렴. 네게 당부하는 것은 이게 전부란다, 내 딸아.

무엇보다 첫 데이트든 다른 데이트든 어떤 상황에서도 이런 짓은
삼가라.


* 남자의 수입이 얼마나 되는지 묻는 것
* 외국어로 욕하기
* 아이들이나 하는 욕설 내뱉기
* 저녁 먹은 것 토하기


중간에 대화가 그친다 해도 걱정하지 마. 서로 맞는 짝이라면 침
묵이 흐르는 일은 많지 않을 거고, 그런다 해도 편안한 분위기일 테
니까. 말이 끊겨도 이제 무슨 말을 할지 또는 끔찍한 시간을 어떻게
메울지 그런 고민은 하지 않아도 될 거야. 나랑 네 엄마도 서로 말
없는 시간을 느긋하게 즐겼단다.

또 남자의 겨드랑이 밑이 젖는지 살펴라. 젖었다면 긴장해서 그
런 거야. 하지만 두 번째 데이트에서도 그런다면, 그에게 건강상의
문제가 있는지 기탄없이 물어보렴. 그리고 마지막으로,


* 네 육감을 믿어라.
* 네가 마음에 걸리는 일을 하자는 남자의 감언이설에 넘어가지
  마라.
* 현금을 넉넉히 갖고 있어라.

＊ 영화배우 리처드 기어가 딱 붙는 반바지를 입고 지나간다 해도
　　 무시해라.

　다음 이야기는 할 필요가 없겠지만, 난 네 아빠니까 아무래도 말
해야겠다. 영화, 음식, 음악회, 꽃, 술, 집에 데려다 주는 택시비…….
뭐든 남자가 돈을 지불하면 똑같이 갚아야 하는 것은 아니란다. 무
슨 말인지 알아듣겠지? 모르겠다면 괜찮지 뭐!
　마지막으로(정말 마지막으로, 약속하마!), 네 본모습으로 대하는 것을
잊지 말렴.


　내 본모습으로 대하기는 상상했던 것보다도 어려웠다. 특
히 8센티미터 굽을 신어서 힘들었다. 매트가 다가와 뺨에 뽀
뽀할 무렵에는 발가락이 아파 죽을 지경이었다.
　"멋진 곳이네요."
　내가 상의를 벗으면서 말했다. 로맨틱한 분위기가 흐르는
곳에서 제이미와 키소 없이 매트와 둘만 있으니 왠지 어색했
다. 더구나 남런던도 아니고 회사 근처도 아니었으니까. 매
트는 에지웨어 가에 있는 작고 멋진 이탈리안 레스토랑으로
날 데려갔다.
　"여기 피자가 기막히게 맛있거든요. 대형 오븐에 굽는 피
자 있잖아요."
　매트가 메뉴판을 쳐다보면서 말했다. 그는 옷차림을 칭찬

첫 데이트, 네 육감을 믿으렴

하지 않았을뿐더러 내게는 눈길도 주지 않았다.

"멋져 보여요."

난 빳빳한 흰 셔츠의 단추를 푼 섹시한 모습에 감탄하며 말했다. 단추 사이로 가슴 털이 드러났다. 대조적으로 얼굴은 막 면도를 해서 보기 좋은 모습이었다.

매트가 고개를 들었다.

"고마워요."

웨이터가 다가왔다.

"음료를 드시겠습니까?"

매트가 칭찬하지 않으니 기분이 좋을 리 없었다. 애비가 분홍색 발레복을 입고 돌아다녀도 그때마다 '예뻐라!'라고 외치는 마당인데 말이지.

난 바보가 된 기분으로 메뉴를 훑어보았다. 곧 집주인이자 명민한 커리어 우먼이 될 나였지만, 데이트에는 깡통이었고 그 사실이 드러났다. 재미있는 말이 들어 있는 데이터베이스가 바이러스의 침입을 당한 것 같았다. 좋아, IT 얘기나 하는 수밖에.

피자를 먹으면서 겨우겨우 흥미로운 화제를 끄집어냈다. 예컨대 회계부의 밥이 인사부의 디를 쫓아다니는지를 이야기했다. 처음에는 익숙함이 위안이 되었지만, 이내 퇴근 후에 어울리는 자리와 다름없게 느껴지기 시작했다. 다른 두 사람만 없을 뿐이었다.

"나는 네트워크 관리 쪽으로 가고 싶어요. 돈이 되는 분야거든요."

매트가 마지막 피자를 입에 넣고 말했다.

"그렇다고 들었어요."

"IT계의 다음번 폭발은 뭐라고 생각해요? 인터넷만 한 변화는 일어나기 힘들겠지만."

매트가 물었다.

나는 콜라를 홀짝이며, 수천 킬로미터 떨어진 파리에서 코리는 뭘 할지 궁금했다. 혹시 세련된 카페에서…….

"루이스?"

"미안해요. 뭐라고 했어요?"

"다음번 폭발이 뭐냐고요?"

"저기…… 글쎄요…… 무선 인터넷이겠죠……. 집, 카페, 레스토랑에서도 가능한……."

내가 말했다.

"아니요. 무료 인터넷 전화가 될 거예요. 2년쯤 후에는 모두 무료 인터넷 전화를 쓸걸요. 사실 그보다 일찍 그런 날이 올 거예요."

다시 코리 생각을 했다. 여기 함께 있으면 어떨지 궁금했다. 보따리의 당황스러운 순간 '베스트 10'에 대해 수다를 떨겠지. 내가 분홍색 속바지를 보이며 하수구에서 넘어졌을 때, 칼라와 그 애 아빠가 웃음을 참느라 힘들었던 일부터 시작해서……. 매트처럼 코리도 미트 슈프림 피자를 주문했겠지만, 레드 와인 대신 맥주를 시켰을 거야.

"딴 데 정신을 팔고 있군요. 무슨 생각을 그리 열심히 해요?"

"별거 아니에요. 정말이라고요. 무슨 얘기를 하던 중이었죠?"

그렇게 만남은 끝났다.

매트는 키스하려고 들어오지도 않고, 그냥 내려 주고 갔다. 진짜 신사였다. 게다가 난 데이트가 괜찮았다고 느꼈다 (비교할 만큼 데이트를 해 본 적도 없지만). 칼라에게 전화해서 데이트에 대해 미주알고주알 떠들기 싫어서, 혼자만 알고 지나가기로 했다. 적어도 더 흥분되는 일이 일어나기 전까지는 그냥 있고 싶었다.

곧 그럴듯한 일이 생기면 좋으련만.

월요일도, 매트도 별일 없이 지나갔다. 약간 거리를 두는 것 같았다. 하지만 프라이버시를 지키고 싶어 할 만도 했다. 월요일 모닝커피 시간의 주인공이 될까 신경 쓰이겠지.

다음 날 내가 점심을 먹고 돌아오니, 키소가 늘어지는 뉴질랜드 억양으로 말했다.

"루이스, 무슨 일에 사로잡혀 있는지 몰라도 빨리 빠져나오는 게 좋겠어요."

내가 당황하는 표정을 짓자, 그가 나를 데리고 조용히 밖으로 나갔다.

　　"어젯밤에 아주 중요한 일을 배정받았으면서 그냥 퇴근해 버리다니……."

　　"뭐라고요? 난 오후 네 시 이후에 네 가지 일을 배당받았고, 마지막 일은 여섯 시 십오 분 전에 끝났어요. 배당된 일을 다 마치고 퇴근했다고요. 로그인 문제 두 건, 이메일 연결이 느린 것과 마우스 고장 한 건씩을 처리했어요. 일을 다 마쳤는데요."

　　"글쎄요, 이사실에서 불만 신고가 들어왔어요. 비서 말로는 오후 다섯 시 전에 도움을 요청했다더군요."

　　"제이미나 매트에게 어떤 통지도 받지 못했어요……. 이메일로도요."

　　"어떻게 된 일인지 그들과 얘길 해 봐요. 하지만 확실히 말하건대, 이런 일은 언짢아요. 다른 데도 아니고 이사실에서 그런 얘기가 나왔으니!"

　　키소의 말투가 거슬렸지만 난 그냥 넘어가기로 했다.

　　"미안해요. 다시는 이런 일이 없도록 할게요, 됐지요?"

　　"확실히 해 둬요. 이런 식으로 대충대충 하면 우리 모두에게 안 좋으니까요."

# 애인과 헤어질 때는 구구절절 이유를 달지 마라

"자 받으십시오, 베이츠 씨. 이 차의 주인이 되셨네요!"

머리에 지나치게 기름을 바른 헌칠한 영업 사원이 말했다. 그는 내게 스포티한 회색 승용차의 열쇠를 넘겨주었다. 차가 꿈꾸듯 미끄러져, 뉴 켄트로드의 복잡한 골목들을 지나 뎁포드를 거쳐 집에 가는 동안 아빠가 함박웃음을 지으며 옆에 앉아 있는 듯했다. 아빠는 내 나쁜 운전 습관을 지적하면서 자리를 바꿔 앉고 싶어 하겠지. '이 기계'를 제대로 다루는 법을 보여 주겠다면서.

새 차를 자랑하고 싶어 안달이 났다. 하지만 칼라가 은행가인 롭과 나갔기에 엄마의 집으로 향했다.

"야아, 차가 멋지구나!"

빙고 사나이가 감탄했다.

엄마도 밖으로 나왔고, 애비는 엄마의 품에서 나오려고

애썼지만 소용없었다.

"차가 너무 빠르지 않으면 좋을 텐데!"

엄마는 눈을 가늘게 뜨고 신음 소리를 냈다.

"빠를수록 좋지!"

빙고 사나이가 말했다. 나는 애비의 부드러운 머리를 매만졌다. 늘 그렇듯 동생의 손에는 더러운 당나귀 인형이 들려 있었다. 이번에는 인형을 콧구멍에 넣지 않아 그나마 다행이었다.

"괜찮아요, 엄마."

나는 그렇게 말하면서 엄마가 내 기분을 망치게 하고 싶지 않았다. 애비가 엄마한테서 빠져나오자, 내가 애비의 손을 잡았다.

"타고 가도 돼?"

애비는 사탕을 달라거나 나쁜 일을 해도 되느냐고 물을 때처럼 상냥한 말투로 물었다.

"안 돼!"

엄마가 말했다.

"왜?"

"내가 '안 된다'면 안 돼."

하지만 애비는 먹음직스러운 뼈다귀를 문 개처럼 고집을 부렸다.

"엄마, 제바아아알! 한 번만!"

"걱정하지 마세요, 엄마. 가서 차에 기름을 넣은 다음 사탕 가게에 들렀다가 20분 후에 데리고 올게요. 늦어도 25분 후에는 돌아올 거예요."

애비를 데리고 어떻게 할지 계획을 말해야 할 것 같았다. 아이가 없어졌다 돌아온 후, 엄마는 편집증을 보였지만 이해할 만했다.

"글쎄…… 그럼 가거라!"

"내가 애비를 잘 보살필게요, 엄마. 약속해요."

"그래, 그래 주겠지."

애비는 팔짝팔짝 뛰면서, 제 꼬리를 입에 물려고 빙빙 도는 개처럼 자리를 맴돌았다.

"애비가 너랑 같이 있게 되어 기쁜가 보다."

엄마가 말했다.

나는 애비의 손이 끈적거리는지 확인하고, 당나귀 인형을 내려놓게 하려 했다.

"싫어, 언니!"

애비가 우겼다. 나는 애비와 함께 냄새 나는 인형에게 안전띠를 매줬다.

"소변은 가릴 줄 알지?"

"나, 네 살이야!"

"그냥 확인한 거야."

굼벵이 걸음으로 차를 몰아 찰턴 시내 운전자 절반의 성질을 돋운 후 주유소에 도착했다.

"돈 내러 가게 내려!"

나는 장난스럽게 명령했다.

"나랑 당나귀는 차에서 기다릴게."

2년 전의 일이 떠올랐다. 애비가 사라졌던 일. 그 공포. 슬픔.

"곤란한데. 같이 돈 내러 가자. 안에는 장난감도 있어."

"텔레비전에 나오는 보라색 공룡도 있어?"

"그럴걸."

"초콜릿도?"

"그럼."

폴짝폴짝 뛰는 애비의 손을 잡고 계산대로 가는데, 내 이름을 부르는 소리가 났다.

"루이스?"

누군가 등 뒤에서 불렀다.

돌아보니 2인용 유모차를 밀고 오는 여자가 보였다. 유모차 손잡이에는 비닐봉지 여러 개가 대롱대롱 걸려 있었다. 부스스한 짧은 머리, 목에 걸린 금 목걸이, 성형 수술이 필요할 만큼 빈약한 가슴, 운동복 차림.

"너구나! 나야……. 기억 안 나? 학교 같이 다녔는데!"

그녀는 나보다 몇 살 더 많아 보였고, 내 기억에 상급생들은 우리를 상대해 주지 않았다.

"루이스 맞지? 루이스…… 베이츠 맞지?"

"그런데요……."

"나라고!"

그녀가 씩 웃자, 니코틴으로 인해 누렇게 변색한 이가 드러났다. 그런데도 누군지 알아볼 수가 없었다. 애비가 내 손을 끌었다.

"미안해요……."

"샬린 로킹엄이야."

그야말로 충격적이었다.

"샬린?"

"그래 나야!"

그녀는 몸을 굽혀, 칭얼대기 시작한 아이 하나를 달랬다. 그녀가 말을 이었다.

"나라고. 시끄러워, 이 자식아!"

샬린이 아기를 윽박질렀다. 애비는 재미있어 했지만, 난 언짢은 기억이 밀려들었다. 오래전에 도망쳐 나와 이제 되새기기 싫은 기억들이.

"내 아이들이야. 로비랑 레이븐. 루이스 아줌마한테 '안녕하세요' 해야지!"

샬린이 빽 소리 질렀다.

"안녕!"

나는 살짝 손을 흔들며 인사했다. 아이들은 금방 징징대기를 멈추고 멍하니 바라보았다.

"다른 두 아이는 학교에 다녀. 리처드랑 리카. 그런데 네 아이는 몇 살이야?"

"내 동생이야."

"그럼 아이는 없어?"

"인사해, 애비."

나는 샬린의 질문을 무시했다. 생각할 시간이 필요했다.

물론 애비는 내 말을 듣지 않으려 했다. 주유소 편의점 선반에 놓인 보라색 공룡을 얻지 못해 속은 기분이겠지. 혹은 이 여지기 얼마나 제멋대로이고 못됐는지 본능적으로 알았거나.

샬린이 얼굴을 숙이고 다시 물었다.

"그러니까 아이가 없구나?"

"없어."

"어머…… 안됐다."

그녀가 말했다.

"그렇게 생각하니?"

나는 비아냥대는 투로 물었다.

"우리는 '행클 단지'에 살아. 리처드는 일곱 살인데 제 아빠랑 살아. 리카는 다섯 살이고, 난 이 두 아이랑 살아. 한 살, 두 살. 지금은 새집에 들어가려고 기다리는 중이야."

"가 봐야겠어. 다시 만나서 반가웠어."

애인과 헤어질 때는 구구절절 이유를 달지 마라

나는 얼른 말하고, 뭔가 두고 온 것처럼 다시 차로 향했다. 내가 얼마나 성공한 삶을 사는지 샬린에게 보여 주고 싶었다. 차의 문을 여는데 그녀의 눈길이 뜨겁게 느껴졌다. 그런 눈길도 예전처럼 두렵지 않았다. 아무렇지도 않았다.

돌이켜보면 샬린 로킹엄을 다시 만난 것은 내게 잘된 일이었다. 일종의 치유랄까. 이제 그녀한테 아무런 영향도 받지 않는다는 걸 알기에 나는 갈 길을 갔다. 난 괜찮은 아파트에 살았고, 직장 생활을 잘해 나갔다. 잘되어 간다고 생각했다. 당시만 해도 그랬다.

문제가 생기기 시작했다. 나를 호출하는 신호가 제대로 작동되지 않는 등의 사소한 문제들이었다. 서류상으로는 아무 이상이 없는데 이상했다. 내 공연한 조바심이 아니라는 것은 분명했다. 누군가 나를 물 먹였다. 그것은 분명했고 의심 가는 사람은 세 명이었다.

기타: **여자 대 여자**

여자들이 서로 잘 지내지 못한다는 말을 하는 것은 아니다. 어울리는 방식이 우리 남자들과는 다르다는 얘기를 하는 거야. 정신과 의사들 말로는, 남자들을 놓고 경쟁을 벌이는 것과 관계있다고 말할지도 모르지(그래, 옛날 옛적에 네 아빠를 놓고 여자들이 다툼을 벌인 일도 있었단다).

하지만 주위를 둘러보렴, 루이스. 남자들끼리는 얼마나 다르게 관계를 맺는지 살펴봐라. 남자는 다른 남자를 미친 듯이 질투해도 동시에 존경심을 갖는단다. 예를 들어 볼까? 주유소에서 근사한 빨간색 재규어 XJS를 탄 남자를 봤지. 네가 이 글을 읽을 무렵에는 다들 미니 비행기 같은 걸 타겠지만, 아무튼 멋진 차였단다. 엔진 성능이 고효율적이고, 시속 250킬로미터로 달리는 세계 최고 속도의 오토매틱 차량이지. 아무튼…… 아, 또 얘기가 딴 데로 샜구나. 그 남자를 봤지. 그가 멋진 차를 몰고 옆 자리에 날씬한 아가씨를 태워서 샘났지만, 그에 대한 존경심도 밀려들더구나. 내 고물 포드 피에스타를 향해 터덜터덜 걸어가면서도 말이지. 정말이란다.

하지만 여자들한테는 이런 식의 동지애가 보이지' 않아. 그래, 계속 아옹다옹하는 필로미나와 이나밖에 못 보지 않았느냐고 말할 수도 있겠지. 하지만 직장에서도 그런 일을 자주 본단다. '너, 오늘 그걸 입었어?' 헤어스타일, 구두 같은 것을 두고 끊임없는 경쟁이 벌어지지.

물론 이 문제에 대해 나랑 토론을 벌여도 좋겠지만, 내가 없을 테니 사정이 여의치 않겠구나!


"대단하네. 날 알아냈으니."
나는 비누가 나오는 곳을 꾹 눌렀다.
"내 짓이야. 지금까지 쭉 나였어."


애인과 헤어질 때는 구구절절 이유를 달지 마라

전에는 조용하던 나의 적이 순순히 인정했다.

처음부터 매트가 의심스러워서, 나와 있을 때 그의 행동을 주시하기로 했다. 말투. 날 쳐다보는 눈길. 첫 '데이트' 이후 별로 대화를 하지 않아서, 어느 날 오후 난 얘기를 꺼내 보기로 했다. 총체적 난국을 그는 어떻게 느끼는지 가늠하고 싶었다. 매트는 웃음을 터뜨리면서 '스스로 극복해요'라고 말했다. 나를 당황하게 하는 짧은 대화였지만, 매트는 관계 없다는 확신이 생겼다. 그렇다면 키소가 남았다. 그는 최신 소프트웨어와 뉴질랜드의 온라인 데이트 사이트에 더 열중하는 것 같았다. 그러면 남은 사람은 제이미. 애초에 그녀를 의심했다면, 이미 일주일 전에 이런 대화가 오갔을 텐데.

"내가 한 짓이야. 얼마나 오래 호출 신호를 교란시킬 수 있을지 궁금했는데……."

그녀는 재미있다는 듯이 손바닥에 비누를 빡빡 문지르면서 말했다.

"직원들이 긴급 문제가 발생했다고 전화했다는 사실을 내게 전해 주는 걸 잊거나, 급한 하드웨어 문제인데도 소프트웨어 문제라고 말해 주거나 했지."

제이미는 세련된 유리 세면기에 손을 헹구고 나가려고 몸을 돌렸다.

"이사실의 컴퓨터 문제도 마찬가지였어. 내 짓이야."

그녀가 미소 지으면서 내 얼굴을 마주 보았다.

"그것뿐이야? 나한테 할 말이 그것뿐이냐고, 제이미?"

그녀는 머리를 갸우뚱했다.

"달리 할 말이 뭐 있나? 자기가 증거를 가진 것도 아닌데. 난 대단히 신중하게 일을 벌였거든."

"처음에는 자기가 실수했다고 생각했어⋯⋯. 정말이지 그렇게 믿고 싶었다고."

"실수한 게 아니야. 또, 회사에 날 신고할 작정이라면 포기해. 키소가 내 편을 들 거야. 늘 그래."

"왜 내가 업무를 못하게 방해하고, 내가 설렁설렁 일하는 사람처럼 보이게 만든 거야? 왜 나한테 그런 짓을 했느냐고? 난 우리가 친구인 줄 알았는데."

"쇼핑 한번 같이했다고 친구가 되는 건 아니지. 무엇보다도 난 너처럼 냉정한 사람은 처음 봤어, 루이스 베이츠. 보통 때의 나라면 너 같은 사람이랑 퇴근 후에 밖에서 술 마시며 어울리지도 않았을 거야."

제이미는 핸드드라이어의 단추를 눌렀다. 기계 소리에 내 질문이 파묻혔다.

하지만 그녀는 내 말을 들었다.

"쇼핑을 한 것은 내 목적을 위해서였어. 네가 매트를 만나러 나갈 때 싸구려처럼 차려입으면 매트가 달아나리란 걸 알았거든. 형편없는 화장에 정나미 떨어질 것 같았지. 정말 별로였거든. 네가 최대한 우스꽝스럽게 보이기를 바랐고, 정말 그랬어. 또 매트도 그렇게 생각했지. 난 매트가 뭘 좋아하는지 알지, 전에도 말했을걸? '적을수록 좋다.' 그래, '적을수록 좋지.' 매트랑 나랑은 대화하거든. 그것도 아주 많이. 난 그가 가장 좋아하는 색이 코발트 블루라는 걸 알아. 그는 농구를 좋아하지. 그는 발레 「로미오와 줄리엣」을 본 적이 있는데 정말 좋았지만, 키소에게 그 말은 안 하지. 난 매트에 대해 알아야 할 것은 뭐든 안다고!"

이제 제이미는 고함을 질러 댔다. 사나웠지만 열정적인 말투였다.

"제이미, 내가 너한테 뭘 잘못했다고 그런 거야? 아무리 생각해도 이해가 안 돼."

"그건 나도 마찬가지야. 먼저 너는 이렇다 할 경력도 없이 이 회사에 들어와서는, 내가 오랫동안 바라던 자리를 꿰찼지.…… 그러더니 매트한테 접근해서는 나한테서 빼앗아 갔어. 그건 정당한 짓이 아니야."

그녀의 목소리가 갈라졌다. 갑자기 제이미는 무너져 내렸다. 갑작스러운 태도 변화가 너무 놀라워서, 말대꾸하고 싶었지만 말이 나오지 않았다.

"네가 나한테서 그이를 빼앗아 갔다고, 루이스!"

제이미가 흐느꼈다,

"아니야! 내 말은…… 난 둘이 그런 줄 몰랐어. 네가 비밀리에 사랑하는 사람은……."

아하, 그 사람이 매트였다. 새로운 사실을 알게 되자, 제 이미를 위로해 주고 싶은 마음도 있었지만 한편으로는 거리를 두고 싶었다.

"정말이지…… 유감이야."

내가 더듬더듬 말했다.

"나도 그래!"

그녀는 흐느끼면서 말했다.

불쑥 2년 이상 우정이라고 믿었던 게 나만의 착각이었음을 깨달았다. 나는 팀의 일원이라고 생각했다. 우리 팀이 수행하고 경험하는 모든 일에 내가 포함된다고 생각했지만, 이제 보니 남은 게 없는 것 같았다. 또다시.

그래서 커리어에 변화를 줄 때가 되었다고 결론 내렸다. 이 결정에 제이미가 한몫했지만, 그보다는 내가 아빠의 믿음대로 성공해서 아빠의 자랑이 되고 싶어서였다.

그날 저녁 인력 회사에 이메일을 보내고, 칼라와 한잔하러 나갔다.

"그런 계집애가 널 직장에서 내몰다니 어떻게 그럴 수가 있니?"

칼라가 열을 냈다. 그녀는 롭과 시골에 놀러 가서 '끝내주는' 시간을 보냈다고 말하던 참이었다.

"아무튼 일에 슬슬 싫증 나기 시작했어. 회사를 바꾸는 것도 괜찮을 거야. 게다가 급여도 꽤 좋아지고."

돈 얘기에 칼라는 눈썹을 치떴다. 난 친구 앞에서는 연봉
과 승진에 대해 늘 조심해서 말했다. 둘이 함께할 수 없는 부
분이었으니까. 칼라는 한 직장에서 두 달 이상 일하지 못했
고, 직장을 그만둔 후로는 실업 수당과 부자 애인에 기대 살
았다. 하지만 둘이 얼마나 쉽게 멀어질 수 있는지 경험한 적
이 있으므로 다시는 그런 일을 당할 수 없었다. 진정한 친구
는 유일하게 칼라뿐이었다. 제이미와 겪은 일로 인해 칼라와
의 우정을 지키려는 마음이 더욱 강해졌다.

나는 얼른 공동의 화제를 꺼냈다.

"얼마 전에 누굴 봤는지 맞혀 볼래?"

"누군데?"

"샬린 로킹엄."

"설마!"

"정말이야!"

나는 샬린이 위협할 때 쓰던 말투를 흉내 냈다.

"그 나쁜 계집애! 너한테 한 짓을 생각하면……."

그 기억에 배의 근육이 조여드는 기분이었다.

"그 애도 널 봤어?"

"애들을 줄줄이 달고 있더라. 봤어."

"선생이 된 거야?"

"애가 넷이래."

"나이가 겨우……."

"우리랑 동갑이지!"

"그러고 보니 이제야 기억난다. 학교를 졸업한 직후에 리키 워시스페이스라는 남자의 애를 가졌어. 그 남자는 지금 감옥에 있대. 코리가 샬린의 오빠랑 만난 적이 있거든."

'코리'의 이름이 나오자 배 속이 뒤집혔다.

"아마 그는 '두 번째 애 아빠'일 거야. '첫 번째 애 아빠'는 걔 언니랑 살거든."

"아, 맞아. 그렇구나. 그럼 1년 동안 두 남자랑 임신했단 뜻이네. 형제일 거야! 정말 엉망이다!"

"어떻게 알았어?"

"전에 공원에서 우리랑 한 학년인 데이지를 만났거든."

"나한테는 그런 말을 안 했잖아."

"네가 알고 싶어 하지 않을 것 같았어! 넌 과거의 네가 아니니까."

그 말이 충격적이었지만 은근히 기분이 좋았다.

"그렇게 생각하니?"

"당연하지. 자기 집이 있지, 전망 밝은 직장도 있지, 멋진 차도 몰지. 끝내 주잖아!"

칼라에게 그런 말을 들어 감격스러웠지만, 이 정도의 성취로는 부족하다는 것을 알았다. 아빠는 내게 더 많은 것을 원했다. 아빠는 꿈을 이루기도 전에 세상을 떠났으니, 내가 삶에서 더 많이 이루기를 바라는 게 당연했다. 내가 상상할 수 있는 것보다 더 높이 올라가고, 아빠의 큰 기대를 만족하기를 바랐다. 존경받고 금전적인 안정을 위해 노력하고 열심히 일하기를 바랄 만하잖아? 다행히 이제 나는 세상에서 가장 빠르게 성장하는 업계에 몸담았다. 그러니 이런 것을 이룰 기반이 잘 다져진 셈이었다.

아빠를 실망시키지 않을 작정이었다.

IT 업계의 인력 회사 몇 군데서 며칠 내로 자리를 구해 주겠다고 장담했다. 며칠은 2주일이 되었고, 마침내 내 이메일 편지함에 면접할 만한 회사의 주소가 들어왔다. 나는 신이 나서 메일을 훑어보았다. 5천 파운드 연봉 인상에 회사 차 제공. 쏠쏠한 제안이어서 나는 이 자리를 차지하겠노라고 다짐했다.

그리고 정말 그렇게 되었다.

고용하겠다는 확답을 받은 날, 회사에서 깡충깡충 뛸 뻔했다. 행복감과 자유로움에 푹 빠져 들었다.

"새 일자리를 구했다고 들었어요. 축하해요."

사무실 정수기 옆에서 매트가 말했다.

"고마워요."

나는 진지하게 대답하며 컴퓨터를 켰다. '이제 4주만 더 일하면 된다'고 속으로 중얼댔다.

"일이 잘 안 풀려서 아쉬워요."

매트가 말했다.

"나도 그래요. 하지만 새 직장에서는 잘될 거예요. 네트워크 구축을 하게 될지도 몰라요, 그건 다른 분야가 될 거고요."

"우리 둘 이야기였어요."

난 무슨 말을 할지 몰라 컴퓨터 화면을 빤히 보았다.

"더 가까운 데서 데이트 상대를 구해요."

나는 제이미의 빈 책상을 쳐다보며 대꾸했다.

매트의 시선이 내게 쏠렸다. 후회인지 서글픔인지 모를 표정이 떠올랐지만, 이제 내게는 중요하지 않았다. 한 달 후면 떠날 테고, 어서 그날이 오기만을 기다릴 뿐이다!

마침내 마지막 출근하는 날이 왔고, 내내 작별 인사를 하며 보냈다. 시든 꽃을 받고 '마음에 쏙 드는' 체해야 했다. 키소는 은팔찌를 선물했다. 마지막으로 책상을 치웠고, 이별주 마시는 자리를 피하기 위해 기차를 타야 한다는 어설픈 핑계를 둘러댔다. 아무도 아쉬워하지 않을 터였다. 내가 회사를 그만두겠다고 알린 뒤 몇 주 사이에 넷 대신 셋이 어울리는 일이 많아졌다. 제이미는 나랑은 꼭 필요한 대화만 나누었다. 하지만 더 크고 멋진 곳으로 옮겨 가는 마당이니, 그런 것은 아무 상관 없었다. 어쨌거나 인간관계가 영원할 순 없으니까.

내가 임시로 만든 화병에서 꽃을 뺐을 때, 매트가 짧게 인사했다.

"잘 지내요."

키소가 장난하듯 경례를 하는 사이, 제이미가 중얼댔다.

"잘 벗어나는 거야."

내 안에서 뭔가 폭발하려 했다. 제이미를 난처하게 하지 않고 매트에게 모두 털어놓지 않았으니 난 공정하고 친절하기까지 했는데. 더 이상 참을 수가 없었다.

"제이미, 내가 떠나는 게 너 때문이라고 생각한다면 잘못이야. 정말 고마워."

나는 차분히 말했다.

"무슨 말을 하는 거야?"

"네가 도와준 덕분에 나는 연봉 2만 7천 파운드를 받고 회사 차를 쓰게 됐어. 참…… 판공비도 있지!"

썰렁한 침묵이 흘렀다.

나는 계속 말했다.

"참, 내가 실수를 했더라고……. 벌써 차가 있으니 말이야. 그래서 차량 '경비'를 받기로 했지. 연봉에 넉 장을 더 받게 되니까……."

난 눈을 굴리며 계산하는 체하다가 덧붙였다.

"1년에 3만 2천 정도 되겠는걸, 내 나이에 말이지. 또 보자고. 다시 한 번 고마워!"

제이미의 표정이 정말 볼 만했다. 나는 좀 더 약 올리려고, 화병에 든 물을 경제적으로 버리기로 했다. 그녀의 면전에 대고 쫙!

"나쁜 계집애!"

그녀가 얼룩진 눈을 마구 문지르며 쏘아붙였다. 매트와 키소는 멍하니 바라보았다(키소는 여자들이 싸움을 벌일 태세에 대비했다). 나는 짐을 챙겨 문으로 향했다. 예기치 못한 행동을 하고 나니 몸이 떨렸다. 무슨 생각으로 그런 짓을 했는지 알 수 없었다. 학창 시절에 당한 괴롭힘 때문인지, 제이미가 도망치는 꼴을 봐야 직성이 풀릴 것 같아서인지……. 아무튼 기분이 좋았다.

극도로 부정적인 감정은 기운을 빼앗아 가지. 그 기운을 더 긍정적으로 다른 데 쓰면 좋을 거야. 그러니 누군가 너한테 그런 힘을 휘두르게 하지 마라. 경기하는 동안 토미 아든의 머리를 걷어차기 전에 이 조언대로 했으면 좋았으련만. 하지만 그건 다른 얘기란다.

이쯤 얘기해 두자.

다국적 건설사에서 일한다는 것은 복잡한 IT 부서에서 큰 팀에 끼어들어야 한다는 뜻이었다. 컴퓨터 네트워크를 구축하고 유지하려면 수많은 건설 현장을 돌아야 했다. 현장에서 농담 잘하는 남자 작업자들 사이에서 여자는 나 혼자인 경우도 많았다. 내가 같은 팀이라는 것을 알기 전에 그들은 휘파람을 불어 대고 장난했다.

다행히 여러 현장에 파견 나가는 것은 잠깐 가벼운 '우정'을 맺을 수 있다는 뜻이었다. 내가 선호하는 방식이기도 했다. 또 머리가 부스스하고 넥타이를 보는 눈이 의심스러운 '범생이' 팀에서 나는 유일한 여직원이었다.

물론 엄마는 내가 과로한다고 주장했는데, 그건 맞는 말이었다. 그래서 칼라와 롭이 저녁 식사에 초대했을 때 기분 전환하기에 좋겠다 싶었다. 또 둘이 연애를 시작한 후 롭이란 남자를 처음 보는 자리이기도 했다.

하지만 칼라가 내게 '드레스를 입고 오지'라고 말했을 때 뭔가 눈치 챘어야 했다. 나는 얼른 쇼핑을 나가서 드레스를 샀다. 매트와의 데이트 사건 이후 이런저런 옷차림을 시도하기로 마음먹었지만, 아직 드레스 차림은 자신이 없었다. 지금까지는.

"어서 와요, 루이스. 얘기 많이 들었어요!"

롭이 인사하며, 양 볼에 느끼하게 뽀뽀했다.

내가 상상한 것보다는 약간 말랐고, 커다란 코에 손도 큼직했다(하지만 칼라가 전에 밝혔던 것처럼, 전형적인 은행가 스타일이었다).

나는 와인 한 병을 내밀고, 롭을 따라서 탁 트인 라운지로 갔다. 고상하게 꾸민 라운지에는 붉은 반점을 그린 그림이 걸려 있었다. '돈을 만들어 내는' 남자한테 겨우 3파운드짜리 와인을 안기다니. 당황스러워라.

"앉아요. 뭘 좀 갖다줄까요?"

그가 내 코트를 받으면서 물었다.

"지금은 괜찮아요. 고맙습니다. 칼라는 어디 있어요?"

"부엌에요……."

"얘!"

칼라가 소리치면서 내게 다가왔다. 코에 밀가루를 묻힌 채 앞치마를 두르고 있었나.

"내 친구 칼라는 어디 간 거지? 칼라한테 무슨 짓을 한 거야?"

나는 농담을 하면서 친구와 포옹했다. 난 칼라가 얼마나 변하고 있는지 알아채지 못하고 있었다. 칼라가 요리를 하다니! 내가 알고 좋아하는 칼라는 남자의 비위를 맞추려고 가스레인지 앞에서 요리 책에 매달릴 타입이 아니었다.

보통은 남자들이 칼라의 비위를 맞추려 애썼는데.

"둘이 이야기해요. 옷이 죽여 주는데!"

"아냐."

내가 수줍게 말했다.

"드레스가 너무 딱 붙는걸. 봐줬다!"

칼라는 팔꿈치를 세게 누르면서 농담했다.

"딱 붙지 않아!"

내가 맞섰다.

"내 말은 몸매가 확 드러난다 이거지! 어머나, 이럴 수가! 머리 모양도 바꾸었네! 야아, 루이스!"

"머리를 약간 폈을 뿐이야. 대단한 것도 아니라고. 내일 아침이면 또 곱슬거릴걸!"

나는 높은 스툴 의자에 앉았다. 엉덩이가 두 배로 커 보이는 마법을 부리는 의자에 앉아, 칼라가 프로처럼 양파 다지는 모습을 구경했다.

"멋진 남자지?"

"그래, 좋아 보이더라. 저녁은 뭐야?"

"파에야.* 달리 뭐겠니?"

파에야는 칼라가 가장 잘 만드는 유일한 요리였다. 고등학교 1학년 가정 경제 시간에 그린우드 선생님이 '스페인 음식의 날'에 낸 칼라의 요리를 칭찬한 후로 대표 메뉴가 되었다. 세월이 흐르면서 칼라는 새우 대신 소시지를 넣거나 쌀대신 국수를 넣는 등 온갖 실험을 했지만 결국은 파에야였다. 변하지 않은 게 있어서 반가웠다.

내가 껌처럼 생긴 커다란 소파에 앉자, 롭이 칼라 옆으로 갔다. 그는 비아그라를 먹은 베르나르 성인처럼 칼라에게

---

* 쌀, 고기, 해산물 등을 스페인식으로 찐 밥.

'침을 흘리면서' 연신 키스를 퍼부었다. 칼라는 무척 행복해 보였다. 얼굴에 막 해 뜰 때의 햇살 같은 미소가 퍼진 게 '행복'의 기준이라면. 나는 머리로 계산하기 시작했다. 얼마나 형편이 좋기에 이런 아파트에서 살 수 있을까.

"무슨 일이 있는지 맞혀 볼래?"

내가 부엌으로 들어가자 칼라가 묻고 스스로 답했다.

"그이가 친구를 초대했어."

내가 자세히 물을 새도 없이 초인종이 울렸다. 롭의 '친구' 올리버가 코트를 벗었다. 그 역시 아주 마르고 너무 늙어 보였다. 최소한 백 살은 된 것 같았다. 아니, 서른일곱 살이었지만 나에 비해서는 나이가 많아 보였다.

"내 오랜 친구 중 한 명이에요."

롭이 소개하자 올리버가 내게 미소를 지었다.

올리버는 나이 많은 남자치고는 유쾌해서 어울릴 만했다. 우리는 공통점도 이끌어냈다. R&B 음악이나 「코러네이션 스트리트」*를 좋아하는 것이나 푹 익은 바나나를 맛있어 하는 점.

식사할 때 나도 모르게 식탁 예절이 신경 쓰였고, 쌀이 잇새에 끼지 않기를 바랐다.

"둘이 진짜 사랑에 빠진 것 같지 않아요?"

---

* 영국의 상업 ITV 네트워크에서 몇 년간 시청률 1위를 기록했던 프라임 타임 프로그램.

칼라가 롭에게 초콜릿 케이크를 떠먹여 주자 올리버가 속 삭였다.

"보기 좋네요……."

나는 거짓말을 했다.

"메스껍죠!"

둘이 키득대자, 칼라의 얼굴에 만족스러운 미소가 퍼졌 다. 해서 저녁 시간을 보내는 동안 올리버에게 호의를 갖게 되었다. 그는 차에 바래다주면서 전화번호를 묻고는 주말에 데리러 가도 좋겠냐고 물었다. '왜 안 되겠어?'란 생각이 들 었다.


올리버는 멋있었다. 진짜 신사였다. 문을 열어 주고, 식당 에서 내가 화장실에 가려고 일어나면 자리에서 일어났다. 내 가 아는 남자 중 최고 미남은 아니었지만, 자신감이 매력적 이었다. 그의 자신만만함이 맘에 들었다.

만난 지 6주 만에 올리버와 잠자리를 했는데, 그것도 괜 찮았다. 세상이 온통 불난 것처럼 화끈하지 않았지만, 그의 애정이 좋았다. 느릿느릿 키스하고, 레스토랑에 있거나 차에 서 정지 신호가 바뀌기를 기다릴 때면 나를 빨아들일 듯 쳐 다보는 눈길이 기분 좋았다. 하지만 만난 지 두 달 만에 그가 사랑한다고 말했을 때, 내가 할 수 있는 대꾸는 재빨리 '나도 요'라고 말하는 것뿐이었다. '어머나, 고마워요'보다는 그게 나았으니까. 내 감정도 그와 똑같은지 알아보려고 애쓰며 자문해 보았지만, 그렇지 않다는 것을 알 수 있었다. 하지만 관계를 원활하게 하고 싶었다. 그래서 한 달 후에 그가 내 집으로 들어와도 되겠느냐고 물었을 때 '그러라'고 대답했다. 올리버가 워낙 친절하고, 워낙 잘 보살펴 주어서 '싫다'고 말하면 예의에 어긋날 것 같았다. 그래도 마음속 깊은 곳에선 답답한 기분이 느껴졌다.

그가 이사 오기 일주일 전에 업무 조정을 해서 북부로 출장을 갔다. 정신없이 돌아가는 상황에서 벗어나 잠깐이나마 숨을 돌리고 싶었다. 아무리 노력해도 스물넷인 나는 올리버와의 진지한 관계를 맞이할 준비가 되지 않았다.

### 기타: 옮길까, 말까?

'공짜로 버스에 타고 내릴 수 있는데 뭐 하러 차를 사나?'라는 말을 들어 본 적이 있는지 모르겠다. 처음 들어 볼 수도 있고. 남자한테 같이 살자는 청을 받으면, 세상에서 멋진 일처럼 보일지 모르지만 네가 '왜' 그래야 하는지 신중히 생각해라. 생활비가 적게 든다는 유혹 때문인지, 그를 진정으로 사랑하기 때문인지? 또 왜 그가 그러고 싶은지도 생각해라(그와 이야기해 보고). 역시 재정 문제인지, 너한테 충실하고 싶어서인지? 루이스, 꼭 결혼부터 해야 한다는 말은 아니야(나랑 네 엄마도 두 달간 행복하게 같이 살다가 결혼식을 올렸단다).

다만 어떤 녀석이 내 소중한 딸을 쉽게 생각하는 게 싫다는 거지. 합당한 이유가 있고 만족스럽다면, 어떻게 해야 할지는 네가 알 거야. 그 결정을 내릴 수 있는 사람은 오직 너뿐이란다.

아빠의 '기타' 항목도 올리버와 같이 산다는 끔찍한 감정을 진정시키는 데 도움이 되지 않았다. 그래서 그 내용을 무시하기로 작정하고 현관문을 여니, 그가 옷 가방을 들고 서 있었다. 그는 금붕어와 자신이 제대로 못 다룬다고 고백한 색소폰도 가져왔다.

"우리 둘의 공간이네. 잘 지내게 될 거야."

"그렇겠죠."

내가 자신 없게 대답했다.

"생각해 보라고, 매일 아침마다 같이 잠자리에서 깨게 되다니……."

나는 그 생각을 하지 않으려고 애썼다. 대신 그놈의 색소폰 놓을 자리를 찾는 데만 혈안이 되었다.

함께 산 지 일주일이 되기도 전에, 난 중대한 실수를 저질렀음을 깨달았다.

사실 그가 내 공간에 들어온 순간 상황이 변하기 시작했다. 내게 세련된 남성상을 가르쳐 준 멋진 연상의 남자는 사라지고, 가뭄에 콩 나듯 설거지하는 게으른 놈팡이의 본색이

드러나기 시작했다.

올리버가 친절을 베풀어 롭에게 내 말을 잘해 주었다. 며칠 후 롭은 내게 전화를 걸어 그의 회사에서 IT 업무를 맡아 달라고 제의했다.

투자 은행에 취직한 것은 최고의 소식이었지만, 아파트에 들어선 순간 좋은 기분이 싹 가셨다. 급속도로 허리가 굵어지기 시작하는 추레한 올리버가 내 스페인산 손수건으로 색소폰을 닦고 있었다!

"어서 와, 자기."

그가 미국식 억양을 흉내 냈다. 전에는 억수로 귀여워 보였는데.

"네."

내가 대꾸하자, 그는 색소폰을 한 켠으로 치우고, 몸을 숙여 리모컨을 눌러 댔다.

"저녁으로 뭘……."

그는 말을 꺼내다가, 내가 살림을 도맡아 하지 않는다는 게 기억난 모양이었다.

"음식을 포장해서 가져올까 했어요."

나는 하품을 하면서 대답했다.

"그러지."

그는 경주하는 로봇들에 관한 프로그램을 힐끗 보면서 말했다. 얼마 안 있으면 그는 서른여덟 살이었다.

이런 말이 듣기 싫을 줄 안다만, 우리는 어른이 되지 않는단다.

하이힐을 벗어 던지고, 안 좋은 기분에서 벗어나려 노력했다.

"오늘 하루는 어땠어요?"

내가 올리버에게 물었다.

"좋았어."

그는 TV를 응시하면서 대꾸했다.

"하고 싶은 이야기가 있어요?"

나는 침착함을 유지하려 애썼다.

"좋았어! 킬라롯 경!"

"올리버?"

"미안. 일이 잘됐어. 당신도 알다시피……."

그는 TV를 향해 온갖 손짓을 하다가, 불쑥 내가 옆에 있는 게 기억난 듯 일어나더니 뺨에 뽀뽀하고 ― 한쪽 눈은 TV 화면을 향했다 ― 다시 궁둥이를 붙이고 앉았다.

"롭이 나한테 일자리에 대해 말했던 걸 알지요?"

"그랬지, 롭이……."

"취직했어요."

조용.

"그거…… 그거 잘됐군."

그는 TV에서 눈을 떼지 않고(TV는 올리버의 애정을 두고 나와 라이벌이었다) 무덤덤하게 대꾸했다. 침실에서의 분위기도 바뀌었다. 그는 토요일에 응원하는 축구 팀이 승리하면 얼른 일을 치렀다.

나는 쿵쾅대면서 거실에서 나와 칼라에게 전화했다.

"내가 정말 고마워한다고 롭에게 전해 줘. 그가 가장 좋아하는 와인 한 병을 낼게."

"그럴 필요 없어! 게다가 그게 얼마나 비싼지 알기나 해?"

"저기, 롭의 추천이 없었다면 말이지……."

"그래도 그 자리에 취직했을 거야, 루이스."

"고마워."

난 놀랐다. 그 자리를 얻는 데 내가 실제로 역할을 했다고 생각하지 않았는데, 칼라가 그걸 가르쳐 주다니 예상치 못한 일이었다.

곧 대화가 딴 데로 옮겨 갔다.

"롭과 나는 정말 잘 지내고 있어. 그이와 같이 있는 게 참 좋아. 같이 잠에서 깨고. 꼭 결혼한 것 같다니까. 너도 올리버랑 같은 기분이지?"

거실에서 환호성이 터져 나왔다.

"루이스?"

배 속이 조여 왔다. 칼라가 옛날부터 결혼을 꿈꾸던 타입인 반면 나는 그런 생각이 마음에 얼씬도 못하게 애썼다. 칼라의 부모님이 겪은 소란과 고통을 보면서 특히 그랬다. 엄마와 빙고 사나이의 결혼이나 연속극에 나오는 결혼을 봐도 그랬고. 칼라가 자주 이야기한 '특별한 상대'를 발견하기란 드문 일이다. 엄마는 그런 상대로 아빠를 만났지만 — 아빠는 완벽했다 — 그렇지만…… 아빠는 세상을 떠났다. 그랬다, 내가 어떤 결혼이나 동거 생활을 하게 될지 알 수가 없었다.

### 기타: 남자를 차 버리는 방법

연애를 시작할 때는 그 남자가 최고로 보이지. 손을 잡고 서로의 눈을 보면서 공원을 거닐 때는 이 세상이 둘만을 위해 존재하는 것 같아. 머리 위의 하늘에는 구름 한 점 없고, 어딜 가나 머릿속에 카펜터스의 감미로운 노래가 떠오르고…….

그러다가 남자가 짜증 나고, 자는 얼굴을 베개로 눌러 버릴까라는 생각을 수없이 하게 되지. 이제 끝낼 때가 온 거란다, 아가. 하지만 지금이 그때인 줄은 너만 알겠지만, 네가 이 대목을 읽는다는 사실만으로도 네가 이별을 심각하게 고려 중이라는 뜻이지.

헤어지는 데는 왕도가 없고, 때로는 구구절절한 이유가 필요하지도 않단다. 자주 구강 청정제로 입을 헹구지 않는 게 싫어서일 수도 있지만, 그렇게 말하는 것은 잔인한 짓이지(생각해 보니 친절한 일일 수도 있겠구나).

하지만 이유를 굳이 알고 싶어 하는 남자라면 마조히스트, 즉 변태겠지. 그가 말해 달라고 고집을 부리면 '자기, 관계가 잘되지 않은 것뿐이에요, 미안해요'라고 말해라. 그런 다음 한숨을 쉬고 나서 '다음에 만나요'라고 말하는 거야. 다시 한숨 한 번 쉬어 주고.

그가 받아들이지 않으면 더 직접적으로 나가야겠지. 하지만 너무 깊이 얘기하지는 마라, 상황이 추해지기만 하니까.

올리버와 헤어진 것은 칼라의 엄마와 캘빈이 결혼하기 몇 주 전이었다. 끝내자는 말을 아주 매끄럽게 하지 못했지만, 올리버는 잘 받아들였다. 드라마 같은 것은 연출되지 않았다. 어처구니없는 일도 없었고. 다만 창문으로 그가 색소폰을 택시에 싣는 모습을 지켜보자니 기분이 이상했다. 그의 어깨가 축 처지고…… 슬픈 표정이었다. 그에게 큰 아픔을 주지 않았기를 바랄 뿐이었다. 우리 둘 다에게 필요한 일이었기를. 하지만 난 정리해야 했다. 몇 주 후면 코리와 만날 테니까.

칼라는 침실에서 자기 엄마의 머리를 손질하느라 바빴다. 방에는 흰색과 분홍색이 난무했다. 바람을 쐬려고 밖으로 나가니, 엄마와 애비가 집 계단에 앉아 있었다. 엄마는 지친 기색이 역력했다.

"언니!"

애비가 나를 불렀다. 아이는 노란 발레리나 드레스를 나
풀대며 펄쩍펄쩍 뛰었다.

내가 엄마 곁에 앉자 애비가 사이에 비집고 앉았다. 나는
애비의 손이 끈적이지 않는지 확인한 후에 손을 잡았다.

"엄마."

"그래. 멋지구나."

나는 실크 스커트를 내려다보았다. 애비가 스커트를 매만
지기 시작했다.

"뭐 하는 거야, 애비?"

"천의 감촉이 좋은가 봐."

엄마가 느릿느릿 말했다.

"내 꼬마 동생이 변태인가 봐!"

내가 웃음을 터뜨렸다.

엄마는 멍하니 허공을 응시했다.

"언니, 병대가 뭐야?"

애비가 물었다.

"아무것도 아냐."

나를 올려다보는 애비의 예쁜 눈을 내려다보았다. 인정하
기 싫지만, 아이치고는(특히 우리 집안의 아이) 정말 예뻤다. 순
진하고 상큼한 얼굴을 가진 애비가 무언가를 부탁하면 누구
도 거절할 수 없을 터였다.

"저랑 칼라랑 차를 같이 타고 결혼식에 가실래요?"

"네 차는 2인승이잖니."

엄마가 대답했다.

"새로 회사 차가 생겼어요…… 직장을 옮겼거든요. 지난 월요일에요."

"아, 그런 말은 안 했잖아."

"말했어요. 몇 주일 전에 말씀드린걸요."

"미안하다. 머릿속이 복잡해서. 직장은 어때? 어떤 곳이니?"

"시내에 있는 투자 은행이에요."

"전처럼 컴퓨디 관런 업무니?"

"비슷해요. 다만 이번에는 은행의 아시아와 중동 지역의 IT 시스템을 책임져요."

"멋지구나. 아주 중요한 일 같구나. 내가 다과라도 준비해서 옆집 식구들을 초대할 수도 있었는데 아쉽네."

"소란 떨기 싫었어요, 엄마."

"내 딸이 시내의 멋진 회사에 취직하는 게 매일 있는 일도 아닌데. 정말 대견하구나."

"고마워요, 엄마."

내가 말했다. 달리 무슨 말을 해야 할지 몰랐지만 약간 뭉클했다.

나는 엄마의 얼굴을 바라보았다.

"엄마, 괜찮으세요?"

"내 걱정은 마라. 이 녀석 때문에 좀 분주해서 그래! 그래, 벌써 차를 받았니? 어디 한번 구경하자꾸나."

"실은 다음 주나 돼야 차를 받을 거예요. 오늘은 롭의 차를 타고 갈 거고요."

"언니랑 같이 가도 돼요, 엄마?"

"물론이지."

애비가 생긋 웃으면서 일어났다. 얇은 드레스를 입은 애비가 펄쩍펄쩍 뛰자 곱슬머리가 흔들렸다.

"와아아!"

"얼굴을 통 못 보겠구나."

엄마가 말했다. 또 시작이었다. 엄마는 나만 보면 징징대거나 뭔가 못마땅해했다. 자주 안 온다는 이유도 컸다.

"그냥 하는 말이야. 애비가 항상 궁금해하니까……."

그때 칼라가 나타나 신부가 출발한다고 알린 덕분에 그 자리를 모면할 수 있었다.


칼라의 엄마가 「항상 당신을 사랑해」라는 곡에 맞춰 혼인 신고소의 좁은 통로를 걸었다. 분홍색 미니스커트를 입고 같은 색 하이힐을 신고 입장하는 모습을 보면서 난 웃음을 참으려 애썼다. 하지만 보라색 양복에 인조 보석이 박힌 단장과 은색 모자를 비딱하게 쓴 '기둥서방' 차림의 캘빈을 보자 어찌나 이상한지. 다행히 중얼대는 소리가 음악에 파묻혔다.

노래가 끝나자 애비가 흥분한 목소리로 '아저씨가 내 인형같이 생겼어!' 라고 외쳤다.

식이 시작되었을 때 문이 열리더니 코리가 들어왔다. 지난번에 봤을 때보다 더 자신감 넘치는 모습이었다. 당당하게 미소 짓자 보기 좋은 보조개가 드러났다. 그의 옆에는 금발 미인이 있었다. 체구가 작고 날씬한 여자는 커다란 은색 리본을 맨 선물상자를 들고 있었다.

"미안해요!"

그는 특별히 누구에게랄 것 없이 속삭였다. 이제 염소수염을 기르고, 머리가 더 짧아져서 어느 때보다 잘생겨 보였다. 나는 지난번 우리의 '흥분되는' 만남에 대해 생각하지 않으려 애쓰며, 빠져나오길 잘했다는 결론을 내렸다. 내 예상처럼 그는 다른 여자를 만났다.

식은 빨리 진행되었다. 그리니치에 있는 작은 홀에서 열린 피로연에서 신랑 신부는 서로 케이크를 먹여 주었다. 엄마의 결혼식보다 괜찮았지만 지루하기는 마찬가지였다.

엄마의 결혼식 이후에도 결혼 피로연의 음악은 변한 게 없는 듯했다. 이번에도 진부한 옛날 곡을 들어야 했다. 다행히 캘빈의 영향으로 고전적인 솔 히트곡들이 흘러나왔다. 고리타분하긴 매한가지였지만 여느 결혼식 곡들보다는 훨씬 나았다.

"이게 누구야?"

코리였다.

"잘 있었어?"

내가 인사했다. 진심으로 그를 만난 게 반가웠다. 배 속에서는 외로운 나비가 퍼덕댔지만. 포옹할 때 그의 온기가 기분 좋았다.

"응. 오빠는?"

"더 좋아졌어."

"오빠는 캘빈을 좋아했지. 그렇게 말했잖아, 지난번에 우리가…… 봤을 때."

어색한 침묵이 지나치게 길었다.

"아, 캘빈이 마음에 들어. 괜찮아. 둘이 나중에 어떻게 될 거라는 얘기는 필요 없어. 귀에 못이 박이게 들었으니까."

"캘빈이 아줌마를 진심으로 사랑하는 것 같아."

우리는 춤추는 신혼부부를 바라보았다. 두 사람은 서로 눈을 맞추었다. 우리도 저랬던 적이 있었나?

"매뉴얼은 어때?"

"매뉴얼?"

내게 소중한 것을 다른 사람이 말하는 걸 들으니 이상했다. 코리가 매뉴얼을 기억한다는 사실이 깊은 감동을 주었다. 배 속의 외로운 나비에게 친구가 생겼다. 그러더니 친구들이 몰려왔다……. 난 코리에게 기억해 줘서 고맙다는 인사를 하고 싶었다. 조금 전에 했던 '예의상의' 포옹이 아닌 따뜻한 포옹을 하고 싶었다. 하지만 난 어깨를 으쓱하면서 대꾸했다.

"매뉴얼은 잘 있어. 고마워. 잘되고 있어."

그때 금발 아가씨가 내 동생의 손을 잡고 나타났다.

"안녕하세요. 아이가 귀엽지 않아요?"

금발 아가씨가 말했다.

"네."

내가 대답했다. 그녀에게 손짓해 대면서 애비는 내 동생인데 '진서리 나도록' 귀엽다고 쏘아붙이고 싶었다.

"내 오랜 친구인 루이스야."

코리가 그녀에게 나를 소개했다.

"만나서 반가워요."

금발이 인사했다. 그녀가 손을 놓자 애비는 얼른 달아났다. 나는 인사치레를 했고, 칼라가 끌어내 준 덕에 그 자리를 빠져나왔다.

칼라는 지겨운 롭 이야기를 해 댔고, 나는 멍하니 대꾸만 했다.

"무슨 생각을 하는 거야?"

칼라가 내 손에 샴페인 잔을 쥐여 주며 물었다.

"코리 말이야…… 좋아 보여……."

내가 이야기를 시작하려는데 칼라가 환호성을 질렀다. 그녀는 홀에 들어서는 롭을 보았다. 그는 분홍색과 흰색으로 된 커다란 선물상자를 들고 있었다.

"자기!"

칼라가 외치자, 롭은 선물을 옆에 내려놓고 그녀를 끌어안았다. 나는 엄마와 함께 있게 되었다. 애비는 심심해진 또래 아이들을 데리고 사고를 치러 가고 없었다.

아까부터 빙고 사나이가 어디 있는지 의아했다. 엄마는 그가 금요일 저녁부터 배앓이를 한다고 열띠게 변명했지만, 내가 보기엔 또 싸움을 한 것 같았다.

"안녕하세요, 숙녀 분들!"

캘빈이 우리 테이블로 다가왔다. 그는 행복이 넘치는 미소를 지었고, 샴페인을 너무 많이 마신 것 같았다. 코리가 신랑을 따라다니며 인사했다.

"한 곡 추실래요?"

그가 엄마한테 물었다. 엄마는 당황한 척했지만, 얼른 의자에서 일어났다.

"참, 애비를 봤니?"

"저기 있네요!"

코리가 애비와 여자 애들을 손짓했다. 아이들은 케이크와 운 나쁜 여자의 핸드백을 가지고 놀고 있었다.

"아이를 잃었던 후로 아직도 걱정되어서……."

"그럴 만도 하지요. 자, 가세요. 「얼스 윈드 앤드 파이어」

네요! 진짜 좋은 곡이에요!"

캘빈이 외치자 엄마는 키득대는 웃음을 참았다. 엄마가
캘빈을 상대로 어떤 식의 공상이든 해 본 적이 있을지 궁금
했다. 아니면 춤 때문에 그런 걸까. 나는 웃음을 억눌렀다.

"뭐 때문에 웃니, 보따리?"

"아, 아무것도 아냐. 그냥 우스운 생각이 나서."

"요즘 무슨 일 때문에 웃느냐는 뜻이야. 아니면 누구 때문
이라고 해야 하나?"

코리가 손을 내밀자 나는 주저 없이 잡았다.

"아, 사람 때문이 아냐. 멋진 새 직장에 취직해서 즐겁게
지내……."

나는 지나치게 열을 냈다.

"설명할 필요 없어. 그래서 네가 행복하다면 그걸로 충분
해. 이제 네 삶에서 어떤 일이 벌어지고 있는지 자세히 이야
기해 봐. 그러면서 진짜 춤이 뭔지 노인네들한테 보여 주자
고!"

"이 옛날 곡에 맞춰서?"

"고전이야."

"참 그렇기도 하네!"

"그러지 마, 보따리……!"

"여자친구는 어쩌고?"

"일이 있어서 갔어. 잠깐 있다 갈 계획이었거든."

우리가 댄스플로어의 조용한 구석으로 갔을 때, DJ는 정신이 나갔는지 다시 느린 곡들을 틀기 시작했다.

뱅글스의 「이터널 플레임」이 흘러나오자, 내 머릿속에 어린 시절이 떠올랐다.

"이 곡 기억나?"

코리가 속삭였다. 내가 블루스는 못 춘다고 사양하기 전에 코리가 허리를 바싹 안는 통에 긴장을 풀 수 있었다. 가사 때문인지, 익숙한 비누 향이나 둘의 추억 때문인지 몰라도 갑자기 옛 생각이 났다. 코리가 더 바싹 끌어안자 나도 호응했다. 귓가에 그의 숨결이 느껴지자, 몸이 풀리기 시작했다. 나는 그의 등을 문질렀다. 처음으로 그를 느끼기라도 하는 듯 가만히 문지르다가 힘주어 문질렀다. 흔적을 남길 거라는 생각이 들었다. 그에게 녹아들 준비를 하며, 그의 어깨에 가만히 머리를 기댔다. 코리는 나를 꼭 안았다.

그가 뭐라고 말했지만, 음악과 그 강렬한 순간에 빠져 무슨 말인지 못 들었다. 하지만 그가 다시 말했고, 이번에는 알아들었다.

"밖으로 나가자."


"그냥 가면 안 되잖아?"

문간으로 가면서 내가 말했다.

"어째서?"

코리가 내 손을 잡고 건물 뒤쪽으로 갔다. 정원을 지나 문 밖으로 나갔다. 렌트한 그의 차에 타고 어디로 가는지 모른 채 출발하니, 모든 게 위험하고 아슬아슬한 기분이 들었다.

우리는 마운트 가로 다가가 '트리톱' 언덕에 차를 세웠다. 찰턴의 '트리톱 타워스'에서 가까운 이곳에서 우리는 서로 바라보며 젖어들기 시작했다. 나는 대담하게 그의 염소수염을 매만졌다. 쓰다듬을 때마다 손끝이 축축해졌다.

"여기까지 왔네."

나는 약간 쉰 소리로 말했다.

"그래, 여기까지 왔네."

알 수 없는 진한 감정이 내 속에서 솟구쳤다. 내 울퉁불퉁한 눈썹에서 굽은 코를 타고 내려와 입술 끝에 머무는 코리의 손길이 느껴졌다. 실크 옷을 입은 몸이 축축해졌다. 그가 가까이 다가오자 유난히 더 그랬다.

나는 기대감에 들떠 눈을 감았다.

"앗!"

그가 외쳤다.

나는 눈을 번쩍 떴다.

"왜 그래?"

"망할 놈의 커프스단추가 네 실크 옷에 걸렸어!"

"정말이야?"

"움직이지 마, 옷이 찢어지면 곤란하니까!"

나는 키득댔다.

"실크와 커프스단추라. 평소의 우리랑은 전혀 안 어울리는 것들이네, 그렇지?"

"그렇지. 보따리는 청바지에 셔츠를 입고, 나야 헐렁한 바지를 입고는 쿨하다고 생각했으니까!"

코리는 내 옷에서 커프스단추를 빼내면서 대꾸했다.

"자유다!"

마침내 그가 커프스단추를 빼자 내가 외쳤다.

"그렇지 않을걸."

코리가 쉰 목소리로 대답했다. 둘 사이의 '무엇'이 되살아났다. 그의 멋진 얼굴이 가까이 다가오는 것을 보며, 나는 다시 눈을 꼭 감았다. 기다렸다. 그의 뜨거운 숨결이 내 얼굴위에 쏟아지자, 나는 웃음을 참느라 입술을 잔뜩 오므리며 코리를 맞을 준비를 했다. 그런데 아무 느낌이 없어서 눈을 떴는데 코리가 이마에 살짝 뽀뽀했다.

그는 억지로 미소를 지었다.

"내가 얼마나 키스하고 싶은지 넌 모를 거야."

코리가 속삭였다.

"그렇다면……."

"하지만 그렇게 못해, 보따리. 이건…… 이건 옳지 않은 일이야……."

"그냥 키스인데……."

"우리에게는 '그냥 키스'가 아니라고, 보따리. 언제나 그 이상이었어. 어쨌거나 내게는 그랬어."

나는 고개를 떨구었다.

"난 다른 사람을 만나고 있어. 이건 그 사람에게 옳은 일이 아닐 거야."

"알아."

나는 코리의 이마에 얼른 뽀뽀했다. 고통으로 골이 져 있었다. 나는 말하려고 입을 벌리려다가 얼른 다물었다. 더 할 말이 없었다. 말이 필요하지 않았으니까. 우리는 차에 앉아서 유년기를 보낸 거리를 바라보았다. 뽀뽀하고 도망가던 일이며 어릴 적 꿈이(나는 과학자, 코리는 조종사가 되고 싶었다) 기억나자, 그제야 알았다. 우리가 각자의 길을 향해 조금씩 나아가고 있다는 것을. 이젠 서로 얽히는 일은 없으리라.

우린 진짜 어른이 되었다.

# '우리의 노래'를 기억하렴

생일을 맞을 때마다 하루 휴가를 내고 아빠의 매뉴얼을 읽는 시간을 가졌다. 다른 사람이 개입한 적도, 개입하지도 않을 나만의 의식이었다. 하지만 스물다섯 살 생일 전날, 계획에 없이 애비를 봐줘야 할 처지에 빠졌다. 엄마가 문자 그대로 아이를 아파트에 밀어 넣고는 '급한 일이 있다'면서 가버렸던 것이다.

"이리 와, 밥 먹자!"

애비에게 말했다.

"난 스파게티 싫은데!"

애비는 한 손으로 소스가 잔뜩 묻은 면발을 돌리고, 다른 손에는 진짜 같은 인형(이름도 인형을 뜻하는 '돌'이었다)을 안고 있었다. 냄새 나는 당나귀 인형은 오래전에 버려서 그나마 다행이었다.

"맛있어!"

내가 말했다. 어디선가 파스타가 잠자는 데 효과가 있다고 읽은 적이 있었다.

"어서 먹어……. 후식으로 아이스크림이 있으니까!"

여덟 시 반이 되어서야 애비를 손님용 침대에 재우고, 매뉴얼을 꺼냈다. 자정이 되어 생일이 될 때까지 기다릴 수가 없었다. 색바랜 초록색 표지를 펼칠 때마다 아직도 가슴이 설레었다. 그 어떤 일이나 사람도 안겨 줄 수 없는 설렘이었다. 직장을 옮기고 처음으로 거액의 급여 수표를 받았을 때도 이런 느낌은 경험하지 않았다. 앞으로도 그럴 터였다. 매뉴얼은 나만의 것이었다. 아빠에게 듣는 이야기였다.


스물다섯! 스물다섯 살!

너는 어떤지 모르겠다만, 내게 스물다섯 살은 묘한 나이였단다. 그 느낌이…….


비명이 들렸다. 내 침실에서 뛰어나가니, 애비가 침대에 걸터앉아 있었다. 속눈썹에 눈물이 맺혀 있었다.

"무슨 일이야, 애비?"

난 한쪽 팔로 동생의 어깨를 안고, 곱슬머리를 매만졌다.

"내 당나귀 줘."

"당나귀는…… 간 걸로 아는데."

"다시 오면 좋겠어."

엄마가 설득해서 인형을 치운 후, 내가 태우라고 권했던 일이 기억났다.

"대신 이야기를 해 줄까?"

애비는 코를 문지르며, 마구 고개를 끄덕였다.

"휴지부터 갖다줄게."

내가 얼른 말했다.

"아냐. 괜찮아. 이야기 먼저 해 줘, 언니."

말괄량이 애비가 어찌나 예쁘게 말하던지. 그 모습이 귀여워서 난 아이가 콧물을 줄줄 흘린다는 것도 잊었다.

"내가 이야기를 지어야 하는데."

"좋아!"

애비는 바싹 달라붙었고, 나는 팝 요정이었던 아가씨가 축구 선수랑 결혼식을 올리고 오토바이가 끄는 무대에서 퍼레이드를 벌이는 이야기를 해 주었다. 끝.

"더 해 줘!"

"안 돼!"

내가 턱 밑을 간지럼 태우자 애비는 키득키득 웃었다. 그때 무슨 이유에선지 나는 애비를 품에 안고 부드러운 머리칼에 코를 묻었다. 아이를 지켜 줘야겠다는, 이상하지만 강한 감정이 밀려들었다.

한밤중에야 겨우 아이를 재우고, 티 테이블에 발을 올리고 매뉴얼을 계속 읽어 나갔다.

어른이 되는 일. 네가 스물다섯 살이 힘들다는 사실을 깨달을 것 같구나. 잘 모르겠다. 사람마다 다르게 느끼는 법이니까. 혹은 네게 스물다섯은 숫자에 불과할 뿐 큰 의미가 없을 수도 있겠지.

분명한 것은 네가 이제는 내 어린 딸이 아니라는 사실이지. 아니, 마지막 말은 잊어버려라. 넌 항상 내 어린 딸이니까. 기억하렴, 내가 마지막으로 널 봤을 때 너는 다섯 살이었단다……. 이제 매일 네가 어떤 모습일지 궁금해한다. 긴 머리일까? 짧은 머리일까? 난 흰 레이스 단이 달린 노란 원피스를 입은 모습밖에는 그려 볼 수가 없구나. 곱슬머리를 돼지 꼬리처럼 묶고, 순수한 눈으로 날 올려다보던 모습. 순식간에 아이스크림 세 그릇을 녹여 버릴 만한 미소.

위층의 애비를 생각했다. 앞으로 복잡한 일을 많이 겪으며 마음도 상하겠지. 아이의 인생은 이제 막 시작이다. 아빠가 떠났을 때 내 삶이 시작되었듯이. 계속 매뉴얼을 읽었다.

……아빠도 춤을 출 줄 알지만, 너는 진짜로 춤을 출 줄 알았지. 네가 TV에 나오는 이 노래를 좋아하던 기억이 나는구나. 내게는 세상에서 최악인 노래였지만, 넌 듣자마자 넋을 잃었지. 가느다란 다리를 정신없이 신나게 흔들어 댔단다. 노래가 끝나자 눈물을 뚝뚝 흘렸지. 당연히 난 그 음반을 사 줘야 했어. 너 때문에 내 뜻에 어긋나

'우리의 노래'를 기억하렴

는 일을 한 경우였지. 노래 제목은 '별과 함께'였어. 어느 시점이 되자 너는 그 노래만 들으려 했지. 노래를 틀어 달라며 졸라 댔고, 코러스 부분을 들을 때는 기분이 좋아서 코에 주름이 잡혔지. 그것이 '우리의 노래'였단다, 루이스.

진단을 받고 며칠 후 그 음반을 다시 찾았고, 노래 가사에 네게 말해 주고 싶은 모든 게 정리되어 있다는 생각을 했다(매뉴얼까지 합하면 거의 모든 것이라 할 수 있겠지). 지금껏 기다렸다가 이 노래에 대해 말하는 것은, 네가 코를 찡그리고 키득대지 않을 만큼 컸다고 믿기 때문이야. 이제는 '이보다 진부할 수도 있나? 우리 아빠는 도대체 어떤 사람이야?'라고 생각하지 않겠지. 말했듯이 지금쯤 너는 성숙해서(또 강해서) 내가 하려는 말이 뭔지 알겠지. 다시 말하거니와, 지미 K. 존스와 자매가 부른 노래의 제목은 '별과 함께'란다.

흥미로웠다. 아빠가 내게 과제를 내주었다. 아빠는 인터넷 덕분에 내가 뭐든 순식간에 찾아낼 수 있다는 사실을 몰랐다. 70년대의 음반을 찾는 게 뭐 대수라고?

그런데 '대수'였다.

일주일이 지나자, 지미 K. 존스와 자매의 히트 음반을 구하는 것보다 '황금 삼각 지대'를 찾는 게 더 쉬울 것 같았다. 겨우 점심 먹을 시간이 생기면, 사방의 레코드 가게에 전화를 걸고 인터넷을 뒤졌지만 소용이 없었다.

하지만 아빠의 카메라와 매뉴얼을 갖고 있으니, 음반도

찾아내겠다고 다짐했다.

롭과 헤어진 후 칼라는 살 집이 필요했다.

"엄마랑 캘빈이 얼마나 닭살 돋게 구는지 눈 뜨고 볼 수가 없다니까."

칼라가 중얼댔다. 눈은 빨갛고 마스카라가 번졌지만, 본래의 결 좋은 머리를 등에 늘어뜨리고 있었다.

"그 사람이 너한테 그런 짓을 한 게 아직도 믿기지 않아."

"별별 약속을 다 해 놓고 말이지. 약속을 잊지 말자는 둥, 영원히 함께하자는 둥 온갖 얘기를 늘어놓고선!"

칼라는 서글프게 머리를 젓더니 다시 흐느끼기 시작했다. 그녀의 그러는 모습이 보기 싫었지만, 나야 충고할 처지가 아니었다. 칼라가 롭을 사랑한 것처럼 연인을 사랑해 본 적이 없으니까. 난 늘 그런 상황에서 달아났고, 단짝친구가 내 앞에서 무너지는 모습을 지켜보며 내가 옳았다고 확신했다.

"그이가 날 차 버리고서는 내 탓을 하다니 믿을 수 있어? 맙소사, 내가 자기 조수를 포함해 여러 여자랑 자게 했다니 말이야!"

물론 며칠 지나자 칼라와 '룸메이트'로 산다는 게 어떤 일인지 기억나기 시작했다. 그것은 오랫동안 머릿속에서 '상처, 손대지 말 것!' 부분에 넣어 둔 경험이었다. 칼라는 맨 처음 같이 살 때와 다름없이 게으름을 피웠다. 사방에 브래지어와 레이스 팬티가 나뒹굴었다.

"다 떨치고 다시 일어날 생각을 해야지."

어느 날 내가 부드럽게 말했다. 그날은 늦게 퇴근해서 얼른 쓰러져 자고 싶었다.

"그래야지. 하지만 이건 직장을 다시 구하는 것과 달라, 안 그래? 롭이 모든 비용을 다 대 줬는데. 참, 그 말이 나왔으니 말인데, 내가 집세를 부담해야 하나?"

"바보 같은 소리."

나는 진지하게 대답했다. 사실 '식사 준비 좀 한다고 손톱이 부러지진 않을 텐데'란 생각이 들긴 했다. 그리고 다시 말했다.

"어느 시점에선 세상과 마주 설 필요가 있어."

"나도 알아. 다만 난…… 난 그이가 '천생연분'이라고 생각했어. 알아?"

칼라의 목소리가 갈라졌고, 나는 곧 눈물이 쏟아지리란 것을 알았다.

하지만 아니, 난 몰랐다. 난 '천생연분'인 상대에 대해서는 아는 바가 없었다. 솔직히 그런 개념이 우스꽝스러웠다. 누군가를 만나는 것은 타이밍의 문제가 아닌가? 코리가 타이밍의 중요성을 증명했다. 타이밍이 맞았다면 우린 보다 깊은 관계가 되었을 터였다.

나는 칼라의 팔을 잡았다.

"내가 있잖아, 그렇지?"

"그래, 알아. 또 이렇게 좋은 집에서 지내게 해 줘서 고마워. 내가 여기 살 때와는 다른 집이 됐어."

"이렇게 깨끗하지 않았다는 뜻이겠죠, 아주머니!"

미소.

"정확한 지적!"

둘 다 웃음을 터뜨렸다.

"루이스, 다른 부탁을 해도 되겠니?"

"그래……."

난 힘없이 대답했다.

"나랑 롭이 크리스마스에 너한테 선물한 데킬라를 따자."

그날 밤 칼라는 빈 술병을 옆구리에 끼고 실연의 고통을 잠시 잊을 수 있었다. 아빠의 음반을 찾는 일도 그렇게 쉽다면 좋을 텐데. 내가 음반을 찾으려고 예정에 없는 월차 휴가를 내자 동료들이 깜짝 놀라는 눈치였다. 웨스트엔드에 있는 희귀 음반점을 샅샅이 뒤지고 다녔다. 마침내 먼지가 잔뜩 낀 '별과 함께'를 찾아 집으로 가져왔다. 그런데 집에 있는 CD플레이어로는 12인치 레코드판을 들을 수가 없었다.

엄마네 집으로 달려갔다. 일요일 점심을 같이 먹는다는 약속을 지킨다는 구실이기도 했지만, 디저트를 먹기 무섭게 옆집으로 갔다. 코리의 레코드플레이어가 남아 있을지 몰라서였다. 집에는 캘빈밖에 없었고, 난 망설이다가 사정을 설

'우리의 노래'를 기억하렴

명했다.

캘빈이 짐짓 생각하는 표정을 지으며 말했다.

"내가 알기론, 코리는 짐을 프랑스로 다 가져갔는데. 레코드플레이어도 포함해서. 그 기계는 골동품 수준이니까."

나는 한숨을 폭 내쉬었다.

"하지만 난 DJ를 했거든. 아직도 '테크닉'* 데크를 갖고 있지!"

"정말이에요?"

"그럼, 정말이지! 따라와 봐!"

그는 따뜻하게 미소 짓고는 코리의 방으로 날 데려갔다. 이제는 여분의 방으로 쓰이고 있었다. 거기 구석에 캘빈의 데크들이 놓여 있었다. 나는 음반을 꺼내고 레코드플레이어를 작동하려 했다.

"내가 할게."

캘빈이 말했다.

"아…… 미안해요……."

내가 중얼댔다. 아빠가 준 새로운 것에 빠져 들 찰나여서 초조했다.

바늘이 작동하자, 갑자기 음악이 허공에 꽉 찼다. 캘빈은 담담한 표정을 지으려고 애썼다. 그게 더 낫기라도 한 듯이.

---

* 오디오 기기 브랜드.

우리 처음 만난 때를
절대 잊지 못할 거야.
그 사슴 같은 눈망울로 날 보던 때를.
너는 내 사랑
너는 언제나 내 사랑.
나는 멀리서도 알았지
네가 나의 별이 되리란 것을.

별이 뜨면
별이 뜨면
아주 특별한 사랑
별이 뜨면
별이 뜨면
아주 아주 특별한 사랑


갑자기 아빠가 방에 있었다. 나를 안고. 내 말을 들어주고. 나처럼 여기서 숨을 쉬었다. 내게 여전히 사랑한다는 것을 알려 주었다.

별이 뜨면
별이 뜨면
아주 특별한 사랑


'우리의 노래'를 기억하렴

별이 뜨면
별이 뜨면
별과 함께 떠오르는 단 한 사람!

음반이 금방 멈추었지만, 나는 다시 들었다. 다시 한 번. 또다시.

캘빈이 방에서 나갔다가 감자칩과 술을 가지고 돌아온 줄도 몰랐다. 나는 무릎을 꿇고 앉은 채 뜨거운 눈물을 줄줄 흘렸다.

이러려던 것은 아니었는데. 이런 모습을 다른 사람에게 보여야 했다. 하지만 캘빈에게 마음을 보이니 놀랄 만치 기분이 좋았다. 가까이 있는 사람은 그뿐이었다. 나중에는 마음이 씻긴 것 같았다. 캘빈은 잘 들어주는 사람이었다. 이전에 아빠에 대해 털어놓은 상대는 코리뿐이었기에, 코리를 높이 평가했다는 사실을 깨달았다.

"고마워요, 캘빈."

"언제라도 환영이야. 참 좋은 분 같아, 루이스의 아버지 말이야. 한데 노래 말이야……."

"좀 구닥다리지요, 알아요."

"그가 루이스를 진짜 진짜 많이 사랑한다는 말을 하려고 하는 거 같은데."

현관문 열리는 소리가 들렸다.

"안녕, 두 사람!"

칼라의 엄마가 노래하듯 외쳤다. 그는 남편을 껴안고 키스 세례를 퍼부었다.

"저는 가 볼게요."

내가 음반을 챙기며 말했다.

"아냐, 그냥 있으렴. 멋진 소식이 있단다!"

그녀는 캘빈의 손을 잡으며 덧붙였다.

"코리가 드디어 해냈어!"

"해내다니 뭘요? 미술상이라도 타게 된 거예요?"

"저기, 루이스…… 말해도 될지 모르겠다만…….."

그녀가 입술을 깨물며 말끝을 흐렸다.

"무슨 얘기든 하셔도 돼요!"

내가 미소 지으며 말했다.

"그럼 말할게. 너도 잘 받아들일 테니까 말이지. 저기 있잖아…… 코리가 드디어 청혼을 했다는구나! 약혼했대! 내 아들이 약혼하다니!"


기타: 십대 때 차이는 것과 어른이 되어 차이는 것

차이는 것은 나이가 몇 살이든 힘든 일이어서 같이 묶었다. 어른이 되어서 차이면 신경 쓸 일이 많다는 것만 다르지. 어려서 차이면 질질 끌려다니지.

그래, 차이는 것은 진짜 힘들지. 누군가 네 세계에 침입해서 거대한 달걀을 던지는 것 같지. 앉아서, 그럴듯하게 포장해도 기본적으로 같은 내용인 말을 들을 준비가 된 사람이 어디 있겠니? 결국 같은 뜻인걸……. 퇴짜. 이루 비할 데가 없지. 가슴이, 진짜, 무너지지.

'바다에는 다른 물고기가 많다'라는 진부한 말을 들으면 그 말을 하는 주둥이를 때려 주고 싶어지지. 그러니 그 말은 하지 않으련다. 남들이 무심코 쏟아 내는 진부한 위로의 말은 안 할 테다. 이 녀석은 바보 멍청이라서 좋은 것을 앞에 두고도 그런 줄 모르지만, 그렇다고 더 똑똑하고 멋진(또 축구도 잘하는) 녀석이 기다리지 말라는 법은 없다는 말만 해 두겠다. 알겠지?

코리의 약혼 소식을 들은 후로 약간 멍한 기분이었다. 일하고 자고 먹는 하루하루의 일과 중에서 그 생각을 하지 않으려고 애썼다. 하지만 업무도 신이 나지 않았다. 급여 인상을 알리는 편지를 받았는데도 마찬가지였다. 코리 소식을 듣고 친구를 잃은 기분을 느꼈을까? 아니, 그게 아니었다. 코리는 오래전부터 프랑스에 살았는걸. 친구 이상을 잃었다. 어쩌면 희망을 잃었겠지. 그런데 무엇에 대한 희망? 우리가 서로에게 헌신하는 관계를 맺지 못하리란 걸 애초에 알았으면서. 마음이 왜 그리…… 휑한지 알 수가 없었다.

코리 생각을 하는 대신 업무에 힘을 쏟았다. 이후 6개월간 하루 열두 시간씩 일했고 주말 근무도 가끔 해서 마침내 승진이 가까이 다가왔음을 알 수 있었다. 칼라 덕분에 기운이 났다. 그녀는 코리가 '가정생활을 할 타입'이 아닌데 금발 미녀 2호의 꾐에 넘어갔을 거라고 말했다. 칼라가 아직 롭의 배반을 극복하지 못하고 행복하게 사귀는 커플들을 조롱하는 데 열심이라는 것을 알면서도 그런 말을 들으니 왠지 마음이 풀렸다.

자기 사무실로 오라는 임원의 이메일을 받았다. 늘 그렇듯 겁나지 않았고, 무슨 말이라도 들을 마음의 준비가 되어 있었다.

"루이스, 무척 바쁜 사람이란 걸 아니까 간단히 말하지."

여임원이 말했다. 나는 발을 질질 끌며 의자로 갔다. 그녀는 보기 드문 미소를 지었다.

"회사의 '선임 시장 데이터 애널리스트'가 되면 어떻겠어?"

그녀의 표정으로 볼 때, 내게 엄청난 자리에 관심이 있는지를 묻는 듯했다. 연봉이 무려 80퍼센트나 인상되는 자리였다!

"네, 그러면 좋겠지요……. 감사합니다."

{ 스물여섯 살에서 서른 살, 딸에게 보내는 메시지, 그리고 그 후 }


그게 인생이란다

꿔다 놓은 보릿자루 취급을 받을 날도 있단다

남자랑 여자가 좋은 친구가 될 수 있을까?

이십대의 마지막 해, 그냥 흘려보내지 마라

남자를 바꿀 수 있으리라고는 꿈도 꾸지 마라

내 삶의 모두인 너에게

이십대의 마지막 해, 그냥 흘려보내지 마라, 얘야. 우스꽝스러운 짓을 해. 너무 이상한 짓은 아니지만, 하고 싶어도 이성 때문에 못하는 일 말이야! 넌 아직 젊거든!

— 「이십대의 마지막 해, 그냥 흘려보내지 마라」 중에서

# 그게 인생이란다

　루이스, 너는 수십억 명이 사는 세상에서 살고 있다. 다른 나라들, 문화, 다들 각자의 삶을 살아가며 저마다 다른 경험을 하지. 그 안에는 운동을 더 잘하는 사람, 더 부유한 사람, 숫자에 더 능숙한 사람, 더 인기 있는 사람, 더 예쁜 사람(이크, 마지막 항목은 지워야겠구나), 더 재미있는 사람들이 엄청나게 많지. 간단히 말하자면 너보다 어떤 일을 '더 잘'하는 이들이 많다 이거지.

　그게 인생이란다.

　사랑하는 딸아, 이것은 네가 얼마나 잘하느냐의 문제가 아니란다. 구석에 숨어 있다가 쓱 나타나서 너보다 얼마나 잘났는지 세상이 다 알게 하는 녀석들이 있기 마련이니까.

　보통 사람들은(나를 포함해서) 어떤 일을 그렇게 쭉쭉 해내지 못하지. 내 말을 오해하지는 마라. 난 축구를 잘하거든. 하지만 펠레처럼 될 정도는 아니었단다. 사실(아버지가 여러 번 머리를 쓰다듬어 준 후) 그런 사실을 받아들였고, 내가 이룬 작은 업적들에 감사하기 시작했지. 부정적인 면보다는 긍정적인 면을 염두에 두는 거지. 예컨대 난 잉글랜드 대표로 뛴 적은 없지만, 화려한 공 다루기 기술로 세 번이나 트로피를 받았고, 남동 런던 지역 팀의 주장을 맡았지. 또 언제나 자식을 많이 두고 싶었지만, 대신 최고로 환상적인 딸 하나를 얻게 되었고 그 아이와 시간을 함께 보내는 행운을 누렸지. 바로 너 말이야.

나쁘지 않지?

내 말을 오해하지는 마라. 루이스, 인생에서 경쟁은 멋진 일이고, 거기에는 건전한 면도 있단다. 하지만 장담컨대 네가 경쟁 상대로 삼으면 가장 좋을 인물은 바로…… 잠깐…… 뚜구뚜구뚜구…… 루이스 베이츠 양!

내가 잘하고 있다는 것을 알면 아빠는 분명 대견해했을 것이다.

사실 그럴 마음만 있다면 더 넓은 집으로 이사할 능력이 있었지만, 이 아파트가 내게는 큰 의미를 주는 곳이 되었다. 처음으로 진짜 집 같은 느낌이 들었던 곳이니까. 또 내가 사는 곳이기도 하고. 게다가 '존 루이스' 백화점에서 반짝반짝하는 대형 냉장고와 세탁기를 들이고 부엌을 다시 꾸미니 새 집 같아졌다. 거실은 아늑하면서도 현대적이고 간결한 분위기로 꾸몄다. 그중 최고는 회사에서 받은 재규어 XJS였다. 고급 자동차라는 것을 알기에 차를 몰고 처음 출근한 날은 좀 초조했지만, 기가 막히게 잘 작동되었다. 아빠가 알았다면 무척 흥분했을 터였다. 아빠가 가장 좋아하던 자동차가 재규어의 그 모델이었으니까!

그러니 주당 70시간씩 근무해도 괜찮았다.

한밤중에 걸려 오는 외국의 전화 통화도 견딜 만했다.

수면 부족으로 두통에 시달려도 괜찮았다. 눈 밑의 다크서클도 감수해야 했다.

엄마와 애비를 통 만나지 못했다. 애비의 다섯 살 생일 선물을 사러 '햄리스'*에 가서 백 파운드 가까이 쓰는 걸로 보상하려 했다. 하지만 애비는 맥도날드에 가는 것을 더 좋아했을 터였다. 죄책감이 느껴졌다.

하지만 일이 우선이잖아? 내게 힘을 주는 것은 바로 성공이었다. 내게 음식처럼 영양분을 주고, 내가 살아가는 데 필요한 모든 것이 성공이었다. 다음 업무, 다음에 넘어야 할 산에 목말랐다. 칼라가 남자를 갈구하듯 나는 일을 갈구했다. 다만, 일은 남자보다 믿을 만하다고 증명된 것만 달랐다. 그러니 친구 몇 명 없이 외로우면 또 어때? 난 괜찮았다. 괜찮을 터였다. 내게는 아빠가 있으니까.

칼라는 남자 열 명과의 열다섯 번의 데이트로 '평생의 진정한 사랑'을 찾아내는 것 같았다. 마커스는 프리랜서로 동

---

* 런던에 있는 고급 장난감 상점.

생 레이먼드라는 혹까지 달고 살았다. 얼마 지나지 않아 칼라는 내 집에서 나가, 전형적인 총각 살림인 마커스의 집으로 이사했다. '여성의 손길이 필요하다'라는 게 이유였다.

얼마 지나지 않아 난 저녁 식사에 초대받았다.

"안녕하세요."

마커스가 문을 열어 주며 인사했다. 굴곡진 큰 입에 따뜻한 미소가 번졌다. 칼라는 그 입술 때문에 사랑에 빠졌다고 떠들어 댔다. 나도 인사하고 코트를 벗는데, 마커스의 동생이 나타났다. 유행하는 청바지에 받쳐 입은 단정한 티셔츠 아래로 운동을 많이 힌 몸매가 드러났다. 우리는 내 친구의 단골 메뉴인 파에야를 먹으면서 칼라와 마커스가 눈을 맞추며 서로에게 열중해 있는 동안, 잘생긴 레이먼드가 대화를 이끌어 갔다.

"칼라한테 이렇게 예쁜 친구가 있다는 말은 못 들었는데요."

그가 말했다.

"고마워요."

나는 대답하고 와인을 마셨다. 날 쳐다보는 그의 눈길이 사람을 긴장시켰다. 기분 좋은 쪽으로.

"음식이 별로인걸, 허니."

마커스가 퍼진 밥을 포크로 찌르면서 말했다.

"미안해요, 자기. 이번에는 또 뭐예요? 후추를 너무 많이 뿌렸나?"

칼라가 아기처럼 말했다. 순간적으로 난 비꼬는 말투라고 오해했다.

"너무 덜 들어갔어."

마커스가 음식을 씹으면서 말하자, 칼라가 냉큼 일어나더니 후추통을 들고 왔다. 나는 한마디 해 주려다가 가까스로 참았다.

레이먼드는 보험 회사에서 근무했고, 자신은 '짜릿한' 서식 업무를 한다고 말했다. 그가 업무에 대해 재치 있게 말했지만, 나는 디저트를 먹으면서 한눈을 팔았다. 맥이 다 빠져 버린 상태였다.

"내 얘기가 따분한가 봐요?"

레이먼드가 수줍어하며 물었다. 갑자기 나이보다 어려 보였다. 칼라와 마커스는 부엌에 가고 없었다.

"아뇨. 늦게까지 일해서 그래요. 미안해요."

"괜찮아요. 칼라 말로는, 당신이 일 중독자라더군요."

"근사하네요. 남들이 어떻게 보는지 아니까 참 좋기도 하네요."

"하지만 얼마나 예쁜지는 말 안 했거든요? 나 같으면 다른 친구를 사귀겠어요."

그가 미소 지었고, 가지런한 하얀 이가 눈에 띄었다.

레이먼드는 스물두 살로 그 또래가 소중히 여길 만한 것들을 좋아했다. 최신형 플레이스테이션 게임에서 형을 '팍 눌러 주기', 아파트에 같이 살기, 구속받는 것을 혐오한다고 뽐내기. 그래서 첫눈에 레이먼드와 나는 완전히 반대로 보였다. 아마 다른 사람들은 다 그렇게 볼 터였다. 하지만 얽매이기 싫어하는 면이 내게는 무척 매력적으로 다가왔다. 그와 있으면, 내가 줄 수 있는 것 이상을 상대가 바랄까 봐 걱정할 필요가 없었으니까. 또 주위에 남자가 없을 때는 난 장난감에 만족했다. 새로 산 니콘 디지털 카메라도 그렇고!

그래서인지 레이먼드와 매주 일요일과 목요일 저녁 시간을 보내는 것도 그런대로 괜찮았다. 사이사이 전화 통화를 하면서 웃는 것도 좋았다. 모든 게 내가 원하는 방식으로 굴러갔고, 언제나 내 스케줄대로 움직였다.

그러던 어느 날, 나는 고참 직원 두 명에게 해고 통고를 해야 했다. 직장 생활을 하면서 가장 힘들고, 옳지 않게 느껴졌던 하루였다. 아빠가 준 매뉴얼에는 이런 일을 언급한 '기타' 항목이 없어서, 참조할 내용도 없이 이런 상황을 감당해야 했다. 하지만 기운을 내서(아니, 용기랄까) 두 사람에게 차례로 소식을 전했다. 내가 이용하는 직업 소개소의 웹 사이트 주소도 알려 주었다. 모든 과정을 끝내자 기분이 안 좋아서 누군가와 대화하고 싶었다. 누구라도 상관없었다.

기운이 쭉 빠져서 집에 도착했다.

자동 응답기에 레이먼드의 메시지가 녹음되어 있었다. 나는 휴대폰으로 전화를 걸었다.

"안녕, 레이."

재킷을 벗어 소파에 던졌다. 거실, 아니 집 전체에서 새칠 냄새가 풍겼다. 지난주에 집수리를 했기 때문이었다.

"처진 것 같네요. 괜찮아요?"

그가 물었다.

"괜찮아. 회사에서 힘든 하루를 보내서 그래."

스테레오 리모컨의 '재생' 버튼을 눌렀다. 에이미 와인하우스의 노래가 실크와 꿀처럼 방 안을 휘감자, 몸의 근육이 이완되기 시작했다.

"그 이야기를 할래요?"

잠시 생각해 봤다.

"아니."

"정말이에요? 난 얘기를 잘 들어주는데."

"됐어."

짜증이 확 올라와서 쏘아붙였다. 전망 없는 직장에 다니는 스물두 살짜리가 착한 사람들을 해고하는 것에 대해 뭘 알 수 있을까. 한 사람은 십대 자녀 둘과 아내를 부양해야 하는 성실한 직원이었다. 또 한 사람은 나처럼 주택 융자금을 갚아 나가는 젊은 여성이었고.

"내가 갈게요, 그럴게요."

"언제?"

"오늘 밤이요."

"목요일이 아니고?"

내가 물었다.

레이먼드와는 정확히 목요일과 일요일에만 만났고, 그도 그것을 알았다. 한데 생각해 보니, 힘든 하루를 보냈으니, 누군가 같이 있어도 좋겠다 싶었다. 또 복잡한 감정을 잠시 잊는 데 도움이 된다는 걸 인정해야 했다. 결국 레이가 하루만 더 내 공간에 들어오도록 허락했다. 하지만 목요일 약속은 취소했다.

레이 덕분에 몇 주 만에 처음으로 곤히 잤다.


"코리가 다음 주에 집에 온다는구나!"

「별이 뜨면」의 마지막 구절이 흘러나올 때 칼라의 엄마가 말했다. 어떻게든 코리와 금발 미녀 2호와 마주칠 기회를 차단해야 했다.

"코리도 너를 만나고 싶어 할 게다, 루이스. 결혼해서 코리가 가까이 살면 얼마나 좋을지 생각 좀 해 보렴!"

"그렇겠죠."

나는 레코드판을 챙기며 말했다.

"코리 부부는 그리니치에서 살게 될 거야."

그녀는 이 말을 마치자마자 뭔가 깨달은 듯 물었다.

"이런 얘기를 들어도 괜찮지, 루이스?"

코리의 이사에 따르는 여러 가지 일들이 떠올라 난 레코드판을 떨어뜨릴 뻔했다.

"괜찮을 줄 알았다. 너랑 코리의 일이야 이미 오래전이었으니까. 어린 시절의 풋사랑이지. 이제는 극복됐지?"

"그럼요."

그 말은 사실이었다. 코리에겐 어떤 감정도 느끼지 않았다. 다만, 집 밖에 나설 때마다 그와 마주쳐서 그 '하룻밤의 일'을 되새길 필요는 없지 않은가. 안 그래도 마음에 걸리는 일인데 말이지. 그 일만으로도 착잡한데, 칼라의 엄마가 덧붙였다.

"게다가 결혼 계획을 짜러 둘이 영국에 온다는구나. 다음주에!"

다음 주에 나는 계획한 두바이 출장을 추진했다. 낮에는 화려한 사무실에서 새로운 팀과 회의를 했다. 하늘은 맑고 햇살은 뜨거웠다. 밤이면 호텔의 기둥 네 개 달린 침대에 누워 노트북 컴퓨터로 일하면서, 코리에 대한 생각을 제자리 ─ 내 머리 바깥 ─ 로 밀어내려 애썼고 성공했다.

출장에서 돌아왔을 때, 행복한 커플은 프랑스로 돌아간 후였다.

"나한테 아무 말도 없이 두바이에 가다니, 기가 막혀서 말이 안 나와요!"

뜨거운 정사를 벌인 후 레이먼드가 투덜댔다. 올리버가 부드럽고 다정한 연인이었다면, 레이먼드는 돌풍처럼 달려들었다. 그는 나를 만족시키고 솜씨를 뽐내려고 안달했다. 그렇게 징징대지만 않으면 좋으련만.

"레이, 갑자기 결정된 출장이었어. 회사에서 가라고 하면 갈 수밖에 없어!"

나는 양손으로 머리를 받치고 누워서 한숨을 내쉬었다.

"심한 것 같아."

"레이……."

내가 짜증스럽게 내뱉었다.

그는 애비처럼 아랫입술을 쭉 내밀었다.

"다음번에는 나한테 알려 줘요. 나도 같이 갈 수 있잖아요. 함께 외국 여행에 나간 적이 없잖아요."

"알았어!"

난 그런 일은 없으리란 걸 알고 한숨을 쉬었다.

"나간다는 말이 나왔으니 말인데요…… 내가 여기 일요일에 오는 것 대신에……."

또 시작이었다. 징징대고 떠들고 물어 대고. 내가 알아들을 수 있는 말은 단 두 마디, '여동생'과 '공원'뿐이었다.

"공원?"

"여동생을 데리고 동물원이든 어디든 가면 좋잖아요. 사진도 찍고. 그 최고급 카메라를 써 본 적도 없으니!"

내게는 완전히 낯선 그림이었다. '가족' 소풍 비슷한 걸 가다니. 게다가 사진까지 찍고. 혼란스러워서 눈썹을 치뜨고, 그럴듯한 핑계를 궁리했다. 결국, 칼라 핑계를 댔다. 이번 토요일에 그녀가 마커스와 내 집에 올 계획이라고 말했다. 아직 칼라가 모를 뿐이지만.


다행히 칼라는 토요일에 우리 집에 가자고 마커스를 설득했다. 두 형제를 거실에 앉힌 뒤, 칼라가 나를 부엌으로 데려갔다.

"어떻게 된 일이야?"

칼라가 한쪽 눈썹을 치뜨고 물었다.

"지난번 초대에 보답하려고."

"거짓말. 네가 마커스와 어울리기 싫어한다는 걸 뻔히 아는데 왜 이러셔."

"그런 말 마셔!"

"네가 그이를 싫어하는 걸 알아."

칼라가 조용히 말하는데 마커스가 나타났다.

"자기, 내 전화기 봤어?"

칼라는 손으로 입을 가리며 대답했다.

"어머나, 집의 소파 위에 두고 왔나 봐요!"

마커스는 콧구멍을 벌렁대고 눈썹을 치떴다.

"내가 자동차 열쇠를 찾는 동안 자기는 전화기를 가져오랬잖아!"

"알아요, 미안해요."

칼라가 진심으로 사과하는 투로 말했다.

나는 두 사람이 싸우게 놔두고, 레이먼드가 무얼 하는지 보러 갔다. 5분 후, 다시 부엌에 들어가려다가 문밖에 멈춰 섰다. 안에서 언성이 높아졌다.

"미안하다고 했잖아요!"

"왜 그렇게 바보 멍청이처럼 구는 거야, 어?"

나는 내 단짝친구가 이 자식의 뺨을 치기를 기다렸다. 그게 아니라면 험한 말이라도 쏘아붙이기를 기다렸다. 왜냐면 누구도 칼라에게 그런 식으로 말한 사람이 없었으니까. 초등학교 3학년 때 토미 워너메이커가 '리라날'('날라리'를 거꾸로 해서)이라고 부른 이후로 아무도 없었다.

그래서 기다렸다.

"정말 미안해요, 마커스."

그녀가 사과하는 투로 중얼대는 소리가 들렸다.

진심으로 저러는 거야?

"다시는 이런 일이 없어야 해."

마커스가 문으로 향하는 소리가 들려와, 난 얼른 화장실로 들어갔다.

스물여섯 살 생일 이틀 전, 내가 마커스에 대한 걱정을 털어놓기 시작하자 칼라는 '앤 서머스' 쿠폰을 쥐여 주었다. 엄마가 애비를 데리고 후진 영화 DVD를 준다며 역사상 처음으로 집에 들렀다. 고백하건대 두 사람이 집에 와 줘서 정말 놀랍고 기분 좋았다. 그들이 가기 전에 애비의 사진을 예쁘게 찍어 주었다. 그때 레이먼드가 전화해서 일 때문에 '깜짝' 선물은 내 생일 며칠 후로 미뤄야겠다고 말했다. 난 상관없었다. 내가 하고 싶은 일은 오직 아빠가 들려주는 생일 메시지를 읽는 것뿐이었으니까.

생일 전날, 퇴근전까지 산더미처럼 쌓인 일을 처리해야 한다는 생각을 하면서 출근했다. 평소처럼 경비원에게 손을 흔들고, 주방에 가서 새로 내린 커피를 따랐다. 백만 통쯤 쌓인 이메일을 확인하려고 컴퓨터에 전원을 넣었다. 파란색으로 빛나는 메일 한 통이 눈을 끌었다. 상사가 보낸 이메일이었다. 그녀는 나를 만나고 싶어 했다.

상관의 사무실은 내 방보다 넓고 훨씬 화려했다. 네모난 마호가니 책상 위에는 자녀의 사진 두 장이 놓여 있었다.

"앉아, 루이스."

"안녕하세요."

나는 말을 시작하다가, 덤덤하면서도 동정하는 상관의 표정을 알아차렸다. 하긴 늘 그런 얼굴이었다. 그녀는 아주 좋은 때도 웃음을 터뜨리는 법이 없었다.

"소식이 있어."

"무슨 소식인데요, 조앤?"

"저기 말이야…… 다시 인원 축소가 있을 예정이어서 그 이야기를 해 주고 싶었어."

이번에는 누굴 감원해야 할지 걱정하느라 혈액 순환이 멈춘 것 같았다. 이런 업무는 정말이지 싫었다……. 아니, 경멸스러웠다.

"저기 말이야…… 우린 루이스를 해고해야 할 것 같아."

그 말을 듣는 순간 배 속에서 경련이 일어났다.

"네? 무슨 말인지 모르겠는데요? 그러니까 지금……? 제가 직장을 잃게 될 거라는 말씀이신가요?"

"그렇게 됐어, 루이스."


이제 정말 나이 든 기분일 테지. 20대 후반이니까. 서른 살에 가까워졌으니. 그래, 알아. 난 기분이 더 안 좋았으니까. 그래서 찰리랑 필로미나가 날 데리고 술집에 갔지. 간단하게…… 그래…… 딱 한 잔만 하려고.

스물여섯 살이 큰 의미가 없다고 말한다면 그건 거짓말이겠지. 왜냐면 의미 있는 나이니까. 그러니 손봐야 할 구석이나 변화시켜야 할 사항들이 있다면, 올해야말로 신경을 써야 할 때란다.

사랑한다, 아빠가.


그게 인생이란다

축하 파티를 모두 취소하고, 레이먼드에게는 한동안 성가시게 하지 말라고까지 말해 두었다. 새 직장을 구해야 했으므로 당장 인터넷 검색을 시작했다. 취업 알선 회사에서 'IT 업계가 예전처럼 좋지 않습니다. 일자리가 별로 없어요'라고 떠벌리는 말은 무시하려 애썼다. 물론 퇴직금과 예금으로 한동안은 숨을 돌리겠지만, 그것도 당분간일 터였다. 어떻게 해야 할지 아빠에게 들어야 했다. 내게 닥칠 줄 몰랐던 위기에서 빠져나갈 방법이 뭔지. 회사에서 비용 절감을 위해 퇴출할 직원 명단에 소중한 딸이 끼일 줄 아빠는 상상도 못했을 것이다. 난 직장을 그만두어야 했고, 회사 차를 포함해 모든 것을 잃게 되었다. 아빠가 좋아할 차였는데.

쓰지 않은 휴가가 남아 있어 몇 주만 더 근무하면 되었다. 직업 소개소에서는 내가 받던 액수보다 급여가 30퍼센트 적은 임시직을 소개했다. 하지만 그것도 일이었고, 알선 담당자의 말마따나 '뭐 임시직인걸요'였으니 받아들일밖에.

내 바람과 달리 레이먼드는 뒤늦게 생일 카드와 커다란 꽃다발을 새 직장으로 보내왔다. 나는 당장 전화를 걸어 고맙다고 인사했고, 우리는 작은 레스토랑에서 만나기로 했다. 사무실이 있는 켄싱턴의 하이 거리에서 5백 미터 남짓 떨어진 데다 지하철역에서 가까운 곳이었다.

"보고 싶었어요."

그가 말했다.

"내 신변을 정리해야 했어. 미안해."

"그런 줄 알아요. 당신은 정말 사려 깊어요."

그가 굳이 고집을 부려 주문한 와인을 홀짝거렸다.

"왜 그런 말을 해?"

나는 평소처럼 전채 요리로 새우튀김을 먹으면서 물었다. 그러면서 처음으로 레이먼드의 눈빛이 번들거리는 것을 알아차렸다.

"타이 레스토랑에서 만나자고 했잖아요. 난 타이 음식을 가장 좋아하거든요."

"지하철역에서 가까워 고른 건데."

"아."

미안한 마음이 생겼다.

"하지만 타이 음식을 좋아한다니 더 잘됐네."

"아뇨. 진짜 좋아하는 건 당신이에요, 루이스."

그의 잘생긴 풋풋한 얼굴이 빛나는 것 같았다.

"내가 최근에 잘하지 못한 걸 알아…… 자주 못 만난 데다가……."

내가 말을 시작했다.

"괜찮아요. 직장 일 때문에 스트레스가 많았다는 걸 알아요. 하지만 당신에게 알려 주고 싶었어요. 내가 당신을 위해 거기 있다는 것을."

"고마워."

예쁘게 차려입은 웨이트리스가 내 앞에 밥을 놓았다.

"둘이 나눠 먹을 거예요."

내가 말했다. 하지만 그녀는 내 말을 무시했고, 난 레이먼드를 보았다. 그가 음흉한 고양이처럼 웃고 있었다.

"내가 모르고 지나간 게 있나?"

"밥 속을 봐요."

그는 평소 성격과 다르게 지시했다.

밥그릇 안을 살펴봤지만, 밥밖에 안 보였다. 그때 뭔가 눈에 들어왔다. 그릇 안에 살짝 빛나는 게 있었다.

"꺼내 봐요."

레이먼드가 신이 나서 지시했다. 웨이트리스는 그때까지 내 옆에 서 있었다.

나는 밥그릇에 박힌 싸구려 보석 반지를 꺼내며, 어안이 벙벙해서 빤히 보았다.

"약혼반지예요."

그가 안절부절못하며 말했다. 그러고는 초조한 듯 손으로 식탁을 탁탁 쳤다.

목구멍으로 짜증이 솟구쳤다.

"저기…… 어……."

말이 나오지 않았다. 약간 열이 나더니 자리를 박차고 나오고 싶었다. 반지를 식탁에 내려놓고 쳐다보았다. 그런 다

음 물을 홀짝거렸다. 술이었으면 좋았을 텐데. 아이러니하게
도 갑자기 다른 웨이트리스가 샴페인을 들고 왔다.

"사랑해요, 루이스. 정말 정말 많이요. 평생을 당신과 함
께하고 싶어요."

그가 내 손을 잡으면서 덧붙였다.

"당신이 내 연분이에요."

마음에서 6초쯤 긍정적인 생각이 영화 필름처럼 돌아가
다가, 이어 부정적인 생각이 물밀듯이 쏟아졌다.


* 사랑이라는 말(사실 한 번도 레이에게 해 본 적이 없는 말)
* 내 아파트의 공간을 포기할 수 없는 것
* 오랜 관계에 대한 신념 부족
* 남자 때문에 내 삶의 일부를 조금도 포기할 수 없는 것
  (올리버와의 예)


아무런 귀띔도 하지 않고, 레스토랑에서 불쑥 무릎 꿇고
청혼하는 남자라면 더더욱 그랬다.

"제발 결혼해 줘요. 사랑해요, 루이스."

그는 눈을 크게 떴고, 눈물이 반짝이는 것 같았다. 나는
반지를 내려다보고 나서, 놀라고 어찌할 바를 모르는 마음으
로 레스토랑을 둘러보았다. 사람들의 얼굴에서 신나는 표정
을 읽을 수가 있었다.

방금 내게 청혼한 남자를 바라보았다. 그에게 내 생각을 들키기 싫어 눈을 감았다.

"네?"

레이먼드는 죽 한 그릇을 구걸하는 올리버 트위스트* 같은 표정으로 물었다. 눈을 뜨니 예쁘게 입은 또 다른 웨이트리스가 환하게 웃으며 손뼉 칠 준비를 하고 있었다. 난 숨이 막힐 것 같았다. 블라우스가 몸에 딱 달라붙었고, 공기가 답답했다.

"화장실에 가야겠어."

나는 벌떡 일어났다. 기다리던 웨이트리스 세 사람이 무척 실망했다.

세면대 위에 토할 자세로 몸을 굽혔지만, 아직 그 단계까지는 오지 않았다. 그래도 이건 너무 심했다. 보통 때였어도 지나친 일일 텐데, 현재의 내 처지에서는 하루, 한 주, 한 달, 평생을 더 끔찍하게 만드는 사건이었다. 레이먼드는 좋은 남자지만, 난 이런 일이 싫었다. 그를 갈망하지 않았다. 내가 원한 남자는 단 한 명이었고 이미 세상을 떠났다. 거울을 들여다보니 뺨에 마스카라 자국이 있고, 눈 밑에 다크 서클이 시커멨다. 그 모습을 보면서 내가 엄청나게 힘든 상황에 부닥쳤음을 알았다.

* 영국 작가 찰스 디킨즈의 장편소설.

물론 레이먼드의 청혼을 거절했고, 그는 그런대로 받아들였다. 하지만 결별을 선언했을 때는 달랐다.

완전히 헤어지자고 했다.

나는 TV에 나오는 '당신 때문이 아니고 나 때문이야'라는 진부한 말을 읊조렸지만, 다시 한 번 레이먼드를 과소평가한 것 같았다. 처음에는 전화, 문자, 이메일 공세를 하더니 시간이 흐르면서 나아졌다.

물론 예상대로 칼라의 질책이 쏟아졌다. 그녀는 나를 사악한 남쪽 마녀*라고 헐뜯었다. 엄마까지도 내가 완벽한 남자를 차 버리는 이유를 궁금해했다. 하지만 나는 그들에게 각자 일이나 알아서 하라고 말했다. 어느 저녁, 바에서 술을 마시다가 칼라가 화장실에 가자, 마커스는 대 놓고 무례하게 굴었다.

"당신이 내 동생을 대하는 방식이 못마땅하던데."

마커스는 노골적으로 악의를 드러냈다.

"난 당신이 칼라를 대하는 방식이 못마땅하던데요."

내가 맞받아쳤다.

"루이스, 무슨 얘기를 하는 줄도 모르고 읊어 대는군."

"당신은 칼라를 존중하는 마음이 없는 것 같아요. 비위에 거슬려요. 조금만…… 조금만 느긋하게 대해요, 알겠어요?

* 『오즈의 마법사』에 나오는 나쁜 마녀.

그게 인생이란다

칼라는 이런 대접을 받을 사람이 아니에요……. 게다가 당신 같은 사람의 상대도 아니고."

내 친구가 홀딱 반한 커다란 입에 능글능글한 미소가 번졌다.

"날 당신이 차지하고 싶은 건가?"

그가 조용히 물었다.

반감이 확 생겼다.

"미쳤어요?"

"내 동생을 버린 게 그 때문인가? 날 갖고 싶어서?"

나는 상스러운 말을 내뱉었고, 마커스는 단호하고 자신감 넘치는 말로 보복했다.

"내가 말하면 칼라는 누구를 믿을까? 당신, 아니면 나? 모험을 해 보고 싶은가? 최근 당신의 처신으로 볼 때, 칼라가 당신의 말을 퍽이나 믿게 생겼구먼."

칼라가 돌아오자 나는 미소 짓기만 했다. 마커스가 별말 안 할 거라고 결론 내렸다.


칼라는 레이먼드가 그리울 거라고 했지만, 별로 그렇지 않았다. 아쉬운 게 있다면 친밀한 섹스였다. 그 외의 것은 없어도 살 수 있을 것 같았다.

임시 고용 계약이 끝나자, 다음 직장을 기다렸다. 앞으로 평생 어떻게 살아갈 것인지 생각할 짬이 생겼지만, 그 생각을 할 때마다 여백으로 남겨 두었다. 내가 아는 것은 컴퓨터 밖에 없었다.

늘 그렇듯 직업 소개소는 호언장담하고 나서는 결국 한 달짜리 철강 회사 일을 들이밀었다. IT 업계의 고용 상황이 안 좋다는 말과 함께.

계약이 끝나자, 종일 뒹굴었다. 감자칩을 먹어 대며 형편 없는 낮 시간대 TV 프로그램을 보았다. 엄마가 건강을 묻거나, 칼라가 내 힘든 형편은 아랑곳없이 본인 얘기만 늘어놓는 것 외에는 걸려 오는 전화도 없었다.

나는 백수였다. 하지만 그보다 나쁜 것은 희망이 전혀 없다는 점이었다. 가끔 낙심해서 늘어진 트레이닝복 바지를 벗거나 몸단장을 할 엄두도 못 냈다. 그런 건 상관없었다. 공과금을 내고 나면 단골 고급 미용실에서 머리 손질을 할 돈이 없어서 헤어밴드를 했다. 그리고 머리는 까맣게 잊었다. IT 업계가 나를 잊은 것처럼.

현실을 직시할 때가 되었다. 스물여섯 살에 현실이 암담했다. 직장도 없이 퇴직금으로 살아가는 형편이었다. 주택 융자금은 예금과 실업 수당으로 겨우 충당했다. 삶이 나락으로 깊이 떨어졌는데, 나는 몸을 일으켜 빠져나올 힘조차 없었다.

# 꿔다 놓은 보릿자루 취급을 받을 날도 있단다

루이스, 네 집 정원을 내다보아라. 집에 정원이 없다면 남의 정원이라도 보아라. 꽃이 보이면 — 잡초나 풀이라도 — 색깔이며 향기를 (향이 있다면) 음미해라.

창밖을 봤지만, 잿빛 하늘만 보일 뿐이었다. 곧 진눈깨비가 쏟아질 것 같았다.

꽃이든 잡초든 자라려면 햇빛이 필요하지만(학교에서 배웠겠지. 이걸 '광합성'이라고 한단다) 빛을 너무 많이 받으면 타서 시들 수 있지. 말라비틀어지면 비료가 되어 버리고. 식물에는 기본적으로 비가 필요하단다. 빗방울을 통해 물을 섭취해서, 화사하고 아름다운 생물로 자라지. 그렇게 되도록 타고난 모습으로 말이야. 여기서 햇빛 약간, 저기서 비 약간……. 그 두 가지가 자연의 조화를 이루면서 작용하는 거지. 내가 하려는 말은, 그 시에(아직도 똑똑히 기억이 안 나는구나) 나온 말인데, 이런 내용이란다. 비를 맞을 때가 있다는 뜻이지. 날씨가 을씨년스럽고 그런 날이 끝나지 않을 것 같은 때가 있단다. 하지만 언제나 햇빛만 비칠 수는 없지. 그럴 수는 없단다. 그럴 수 있다고 말해 줄 수 있으면 좋겠지만.

내 말 알아듣겠니?

물론 내 딸이 고통스러운 일을 겪기를 바라는 것은 아니야. 절대 그렇지 않지. 내게 인생이…… 향기로운 장미 꽃밭이라고 말해 줄 수 있다면 좋겠다만……

하지만 그런 말은 못하겠구나.


아빠가 그렇게 말해 주면 좋겠어요, 아빠.

왜 여기 안 계신 거예요? 왜 곁에 안 계세요? 이런 모든 일에서 저를 보호해 주시면 좋잖아요. 실망스러운 일을 막아 주시면요. 아픔을요!

아침에 눈을 뜨면서 밤에 눈을 감을 때까지 이런 질문을 해 댔다. 아침이면 커튼을 젖히면서 역겨운 절망의 냄새를 맡았고, 밤이면 잠을 이루려고 안간힘을 썼다. 이런 말을 하기는 부끄럽지만(생각한다는 것만으로도), 때로는 잠에서 깨기 무섭게 절망에 빠졌다. 그날 아침에 깨는 것을 잊은 채 계속 잠들었으면 좋았을 것을. 어느 때보다도 아빠가 그리웠다. 내 마음에 담고 있다가 필요할 때마다 꺼내 보는 그 아름다

꿔다 놓은 보릿자루 취급을 받을 날도 있단다

운 미소를 보고 싶었다.

매뉴얼을 펼쳐서, 간절한 마음으로 끌어안았다. 무릎을 꿇고 앉아 가슴을 들먹이며 아빠를 느껴 보려 했다. 하지만 내가 약할 때는 아빠와 연결할 수가 없는 것 같았다. 아빠는 내가 행복하고 매뉴얼을 잘 따를 때만 곁에 있었다. 모든 게 제대로 돌아갈 때만. 지금 나는 궤도에서 이탈했고, 아빠의 존재감을 느낄 수가 없었다.

실직한 지 두 달째 접어들자 밤에 악몽을 꾸었다(내가 노숙자가 되어 바르셀로나 거리를 배회하는 꿈이었다). 어느 날 이웃집에 갈 동네 대학의 입학 안내서가 우리 집으로 잘못 배달되었다. 몇 주 사이에 네 배는 늘어난 듯한 고지서들 틈에 반들거리는 안내 책자가 끼여 있었다.

개설된 강좌를 훑어보았다. 스페인어, 요리, 일본어, 노래, 사진. 직장에서 잘나갈 때 샀던 고급 카메라를 힐끗 쳐다보았다. 카메라는 경솔하게 살았던 마지막 기억이기도 했다.

종일토록 누구의 전화도 받지 않고 지냈다. 집 밖으로 나올 때는 실업 수당 지급소에 들를 때뿐이었다. 정기적으로 방문해서 일을 알아보기라도 해야 실업 수당을 받을 수 있었다. 주택 융자금을 못 내서 집을 뺏기는 일을 피하려면 수당을 받아야 했다. 그런데 적당한 일자리를 구할 수가 없었고,

예금 잔액은 계속 줄어들어 갔다.

이번 기회에 동네 대학에 등록해 사진을 배워 보기로 했다. 덕분에 집 밖 출입을 했고, 일주일에 두 번씩 수업에 가면 제정신인 체 할 수 있었다. 적어도 바깥세상에는 그렇게 보였다. 존재 이유가 있었으니까.

곧 수업이 즐거워졌다. 앵글과 조명에 대해 배우고, 포토샵으로 사진을 어떻게 바꿀 수 있는지 알게 되었다. 열정을 가진 사람들과 대화하면서, 내 마음에도 열정이 생겼다. 내가 얼마나 실패했는지 모르는 이들과 대화를 나누며 웃었다. 같은 반 친구인 비이와 나는 수업 중에 짝이 된 후 금방 친해졌다. 나와 비슷한 나이, 큰 키에 호리호리한 몸매로, 그렇게 계집애 같은 속눈썹을 가진 남자는 처음 보았다. 조용한 성품인데도 나를 대화로 이끌어내는 능력이 뛰어나 호감을 느끼게 했다. 얼마 지나지 않아 사진술의 기본을 익혔고, 여느 수강생들과 달리 나는 최고급 카메라를 갖고 있었다. 애비사진만 몇 장 찍고 내버려 두는 바람에 먼지가 뽀얗게 끼긴 했지만.

비이는 밤마다 수업 후에 집까지 걸어서 바래다주었다. 어느 밤 그가 뺨에 뽀뽀했다. 또 아름답다고 말했다. 그 말은 (꾸미지 않고 잘 씻지도 않는 현 상황으로 볼 때는) 거짓말이었지만, 어떤 말보다 자연스럽게 들렸다. 솔직히 그 말을 들으니 기

꿔다 놓은 보릿자루 취급을 받을 날도 있단다

분이 좋았고, 그의 뽀뽀도 마찬가지였다. 또 다음 날 아침 그의 품에 안겨서 깨는 것도 좋았다.

사진은 둘의 공통점이었기에 강의실 밖에서는 그와 관련해서 시간을 보냈다. 도서관에서 사진 관련서를 읽고, 공원에 가서 움직이는 것은 뭐가 됐든 카메라를 들이댔다. 서점에 있는 커피숍에서 커피를 마시고, 신간 서적들을 뒤졌다.

비이는 정말 다정했고, 매뉴얼과 더불어 내게 버팀목이 되어 주었다. 그는 내게 무엇도 바라지 않았다. 그저 만날 때마다 날 보는 데 만족했다. 내 이야기는 많이 하지 않았다. 오랜 습관은 깨기 힘든 모양이다. 딱 한 번 힘든 재정 상황에 대해 말했더니, 비이는 젊은 나이에 그만큼 모았다는 데 감동했다. 그런데도 그가 내게 감탄하는 게 어울리지 않는 거 같았다. 실직당했으니 인생을 완전히 망친 게 아니었나? 나 자신과 무엇보다 아빠를 실망시키지 않았던가? 그러나 비이의 대답은 '아니다'였다. 그는 나를 '잘나가는 사람'이라고 불렀다. 거울 속의 나는 완전한 패배자인데도.

비이와 나는 다른 데 가지 않았다. 내 아파트에서 계속 사진 이야기를 나누는 게 좋았다. 햇살 좋은 늦은 아침 그가 침대에서 게으름을 부릴 때, 블라인드 사이로 들어온 빛에 그의 미소가 보였다. 나는 세면대 앞에 몸을 굽히고 양치질을 하다가, 그가 스냅 사진을 찍자 화를 내는 체했다. 되풀이할 수 없지만, 영원히 간직할 수 없는 순간을 포착한다는 게 맘에 들었다. 내가 서툴게 찍은 아빠의 마지막 사진처럼. 또 아빠가 매뉴얼을 남긴 것처럼.

내가 자처한 고통에서 차츰 벗어나면서 다시 세상을 마주할 준비가 되었다. 자동차를 팔았고, 예금 잔액이 겨우 50파운드 남짓임을 알았다. 강의도 거의 막바지여서, 다음 단계로 넘어갈 때가 무르익었다는 생각이 들었다. 내 사진 비즈니스를 시작할 작정이었다.

"정말 이러는 게 옳은 일이라고 생각하니?"
엄마가 물었다. 그날은 아주 오랜만에 엄마의 집에 갔다. 이번에는 카메라를 가져갔다. 어떤 순간이든 찍을 준비가 되어 있었다. 어디든 카메라를 갖고 다녀야 한다는 것은 비이의 아이디어였다.
"네, 그래요. 제가 하고 싶은 일이에요."
내가 말했다. 코리가 머릿속에 떠올랐다. 그는 창의적인 일을 발견했고, 이제는 내가 적당한 일을 찾은 셈이었다. 식은 토스트를 집는데 애비가 쏜살같이 부엌으로 뛰어들었다.
"안녕, 애비!"
내가 인사하자, 동생은 내 뺨에 뽀뽀했다. 자연스럽게 반

꿔다 놓은 보릿자루 취급을 받을 날도 있단다

기는 입맞춤이었다.

"보고 싶었어, 언니!"

애비가 말했다.

"좀 바빴어."

"정말 잘 생각해 보면 좋겠구나. 자기 사업을 하기는 쉽지 않단다. 지금은 어떻게 댈 참이니?"

"그것도 잘됐어요. 차를 팔아서 충당했으니, 한 달 월세와 칠 비용만 있으면 돼요."

"칠?"

"가게를 칠하려고요."

"하지만 손님이 들어야 하잖아. 컴퓨터 업계에 있었으면 더 좋았을 텐데……."

"그럴지도 모르죠."

나는 이를 악물고 대꾸했다. 물론 엄마는 지난 몇 달 동안 내가 어떻게 지냈는지 자세히 몰랐다. 지금의 반응으로 볼 때 말하지 않은 게 다행이었다.

"네가 그러고 싶다면…… 한번 해 봐야겠지. 하지만 시내에서 일할 때 벌었던 만큼은 못 벌 거야."

엄마가 말했다. 이웃들에게 딸이 얼마나 잘나가는지 자랑하던 시절이 좋았겠지.

조그만 애비가 내 무릎에 올라오더니 몸을 비틀었다. 왕방울만 한 눈이 옆에 있는 카메라에 쏠렸다.

"그냥 놔둬!"

내가 외쳤지만, 애비는 무릎에서 내려가더니 카메라 쪽으로 달려갔다.

"그냥 보기만 하려고. 사진 찍어 줘!"

애비가 징징댔다. 나는 애비보다 먼저 카메라를 집고, 기분이 좋아서 혀를 내밀었다. 하지만 애비의 사진을 찍기 시작했다. 애비는 집 구석구석에서 다양한 포즈를 취했다. 그 사이 엄마는 다른 데서 분주히 움직였다. 아이는 허영심 덩어리여서, 갖고 있는 파티복을 다 입고 사진을 찍겠다고 우겼다. 발레리나, 공주, 해리 포터 의상이 동원되었다. 심지어 제대로 타지도 못하는 노란 술이 달린 분홍색 자전거 위에서도 포즈를 취했다. 뺨에 초콜릿 얼룩을 묻히고(무지 흉했다) 공중에 다리를 찼다. 그러고는 찍은 사진마다 보겠다고 우겨서 골치가 아팠다. 마지막으로 찍은 사진은 엄마와 애비가 소파에 앉은 장면이었다. 엄마는 온 세상에서 가장 소중한 것이라도 되는 듯이 애비를 바라보았다. 나도 모르게 감정이 복받치면서 슬퍼졌다. 떠날 시간이 됐다.

떠날 채비를 하는데 빙고 사나이가 들어왔다.

"안녕!"

그는 땀이 맺힌 얼굴로 환하게 웃었다.

빙고 사나이는 여섯 살 난 딸을 조심스레 번쩍 안아 들려고 했다.

꿰다 놓은 보릿자루 취급을 받을 날도 있단다

"내려와라, 다 컸으니 그러지 말아야지."

엄마가 말하자 애비는 선머슴 애처럼 바닥에 쭈그리고 앉았다.

"너무해!"

애비가 징징댔다.

"괜찮아요?"

엄마가 빙고 사나이에게 물었다.

"그럼. 법석 떨지 마라! 잘 지내니, 루이스?"

"네."

나는 예절을 지키려고 애쓰며 대답했다. 짐을 들었다.

"또 볼 수 있지?"

엄마가 말했다. 나는 엄마와 애비의 뺨에 뽀뽀하고 문으로 향했다.

버스 정류장으로 가면서, 한 달에 두 번 치르는 의무를 다해서 반가웠다. 그 과정에서 멋진 스냅 사진도 얻었고. 그때 내 이름을 부르는 소리가 들렸다. 이럴 수가! 코리였다.

이런 상황에 대해 충고할 말이 있나요, 아빠? 없어요? 그럴 줄 알았어요. 참 잘됐네요.

"안녕, 코리 오빠!"

"보따리구나!"

더 이상 그렇게 안 부르면 좋을 텐데.

"이제 나도 스물일곱 살이라고!"

"아, 그래. 늦었지만, 생일 축하해!"

"올해는 축하받고 싶은 기분이 아니었어."

아빠의 메시지도 짧았다. 간단히 '생일 축하한다, 루이스! 즐겁게 지내는 걸 잊지 마라!' 였다.

코리는 내 양 뺨에 입을 맞추었다. 캐러멜처럼 부드러운 입맞춤이었다. 또 방금 면도해서 평소처럼 싱그러운 비누 냄새가 났다.

"그거 안됐구나. 우리가 나이를 먹은 건가?"

"그렇게 말할 수 있겠지."

"어째서?"

"외모가 된다 해도 나이가 많아 모델 일을 시작할 수가 없거든. 나이가 많아서 학생용 기차표도 못 산다고. 또 '보따리' 라고 불리기에는 너무 나이가 많아."

코리의 얼굴에서 웃음기가 사라졌다.

"넌 멋진 외모를 가졌어."

"아무튼…… 다시 만나서 반가워. 아까 캘빈이랑 아줌마에게 인사하러 오빠네 집에 갔는데 아무도 없었어."

왜 이리 당황되는지 내심 의아해하며 더듬거렸다.

"두 사람은 끔찍한 전시회에 가서…… 무슨 전시회인진 묻지 마…… 늦게 돌아올 거야."

"여기서 얼마나 머물 거야?"

내가 물었다. '여기서' 라는 말은 어디서 튀어나온 걸까.

꿔다 놓은 보릿자루 취급을 받을 날도 있단다

"네가 그렇게 물으니 우습지만, 언제까지 여기서 지낼지 모르겠어. 그리니치로 이사할 예정이야, 엄마한테 듣지 않았니?"

배 속이 멋대로 뒤틀렸다.

"아줌마는 오빠랑 약혼녀가 올 거라고 말씀하셨어."

'약혼녀'란 말이 제대로 나오지 않았다.

"네가 탈 버스가 온다."

버스라니! 난 다음 버스를 기다리기로 하고, 대담하게 고개를 저었다.

"정말이야?"

코리가 물었다.

내가 고개를 끄덕일 때 버스가 지나갔다. 나는 코리에게 낙서로 가득한 벤치에 앉으라고 불렀다. 팔걸이에 '칼라, 루이스, 코리가 다녀가다'라는 글귀가 패어 있었다. 글자가 닳아서 거의 알아보기 어려웠다. 어느덧 배 속의 뒤틀림이 가라앉으면서, 따스함과 친밀감이 밀려왔다.

"정말 멋지다."

코리가 말했다.

"난 항상 똑같다고!"

"그래, 맞아! 지난번에 봤을 때는 아주 사무적이었지."

나는 창피해서 고개를 돌렸다.

"그럼 지금은?"

"아름답다."

누구도 내게 그런 말을 한 적이 없었다. 아빠를 빼고는.

"몇 주 전에 내 꼴을 봤어야 했는데."

"멋져 보여. 훨씬 느슨해졌고. 칼라가 그러는데 사진 공부를 한다면서."

"입이 가볍기도 하지."

"이번에는 동생 잘못이 아니야. 내가 언제나 네 안부를 묻거든. 프랑스에 있을 때도 집에 전화하면 늘 보따리, 네 안부를 물었어."

그 말을 듣고 난 충격을 받았다. 코리가 말을 이었다.

"특히 네가 내 엽서를 무시했을 때는……."

"그냥 엽서였다고, 코리. 엽서에 답장하는 사람이 어디 있어……."

말을 하려는데 바보 같은 내 말이 어색하게 느껴졌다.

코리가 말했다.

"칼라가 그러는데 사업을 시작할 생각이라면서?"

나는 비난이 쏟아지기를 기다렸다.

"응."

"잘된 것 같아. 대학에 다니는 게 쉽지 않았을 텐데."

"처음에는 끔찍했지. 하지만 이제 괜찮을 거 같아."

"당연히 그럴 거야. 보따리는 전사니까. 네가 잘 해내리라 믿어."

꿰다 놓은 보릿자루 취급을 받을 날도 있단다

그 순간 나를 믿어 주니 고맙다고 인사하고 싶었다. 요즘에는 나 스스로 그런 생각을 할 엄두조차 못 냈으니까.

"코리!"

멀리서 누군가 소리쳤다.

"코리!"

이번에는 가까이서 들렸다. 코리가 일어났고, 그다음에 펼쳐진 장면에 난 좀 거북했다. 아니, 많이 불편했다.

"사방으로 찾아다니던 참이야, 자기! 보고 싶었어!"

금발 미녀 2호는 수술과 구슬이 주렁주렁 달린 집시치마를 입고 있었다. 정신 나간 히피 같았다.

그녀는 코리를 껴안고 입술에 뽀뽀했다. 코리는 잠깐 나와 눈이 마주쳤다.

"오랜 친구랑 얘기 중이었어. 옆집에 사는 루이스 기억하지?"

"결혼식에서 본 친구? 예쁜 여동생이랑 왔던 사람? 그럼, 당연하지! 안녕하세요, 루이스?"

"안녕하세요?"

"우리랑 집으로 가서, 이야기해요!"

다행히 버스가 왔다.

"미안해요, 가 봐야 되거든요!"

나는 힘없이 손을 흔들어 인사했다. 나를 태운 버스가 출발했고, 나는 마지막으로 코리의 잘생긴 얼굴을 돌아보았다.

그는 예비 신부와 사라졌다.

　노트북 컴퓨터로 작업한 내 사진 솜씨에 절로 감탄이 나
왔다. 애비, 어린이다운 순수함이 담긴 예쁜 미소, 노란 장식
수술이 달린 자전거에 앉은 모습. 오랜만에 처음으로 내게도
웃을 거리가 있다는 것을 깨달았다. 창의적인 면이 있고, 스
냅 사진을 찍어서 컴퓨터로 완벽하게 작업을 하고……. 그것
이 날 행복하게 했다! 배가 조금 들어가거나(칼라의 엄마) 가슴
이 커질 때(칼라) 이미지가 변하는 것을 목격하면서, IT 업계
에서는 이렇듯 유용하거나 창의적인 기분을 느꼈던 기억이
나지 않았다. 코리가 옳았다. 아마도 나는 창의적인 일에 더
어울리는 사람이었다.
　그날 저녁 비이는 애비의 사진에 깊이 감동받았다. 노란
수술의 채도를 바꾸면 피사체가 도드라져 보인다는 설명을
들으니 기분이 좋았다. 그 전후에 찍은 사진들까지 보여 주
었고, 비이가 정말 잘 찍었다고 칭찬하자 더 유쾌해졌다. 조
금씩 자신감이 생기면서, 하드 드라이브에 저장된 사진들도
보여 줘야겠다는 생각이 들었다. 유원지 벤치에 앉은 노숙자
의 사진이나 퍼그 개가 여자의 코끝을 핥는 사진(난 이런 행동
이 역겨웠지만, 애완견을 사랑하는 여자의 눈빛이 절절했고, 그 장면에
서 눈부신 햇살처럼 표현되었다).
　"환상적이네. 이런 사진을 숨겨 두고 있었다니 어이가 없

을 정도야!"

"그 정도로 괜찮은 줄 몰랐어. 게다가 초상권 침해로 고소 당하고 싶지 않았거든!"

비이가 나를 쳐다보는 눈길을 알아차렸다. 그레그에게서, 올리버와 레이먼드에게서 본 적이 있는 눈빛이었다. 하지만 심각하게 받아들이지 않을 작정이었다.


직업 소개소에서 석 달짜리 일을 알선받았다. 사정이 좋 아질 거라는 증거였다. 오전 아홉 시에서 오후 다섯 시까지 근무하면 주말과 저녁 시간을 이용해 사진을 찍으면서 생활 비를 벌 수 있을 터였다.

변호사 사무실 앞에 서서, 줄무늬 재킷의 매무새를 바로 잡다가 바지에 약간 구김이 생긴 것을 알았다. 전부터 단정 한 차림으로 일하러 가는 것이 내게는 최소한의 기준이었다. 일곱 명으로 구성된 프로젝트의 팀장이든, 급여 4분의 1짜리 변호사 사무실 임시직이든 난 자긍심이 있었다. 그러니 영구 직이 아니더라도 일은 일이었고, 적절한 인상을 줘야 할 것 같았다.

"마요리라는 분을 만나러 왔는데요."

나는 50대 초반의 여성에게 말했다.

"아, 나예요! 소개소에서 온 루이스 베이츠군요?"

나는 따뜻하게 웃었다.

"네."

우리는 내가 앞으로 3개월쯤 일할 방으로 향했다. 50년대 흑백 영화의 분위기를 풍기는 넓은 공간을 지났다. 한없이 걸어서 마침내 작은 방에 도착했다. 나는 재킷을 벗었다.

마요리가 말했다.

"아, 너무 차려입었네요. 여기서 기다려 봐요."

그녀가 회색 가방을 들고 돌아오며 중얼댔다.

"멍청한 여자 같으니."

"누가요?"

내가 방어하듯 물었다.

"소개소 아가씨 말이에요. 너무…… 비싼 옷은 입지 말라고 일렀는데."

"이 낡은 옷을요?"

마요리의 세련된 차림을 보니, 무슨 뜻으로 그런 말을 하는지 의아했다.

"걱정하지 말아요. 지난번 사람이 소지품을 안 가져갔어요. 진짜 멍청한 아가씨였지요. 비슷한 사이즈일 거예요. 이일은 낡은 청바지와 티셔츠를 입으면 좋을 거라고 조언하고 싶군요. 화장실에서 갈아입도록 해요. 한…… 5분 후에 여기로 다시 올래요? 10분 후에? 젊은 아가씨들은 시간을 넉넉히 갖고 싶어 한다는 걸 알아요."

가방을 뒤져 트레이닝복 바지와 앞에 구멍이 난 티셔츠를

꿔다 놓은 보릿자루 취급을 받을 날도 있단다

꺼냈다. 그리고 말없이 다른 사람의 옷을 입었다. 그 사람이 이 옷을 입을 때 속옷을 제대로 입었기를 바랄 뿐이었다.

몇 분 후, 창문도 없는 방에 우두커니 서 있었다. 과거의 먼지와 비밀이 켜켜이 쌓인 낡은 상자 더미가 사방에 쌓여 있었다. 오늘과 앞으로 12주 동안 할 일은 예전 의뢰인의 서류들을 추려서 알파벳 순서로 정리하는 업무였다. 의뢰인이 수천 명이었다.

울고 싶었지만, 내 인생에서 아무것도 포기하지 않을 작정이었다. 아빠는 열심히 일하고 최선을 다하는 것에 대해 이야기하지 않았던가? 나 자신이나 아빠를 실망시키지 않을 테야.

그래서 일에 착수했다.

첫 주를 보낸 후, 낡은 라디오를 사서 상자 속 같은 방으로 가져갔지만, 지하실 깊은 곳이어서 주파수가 잡히지 않았다. 적막감과 적적함이 답답했고, 따분한 시간을 보낼 방법을 더 이상 궁리할 수 없었다. 결국, 노래를 흥얼대고 혼잣말을 중얼거리며 지냈다.


루이스, 가끔은 상황이 정말 힘들게 돌아가다가 좋아진단다.

총애받을 때도 있지만…… 꿔다 놓은 보릿자루 취급을 받을 날도 있다는 것을 받아들이렴.

매일 저녁 지친 몸으로 집에 돌아왔다. 하루 열두 시간 근무할 때보다도 더 지쳤다. 처음에는 비이가 문 앞에서 기다려 주었다. 그가 사려 깊게 거품 목욕제나 초콜릿 선물을 주면 기뻤다. 그는 저녁 식사를 준비해 주고, 디저트로 발 마사지를 해 주겠다며 고집을 부렸다. 하지만 그가 불가능한 요구를 하자, 나는 예전처럼 두려움을 느꼈다.

"나한테 열쇠를 주지그래?"

"내 아파트 열쇠?"

나는 침을 꿀꺽 삼켰다.

"그럼 좋잖아? 우린 만난 지 무지 오래됐다고. 자기가 집에 돌아올 즈음이면 내가 준비해 놓고 기다릴 수도 있고……공과금 일부도 낼 수 있고……."

"저기…… 아니, 난 그렇게 생각하지 않는데, 비이."

내가 부드럽게 대답했다.

"안 된다고? 그걸로 다야? 의논도 하지 않고?"

그는 짜증스러운 기미를 보였다.

"그래. 미안해…… 정말 미안해……."

말은 그렇게 했지만, 그의 품에 달려들어 설명하고 싶었다. 그에게 나 자신을 완전히 내줄 준비가 안 된 ─ 앞으로도 그럴 ─ 이유를 설명하고 싶었다. 맞지 않는 것 같다고, 누군가와 함께하는 것이……. 전에도 그랬다고.

"나는 자기가 행복하기를 바랄 뿐이야. 자기를 힘들게 하

꿔다 놓은 보릿자루 취급을 받을 날도 있단다

려고 여기 있는 게 아니라고, 루이스.”

가끔은 나도 그걸 알았다. 심지어 그것을 높이 평가하기까지 했다. 다만, 나 자신이 그런 걸 믿게 내버려 둘 수 없을 뿐이었다.

“그 이야기는 더 하기 싫어.”

내가 말했다.

“우린 이 이야기를 해야 할 거라는 생각이 들어. 우리에 대해서.”

비이가 내 손을 잡으면서 말했다.

“아니. 난 못해, 비이…… . 부탁이야…… 나를……. 그 이야기는…… 내버려 둬.”

비이는 다정한 말과 약속으로 내 마음을 바꾸려고 애썼지만, 나는 생각을 바꾸지 않았다. 그러자 그는 서글픈 말을 쏟고 여자 같은 예쁜 속눈썹이 눈물범벅이 된 후에야 내 바람을 존중했다.

나는 비이를 그냥 보낼 수밖에 없었다.


임시직도 구하기 어려워지기 시작했다. 어떤 소개소에서는 안부 전화조차 걸지 않았다. 또다시 매뉴얼에 적힌 말도 내 불행한 기분을 달래 주지 못했다.

시간이 지날수록 사정은 더 악화되었다.

또 소용없는 면접을 본 후, 버스 정류장에서 집까지 걸어

가다가 비를 맞았다. 1년 반 전에 큰돈을 주고 산 새미 부츠가 물에 홀딱 젖었다. 아파트 밖에서 큼직한 가방에서 열쇠를 찾는데, 빗줄기가 강해져서 머리칼이 착 달라붙었다. 집에 들어서니 이상한 기분이 들어서, 육감을 따라 거실로 들어갔다. 사방이 아수라장이었다. 욕실에서 샌 물이 복도를 지나 거실로 스며든 것이었다.

홍수가 따로 없었다.

가슴이 철렁했다. 땀이 나고 정신이 아득했다. 몸이 뻣뻣해지다가 한 가지 생각이 머리를 스쳤다.

매뉴얼!

침실로 뛰어가 옷장 속의 옷들을 팽개쳤다. 청바지, 벨트, 블라우스……. 하나같이 엄청난 돈을 지불한 물건들이지만, 바닥에 쓰레기처럼 내팽개쳤다. 내게 진정 소중한 것은 매뉴얼뿐이었으니까. 평소에 놓아두던 옷장의 맨 윗부분에서 매뉴얼을 찾자 끌어안고 눈을 꼭 감았다. 큰 한숨이 나왔다.

매뉴얼은 그대로였다.

내 아빠는 그대로였다.


나는 아파트가 정돈되는 동안 엄마네 집에서 머물렀다.

"깨끗한 수건은 바구니에 있다……. 물건이 어디 있는지는 알지?"

엄마가 말했다. 애비가 호기심 어린 눈초리로 쳐다보았

꿔다 놓은 보릿자루 취급을 받을 날도 있단다

다. 서둘러 싸 가지고 온 짐을 풀었다. 물을 치우고 집을 청소하고, 보험사를 비롯해 배관공과 담판을 짓느라 무척 힘들었다. 그런데 나보다 엄마가 더 지쳐 보였다. 엄마의 그런 모습은 난생처음 보았다. 엄마는 늘 말하듯 '말끔히 단장하는' 데서 자부심을 느끼는 사람이었다. 칼라 엄마의 코를 납작하게 해 주기 위해서라도 그랬다. 그런 엄마의 머리가 수세미 같고, 옷은 다림질을 해야 할 것 같았다. 빙고 사나이는 힘없이 인사하고는, 일곱 시인데도 자러 간다며 들어갔다.

나는 지금은 여분의 방으로 쓰는 예전의 내 방에 짐을 풀고 하품이 나는 체했다.

"고마워요, 엄마."

"뭐가?"

"여기서 지내게 해 줘서요."

엄마는 흘러내린 머리칼을 귀 뒤로 넘기며 대답했다.

"고맙다고 할 필요 없다, 루이스. 넌 내 딸인걸."

"괜찮아요……? 피곤해 보여요, 엄마."

엄마는 침대 끝에 앉았는데, 10년은 늙어 보였다.

"잠을 못 자서 그런 거야. 걱정할 일은 아니야."

"왜 잠을 못 자는데요?"

"수선 피우지 마라, 루이스. 괜찮아질 거야."

애비가 침대에 올라왔다. 엉망으로 그린 새 그림을 보이는 품이 관심이 필요한 듯 보였다. 나는 엄마를 내버려 두기로 했다. 하지만 내심 걱정스러웠다.

보험료가 나오지 않을 경우, 물이 샌 것을 고치는 데 어느 정도의 비용이 들지 알아야 했다. 세간 몇 가지가 망가졌다. DVD 같은, 몇 년 동안 사들인 고급 물건들이었다. 영국에서 처음으로 그 물건을 가진다고 기분 좋아했던 기억이 난다.

"왜 슬퍼해?"

애비가 물었다.

"괜찮아."

나는 어깨를 으쓱했다. 몸을 굽혀 세면도구를 꺼내는데 불쑥 혼자 있고 싶어졌다.

"물 때문에 그래?"

애비가 물어 댔다. 동생을 방에서 내보내고 싶었다. 혼자 있으면서 내게 일어난 일을 따져 보고, 해고당한 후로 일어난 일들을 생각해 보고 싶었다. 사방에서 차이기만 했으니. 정말 지겨웠다. 너무나 피곤했다. 속이 메스꺼웠다.

"애비! 자야지!"

복도에서 엄마가 소리쳤다.

애비는 엄마 말을 들었다. 나는 기분이 나아지기를 바라면서 매뉴얼을 펼쳤다.

하지만 기분은 좋아지지 않았다.

꿔다 놓은 보릿자루 취급을 받을 날도 있단다

# 남자랑 여자가 좋은 친구가 될 수 있을까?

　최근에 겪은 일들을 볼 때, 보험 회사의 수표를 받고 무척 놀랐다. 내게 드리워진 검은 구름이 싹 가셨다. 처음에는 엄마네 집에서의 생활이 괜찮았다. 애비를 학교에 데려다 주면, '애비의 언니'를 처음 보는 친구들이 반한 눈으로 날 빤히 쳐다보았다. 학창 시절의 나와는 달리 애비는 남자 애, 여자 애 가리지 않고 인기가 좋았다. 사실 활달한 매력과 나날이 예뻐지는 외모로 볼 때 놀랄 일이 아니었다. 학교에 데려다 준 다음에는, 비싼 커피숍에 앉아 차가운 초콜릿 음료를 앞에 놓고 계획을 세워 보려 애썼다. 수첩, 카메라, 노트북 컴퓨터, 매뉴얼로 중무장을 했다.

기타: **실수**
그래, 너도 몇 가지 실수를 할 거야. 사람이니까 완벽하지 않고

기본적으로 태어난 순간부터 실수하기 마련이지.

나 역시 몇 가지 실수를 했단다. 가장 큰 실수는 누이인 필로미나와 이나하고 관계된 것이지. 전에 둘이 대판 싸웠는데(이 매뉴얼은 너를 위한 것이고, 너에 대한 이야기만 하고 싶으니까 그 얘기는 자세히 안 하련다) 나는 한쪽 편을 들었지. 그러지 말아야 했는데. 그 일이 오늘날까지도 우리 남매의 관계에 영향을 미치고 있지. 하지만 나는 그 실수로 많은 것을 배웠단다. 이나가 마음을 돌리기를 진심으로 바라고 있다. 더군다나 지금은 더욱더.

하여튼 간에.

장담하건대, 너도 살면서 실수를 몇 번 할 거야. 사실 몇 번 이상 하게 될 게다. 내가 무슨 말을 할 거라고 기대했니? 중요한 점은 이런 실수에서 배워야 한다는 것이지. 그 실수들로 인해 성장하는 거야. 그러지 않으면, 실수는 아무 이유 없는 헛짓이 되어 버리고 말지.


다행히 수표는 아침에 도착했고, 드라마 「이스트엔더스」가 시작될 무렵에는 아직 공사 중이긴 해도 내 집으로 돌아갈 수 있었다. 지구에서의 스물일곱 살 생일은 이불 속에 숨어서 지내기로 했다. 모두 내 생일을 잊기를 바랐다. 하지만 복도에 나가 보니, 우편함에 카드가 쌓여 있었다. 칼라의 외설적인 카드, 엄마와 애비와 빙고 사나이의 귀여운 카드. 솔직히 다들 내 생일을 기억해 줘서 기뻤다.



남자랑 여자가 좋은 친구가 될 수 있을까?

스물여덟 살이 되었구나! 와아!

내 어린 딸이 어른이 되고 있네.

지금쯤 네게 변화가 생겼다는 것을 알아. 너 자신이 한결 편안하게 느껴지겠지? 스물다섯 살 이후가 '한 인간'으로 접어드는 시기이기 때문에 묻는 거란다. 내면의 변화가 생기지. 그래, 내 경험으로 하는 이야기야. 게다가 남자들은 여자들보다 더디게 성숙하니까, 혹시 너에게 적용되지 않는 이야기라면 용서하렴. 네가 둥글둥글한 어른이 되었고, 옛날부터 네 나이를 의식했다면 말이지!

다행히 인부들이 떠나자 곧 축축한 기운이 사라졌다. 수리비를 지불하고 못 쓰게 된 물건은 훨씬 싼 것으로 구입하자, 다시 일을 추진해야 할 것 같았다.

……물론 네가 압박감을 느끼는 것은 나도 싫다. 그저 사정이 안 좋은 게지. 하지만 아무리 상황이 나빠 보여도, 전에도 말했다시피 '목숨이 붙어 있으면 희망이 있다'는 점을 명심해라. 이 점을 끌어안으렴, 루이스. 왜냐면 네 몸에 숨이 붙어 있는 한, 넌 무슨 일이든 할 수 있으니까. 나도 살아 있을 때 이것을 기억했더라면…….

사랑한다, 아빠가.

아빠의 말이 내 몸에 기운을 불어넣어 주는 것 같았다. 천천히 숨을 내쉬면서 이 대목을 다시 읽었다. 또다시. 다시 한 번. 한마디도 빼놓지 않고 외울 때까지 읽었다. 결국, 내 마음 깊은 곳에 그 말이 스며들었다.

나는 살아 있었다.

사람들은 매일 죽어 가고 있었다.

하지만 난 살아 있었다.

살아 있었다.


……네 몸에 숨이 붙어 있는 한, 넌 무슨 일이든 할 수 있으니까. 나도 살아 있을 때 이것을 기억했더라면…….


몸에 공기가 채워지자, 새로운 희망이 샘솟았다. 나는 일어났다. 달려 나가고 싶은 기분을 느끼면서 아빠가 옳았다는 것을 알았다. 난 여전히 건강했다. 나는 살아 있었다.


……어떤 상황이 너를 벼랑 끝으로 몰아가는 듯싶은 때가 있을 거야. 또 세상이 뭣같이 돌아가는 것 같은 때도 있고. 이런 말을 하기는 미안하지만, 네가 그런 경험을 하지 않고 살아왔을 것 같지는 않구나. 꿔다 놓은 보릿자루 비유를 기억하지? 그러니 이런 상황을 뭉뚱그려서 내가 좋아하는 진부하기 짝이 없는 말을 해야겠다. 여기저기서 얻어터지는 상황을 하나의 단계로 보면, 결국 너는 어떤 수단과 도움으로 이겨 낼 거야. 또 이겨 낸 후에는 그동안의 일을 잘 따져 보고 거기서 배우기를 바란다. 그런 상황에 휘둘리지 마라.


남자랑 여자가 좋은 친구가 될 수 있을까?

쉽지 않을 터였고, 나도 그걸 알았다. 그러나 몇 달 만에 처음으로 음울한 지평선 너머가 힐끗 보였다.

집세가 비싸고 현재 매상이 적은 자리였지만, 생일 2주일 후 보증금과 두 달치 월세를 미리 주고 가게를 마련했다. 사진관 운영에 필요한 최고 사양의 노트북 컴퓨터와 프린터를 구입하느라 자동차 판 돈을 다 털어 넣고 현금서비스까지 받아야 했으니 어쩌랴? 다시 나 자신을 믿고, 사진 사업이 성공하리라 믿을 수밖에 없었다. 'K 픽스'(당연히 K는 케빈의 K!)는 고객의 사진을 '손봐서' 멋지고 개성 있는 세련된 사진을 만들어 줄 터였다. 요즘 사진관 진열장에 걸린 촌스러운 사진이 아니라!

칼라가 큰 몫을 했다. 사진관을 청소하고 꾸미는 일을 도와주었다. 반면 엄마는 빙고 사나이가 애비를 봐줄 수 없다면서 마지막 순간에야 나타났다.

이런저런 일들이 있었지만 'K 픽스'의 개업이 3주 후로 다가왔다. 사실 칼라와 나는(페인트칠은 하지 않고) 수다를 떨고 일은 뒷전이었다. 코리 이야기가 나오면 특히 더했다.

"바람둥이 코리가 한 여자한테 정착할 줄 누가 알았겠어?"

나는 페인트칠을 멈추었다.

"한 주가 멀다 하고 여자를 바꿨잖아. 우리가 학교 다니던 시절 기억하지?"

칼라는 잠시 생각에 잠기더니 덧붙였다.

"어머나, 미안……."

그녀는 죄책감을 느끼는 표정을 지었다.

"그 일은 잊어버려. 난 잊었으니까."

내가 조용히 말했다.

"정말이야? 아니면 말만 그렇게 하는 거야?"

"이제 독심술사라도 되셨나?"

내가 쏘아붙였다.

"난 그저 네가 행복하기를 바랄 뿐이야. 나랑 마커스처럼…… 그러면 된다고."

칼라는 사랑에 빠지는 게 얼마나 기가 막힌 일인지 주절댔고, 나는 이야기에 관심이 없어 딴청을 부렸다.

사랑이 뭘까? 나 자신에게 물어보았다.


기타: **사랑**

사랑은 여러 가지로 설명할 수 있겠지.

사랑에 빠진 것을 놓고 별별 이론이 다 있잖아. 화학 반응이다, 마음 상태다 등. 이 사랑이라는 것에 대해 지식인들의 견해가 갈라지고.

사랑이란 그것을 느끼는 사람에 따라 다를 것 같구나. 어릴 때는 어떤 아이가 네 머리를 잡아당기면 널 좋아한다는 내색이라는 걸 알 수 있지. 몇 년 지나면 넌 과학 시간에 네 뒤에 앉는, 발이 큰 여드

남자랑 여자가 좋은 친구가 될 수 있을까?

름투성이 남자 애를 계속 생각하게 되지. 가슴이 콩닥거리고 손바닥에 땀이 나지. 그건 '갈망'이라는 거란다, 루이스. 어린 나이의 갈망이지. 사랑은…… 진정한 사랑은 훨씬 더한 것과 함께 온단다. 그러니 갈망과 혼동해서는 안 되지.

그러면 사랑이란 무엇일까?

사랑이란…… 상대가 진흙탕에서 뒹굴다가 퇴비 더미에 처박힌 행색이더라도 좋아하는 것이지.

거기가 시작하기 좋은 지점이란다.

하지만 누군가를 사랑하는 것은…… 둘이 말없이 TV를 보다가 이 사람과 떨어지기 싫을 거란 사실을 아는 일이지. 어떤 순간, 설명할 수 없는 관계가 생기는 거지. 그러다 다음 날은 재빨리 깨끗하게 헤어지는 방법을 궁리하느라 끙끙대고. 모순이 되지만, 그 기분은 아주 괜찮았다. 배 속이 꿈틀거리는 것처럼, 멋지고 특별한 사람을 원하면서 계속 생각하는 거야. 다행히 이런 현상은 오래가지 않는단다. 더 중요한 일들이 끼어들거든. 내 말을 믿으렴. 이런 감정을 느낄 때는 확실히 알 거야. 내가 네 엄마를 보았을 때 그 상대임을 알아보았듯이 너도 알게 될 거야. 그런 상대를 열여덟 살, 혹은 여든다섯 살에 찾을 수도 있지. 나야 운이 좋아서 네 엄마를 만난 바로 그날 상대를 찾았지.

너도 그럴 거야.

사랑한다, 아빠가.

자정쯤 페인트칠과 정돈을 끝냈다. 칼라는 가겠다면서도 끝까지 남아 마지막 손질을 도와주었다. 벽에 난 갈라진 틈은 큰 화분을 놓아서 가리고, 삼각대를 어디에 놓을지 같이 의논했다.

"왜 비이에게 도와달라고 부탁하지 않니? 둘이 친구로는 지내는 줄 알았는데?"

기타: **남자친구 2**
남자랑 여자가 좋은 친구가 될 수 있을까?

그렇다

하지만 잘못 알지는 마라. 남자는 네가 간절해지는 날이 오기를 꿈꾸면서 살 테니까. 그건 너도 알잖아…….

매뉴얼에서 호르몬과 티백 부분을 다시 펼쳐 보렴. 남자는 변하지 않는단다. 그러니 오랫동안 친구 사이였더라도(그가 코를 줄줄 흘리고 식중독에 걸려 두드러기투성이인 네 얼굴을 봤다고 해도) 네가 단 하룻밤만 우정의 선을 넘자고 하면, 싫은 내색을 하지 않을 게다.

그래, 내 말이 공정하지 않지. 성숙한 남녀는 친구가 될 수 있다. 하지만 그런 우정은 한 번도, 단 한 번도 그 '갈망'이라는 것에 오염되지 않았을 때만 가능한 일이다. 한 번의 키스……. 그런 일들……. 순결하지 않은 생각조차 없었을 때만 말이지. 그런 일들이 있었다면 선을 넘은 셈이고, 예전의 건전하고 플라토닉한 우정으로 되돌아갈 수 없단다. 정말 정말 어려운 일이야.

남자랑 여자가 좋은 친구가 될 수 있을까?

그건 코리가 증명하지 않았던가?

나는 애비와 칼라의 사진들을 벽에 걸었다.

"남자 얘기는 지겨워!"

내가 말했다. 애비가 자전거에 탄 사진을 인테리어의 중심으로 삼기로 했다. 아이는 정말 귀여웠다.

"칼라, 벽이 마르면 여기 어떤 사진을 걸면 어울릴까? 네가 빨간 드레스 입은 사진, 아니면 파란 드레스 입은 거?"

칼라의 허영심이 호기심을 누르리라는 것을 알았다. 가장 섹시한 사진을 고르느라 비이 얘기는 쏙 들어갈 터였다.

나는 우리 둘이 타고 갈 택시를 불렀고, 칼라는 마커스와 통화했다.

"미안해요, 마커스. 일이 조금 지체되었어요. 하지만 루이스가 택시를 불렀으니 곧바로 집에 갈게요."

칼라는 웃음을 멈추더니 내게 등을 돌렸다. 작은 소리로 말했지만, 자정이 넘은 시간에 빈 가게 안이라서 통화하는 소리가 또렷이 들렸다.

"미안해요, 마커스. 내 도움이 필요했어요. 내가 평소에도 이렇게 늦은 게 아니잖아요. 아뇨…… 내가…… 미안해요."

나는 바쁜 척했지만, 귀를 쫑긋 세웠다.

"네, 하지만……. 아뇨, 말대꾸하는 게 아니고요. 마커스, 금방 갈게요. 알았어요. 나는…… 마커스? 마커스? 듣고 있어요?"

칼라는 전화를 끊고 나를 돌아보았다.

"그이가 좀 화가 났나 봐."

학창 시절 누구도 감히 싫은 소리를 못했던 내 친구가 갑자기 처량해 보였다. 겁먹은 것 같기도 하고.

"칼라, 괜찮니?"

"그이가 나한테 무지 화가 났어, 루이스……."

칼라는 비닐도 안 벗긴 스툴 의자에 앉아 고개를 숙였다.

"네가 집에 들어가면 그 사람이…… 뭐라고 하니?"

"조금. 그이는 나를 굉장히 많이 사랑해. 나랑 떨어져 있기 싫어해."

"그는 제멋대로 구는 변태야, 칼라!"

밖에서 택시가 경적을 울렸다.

"그 얘기는 다시 시작하지 말자. 나 가 봐야 해. 당장."

칼라가 갑자기 서두르며 말했다.

택시가 그들의 아파트 앞에 도착하자, 나는 칼라의 몸이 굳는 것을 느꼈다. 우리는 얼른 작별 인사를 했고 칼라가 내렸다. 나는 기사에게 기다려 달라고 부탁했다. 거실에 불이 켜졌다. 그림자 두 개가 나타났다. 보디랭귀지가 오갔는데, 마커스의 몸짓이 약간 공격적이었다. 나는 기다렸다. 필요하다면 뛰어 들어갈 준비를 했다.

두 그림자가 포옹했다. 나는 택시 기사에게 출발하라고 말했다.

남자랑 여자가 좋은 친구가 될 수 있을까?

개업식 날, 무척 초조했다. 누가 내 사진을 마음에 들어 할까? 엄마는 작은딸, 허영심 많은 내 친구, 나랑 같이 자는 남자의 사진들을 보고 감탄하며 칭찬했다. 하지만 다른 사람들에게 내 작품을 선보여야 했다. 지역 신문에 광고를 내고 가게 진열장에 광고문을 붙였으니, 공짜 와인이 손님들을 가게로 끌어들이기를 바랐다.

30분쯤 지나자 두 사람이 들어왔다.

"어머나, 멋지네!"

치아가 살짝 튀어나온 부인이 말했다. 그녀는 광고를 본 게 아니라 궁금해서 들렀다고 했다.

"감사합니다."

내가 말했다. 그녀는 내 가게를 둘러보았다.

"한 번 찍는 데 얼마예요?"

"한 번 촬영에 20파운드예요."

내가 대답했다. 계산기를 두드려 머릿속으로 미리 가격을 정했지만, 입 밖으로 가격을 말하려니 가슴이 떨렸다. 퇴짜 맞을까 봐 겁났다. 손님이 내가 사기꾼이라는 걸 알고 다른 '진짜' 사진사에게 갈 것 같았다.

"좋네요."

"좋다고요?"

그녀는 스툴 의자에 앉으며 물었다.

"화장품은 직접 가져와야 하나요?"

나는 몸을 돌렸다. 사진 속에서 여섯 살의 귀여운 애비가 날 보며 웃고 있었다.

"네, 그러실 수 있으면요. 옷 두 벌도 가져오시고요⋯⋯."

내가 계속 설명하는 사이, 뻐드렁니 부인은 자신이 첫 번째 손님인 줄 몰랐다. 그녀의 예약에 실수가 생긴다면 낭패였다. 그러니 그녀에게 최선의 서비스를 하기 위해 두 배로 노력해야 했다.

이틀 후 부인은 촬영하러 왔다. 테스트 사진은 형편없었고, 그 후로도 열 컷이 별로였지만 차츰 리듬을 찾기 시작했다. 가장 좋은 각도를 찾았고, 무슨 말을 해야 그녀가 웃는지도 알았다. 몇 시간 후, 우리는 노트북 컴퓨터 앞에 앉아서 가장 좋은 사진들을 골랐다. 그녀는 까다로운 손님은 아니었지만, 한 가지 조건을 내걸었다.

"뻐드렁니를 손봐 줄 수 있겠어요?"

개업 사흘째 되던 날, 다섯 건의 촬영 약속이 생겼다.


칼라가 상가 밖에 작은 플래카드를 걸자는 아이디어를 냈다. 내 사진을 본 사람들의 눈길을 끌었는지, 일주일이 안 되어 주문이 두 배로 늘었다. 세 명의 스타 모델(애비, 칼라, 에어브러시로 치아를 수정한 부인)이 사진관의 자랑이 되었다. 순진한 눈망울의 애비가 나풀대는 분홍 드레스 차림으로 아이스크림을 먹는 사진을 노란 수술이 달린 자전거에 올라탄 사진과 함께 걸었다. 저쪽에는 예쁜 얼굴이 약간 그늘에 휩싸인 채, 입을 살짝 벌린 칼라의 관능적인 사진이 있었다. 손볼 부분이 없는 멋진 사진이었다. 뻐드렁니 부인은 스툴 의자에 발을 걸친 채 카메라를 향해 웃고 있었다. 이렇게 좋았던 적이 없었다. 이렇게 살아 있었던 적이 없었다. 오랜만에 목적의식을 갖게 되었다.

임시로 웹 사이트를 만들어 내 작품들을 올려 두었다. 아직은 이메일로 질문을 받아야 했지만, 사이버 공간에 자리를 마련하니 그럴듯한 사업을 하는 기분이 들었다. 그전에는 내가 사진을 잘 찍는다는 것은 고사하고 사업을 한다는 것조차 믿기지 않았다. IT 업계에 있을 때는 내 능력을 의심해 본 적이 없었지만, 이렇게 창의적인 일을 하자니 내 안에 깊이 숨어 있던 불안감이 새로이 자기 존재를 드러냈다.

이제 카메라는 내 일부가 되었고, 검은 가방을 메지 않고는 아무 데도 갈 수 없었다(아니, 가려 하지 않았다). 차가 없어서 다니기 힘들었지만 견딜 만했다.

칼라의 엄마네 집에 도착했다. 혹시 코리와 부딪칠까 봐 약간 초조했다. 캘빈과 칼라의 엄마를 촬영해서 커플 사진 모음에 넣을 계획이었다. 나이 차이에도 불구하고 여전히 사랑과 열정을 나누는 두 사람을 촬영한다는 게 흥분되는 반면, 코리가 집에 없어 마음이 놓였다. 그는 예비 신부와 그리니치에 집을 보러 갔다고 했다.

집 안 곳곳에서 행복한 커플의 다양한 포즈를 여러 컷 찍었다. 엄마와 빙고 사나이의 심드렁한 관계와는 대조적으로 칼라의 엄마와 캘빈이 여전히 깊은 사랑을 나누는 모습이 놀라웠다.

"근사해요!"

칼라의 엄마가 네 번째 의상을 갈아입고 등장하자 캘빈이 소리쳤다. 어깨가 드러나는 빨간 원피스는 어찌나 짧은지 내가 입으면 비키니 상의밖에 안 될 것 같았다.

"고마워, 자기!"

아줌마는 긴 다리로 남편의 몸을 감싸고는, 내가 있다는 것을 잊었는지 캘빈의 목덜미에 혀를 댔다.

나는 크게 헛기침을 하고 나서, 포르노와 다름없는 포즈를 마지못해 찍었다. 현관문이 열리면서, 두 사람이 자세를 풀어 마음이 놓였다.

금발 미인 2호 없이 코리 혼자 들어왔다.

"왔어요."

그가 바닥을 내려다보며 침울하게 말했다.

가슴이 쿵 내려앉았다.

"무슨 일이냐, 코리?"

칼라의 엄마가 원피스를 끌어내리면서 말했다.

"아무것도 아니에요, 엄마."

그는 안락의자에 주저앉았다. 뭔가 잘못되었고, 갑자기 내가 방해꾼이 된 것 같았다.

"우리는 가서 마실 것을 만들자고, 루이스!"

캘빈이 나를 거실에서 끌어내 부엌으로 데려갔다. 엄마와 아들만의 자리를 만들어 줘야 할 것 같았다.

"코리가 괜찮을까요?"

내가 술을 준비하는 캘빈에게 물었다. 그는 럼주에 얼음을 띄워 자기 술을 만들고, 내 럼주에는 콜라를 넣어 주었다.

"조만간 알게 되겠지. 아마 여자친구 때문일 거야."

"그래요?"

나는 술을 홀짝거렸다. 럼의 싸한 맛이 입 안에 감돌았다.

"내가 이런 말을 하면 안 되겠지만, 최근에 둘이 아주 많이 다투더라고. 루이스도 알겠지만……."

나는 몰랐다. 칼라는 그런 말을 하지 않았다. 나도 묻지 않았고.

캘빈은 술을 쭉 들이켜더니 몸을 살짝 움찔했다.

"살아 보지 않고는 그 사람의 진면목을 모르는 법이지. 난 저런 아내를 얻었으니 복이 많은 사람이야. 우리는 천생연분이거든. 무슨 말인 줄 알지?"

나는 말뜻을 잘 모르지만, 그냥 고개를 끄덕였다.

"오늘 그 레코드판을 가져오지 그랬어?"

"'별이 뜨면' 요?"

"그래, 그 질척대는 노래. 혹시 전축을 샀어?"

나는 장난스레 캘빈의 팔을 꼬집었다.

"질척대지 않거든요! 카메라 장비에다 낡은 레코드판까지 챙겨서 버스를 타라고요? 너무 힘들어요. 어쨌거나 전축은 사지 않았어요. 아직은 그럴 자금이 없어서요."

"그럼 다운로드를 받지!"

"내가 그런 생각을 못하다니 정말 기막힌 노릇이죠?"

"그동안 루이스는 생각할 게 무척 많았잖아. 하지만 문제없어, 우리가 당장 할 수 있는 일이니까. 인터넷에서 파일을 찾아서 다운로드 받는 데 시간이 세법 걸리긴 하겠지만. 적어도 반 시간은 걸릴걸."

캘빈이 말했다.

"초고속 인터넷을 쓰지 않으세요?"

"안 써."

"미안해요, 이 사진사 노릇은 겉모습일 뿐이고 속에서 컴퓨터 전문가가 튀어나오고 싶어 안달하나 봐요."

"다운로드 생각은 못하고 만날 레코드판을 끼고 다니면서 말이지?"

캘빈이 웃음을 터뜨렸다.

"그래요, 바로 그게 나라니까요!"

내가 맞장구쳤다.

반 시간 후 캘빈은 아빠의 노래를 찾아서 MP3 파일로 다운로드 받아서, 내 이메일 편지함에 넣어 주었다. 다운로드만 받으면 들을 수 있었다. 곧이어 눈이 빨개진 코리와 엄마가 들어왔다.

"사진은 다음번에 마무리해도 될까?"

칼라의 엄마가 물었다.

"그럼요."

내가 대답했다. 캘빈이 코리에게 럼주를 주었다. 내가 떠나려 하자, 마침내 코리가 고개를 끄덕여 알은 체 했다.

"만나서 반갑다, 보따리."

"나도."

내가 말했다.

그가 문까지 따라 나오자, 내가 마주 보았다.

"왜?"

코리가 묘한 말투로 물었다. 나는 그를 끌어안으며, 슬픈 일이 뭐든 간에 위로해 주고 싶었다.

"무슨 일이야?"

내가 물었다.

그의 얼굴에 고통스러운 표정이 잠시 떠올랐다. 그가 내품에 파고들어 머리를 묻고 가만히 있었으면 했다.

하지만 코리는 문고리를 잡고 말했다.

"아무 일도 아니야. 난 괜찮을 거야."

칼라는 무슨 일이 있는지 제대로 말하지 않았다. 코리는 나와 마주친 얼마 후에 약혼녀랑 헤어졌고, 곧 비행기에 올라 아버지가 있는 바르셀로나로 갔다는 소식만 전해 주었다. 코리로서는 그럴 수밖에 없었겠지. 나도 내 아버지의 존재감을 느끼고 싶어 매뉴얼을 뒤적였지만, 지난 몇 해분의 글을 읽은 후 깨달은 게 있었다. 매뉴얼이 거의 끝나 간다는 사실! 요즘 읽는 부분에 책갈피를 끼우니 남은 부분이 읽은 부분보다 훨씬 얇았다. 한숨이 나왔다. 코리를 포함해서 그 누구도 매뉴얼이 내게 어떤 의미인지 제대로 알지 못했다. 코리는 비행기로 두 시간만 가면 아버지를 볼 수 있지 않은가. 아버지를 다시는 못 보는 내 마음을 어떻게 알까.

돈을 들여 화려한 MP3 플레이어를 사자마자, 첫 곡으로 아빠의 노래를 녹음했다. 버스를 타고 가게에 나갈 때나 일이 한가한 때에 아빠의 목소리를 듣는 것 같은 기분이었다.
곧 운영비를 충당하고 식비를 해결할 정도로 가게가 돌아갔다. 빠듯한 생활이었지만, 하루하루 지날수록 나도 모르게 웃는 날이 많아졌다.
먹구름이 걷혔다.
고마워요, 아빠.

# 이십대의 마지막 해, 그냥 흘려보내지 마라

기타: **충고, 몇 가지 규칙**

네 나이 때는 많은 일을 하고, 또 보고 들었다는 생각이 들지. 그래서 그간의 경험을 다른 사람에게 전하고 싶어지기 쉽지. 특히 소중히 여기는 이들에게는(날 보면 알잖아).

하지만 상대방이 문자 그대로 조르지 않는 한(빅벤의 시침에 아슬아슬하게 매달려서) '충고'의 영역이라 할 만한 지혜의 말은 하지 않도록 노력하렴.

그래, 지금 내가 모순되는 말을 하고 있지. 네가 부탁하지도 않았는데, 이 매뉴얼로 인생의 모든 면에 대해 조언을 쏟아 내고 있으니말이다. 하지만…… 저기…… 아이고……. 나야 죽어 가는 사람이니봐주렴.


칼라와 나는 뎁포드의 하이 가에 있는 단골 중국 음식점에 갔다. 우리는 마주 앉아 전채 요리를 먹었다.

"꼭 내가 세상에서 가장 나쁜 소식이라도 전하는 것 같네. 마커스랑 결혼하는 게 어때서……. 내가 사랑하는 남자라고. 네가 기뻐할 거라 생각했는데 유감이다."

칼라가 작은 춘권을 씹으면서 말했다.

"그러고 싶지만…… 상대가 마커스라니까. 그는 네 남편이 될 인물이 못 돼."

내가 열을 내며 말했다.

"전문가라도 되는 듯이 충고하네?"

"충고하는 게 아니라…… 그냥 내 의견을 말하는 거야."

"왜 그렇게 그이가 싫은 거야?"

"꼭 물어봐야 아니? 우선 너를 대하는 그의 태도가 맘에 안 들어."

"그이가 날 때리는 것도 아닌데!"

칼라가 너무 성급하다 싶게 대꾸했다.

춘권을 접시 위에서 빙빙 돌리는 친구를 보고 있으려니 배 속이 조여 왔다.

"네가 결혼이란 걸 못마땅해한다는 것은 알지만, 나한테 강요하지는 마……."

"그게 아니란 걸 알면서 그래."

"그럼 뭔데?"

"방금 말했잖아."

"다시 말해 봐."

"그의 질투심…… 네게 함부로 말하는 태도 때문이야, 칼라. 난 그 광경을 본 적이 있고, 마커스는 누가 앞에 있든 상관 안 해."

종이 테이블보 위로 우리는 손을 잡았다. 칼라의 약혼반지가 조명등 불빛에 반짝였다.

"부탁이야, 이 남자한테 발목 잡히기 전에 다시 생각해봐."

내 말에 칼라는 손을 뺐고, 우리는 말없이 음식을 먹었다. 나는 이래 봤자 아무 소용 없다는 생각이 들었다. 마커스보다 백배 나은 남자들도 버렸던 내가 아닌가. 한데 칼라는 자존심을 외면하고, 기본 예절도 모르는 남자한테 자신을 내던지려 했다.

혼란스러웠다.


토요일은 사진관이 가장 바쁜 날이어서, 아쉽게도 애비의 생일 파티에 한 시간밖에 참석할 수가 없었다.

"좀 더 있다 가지 왜 그리 서둘러 가야 하는 게냐? 애비가 널 만나는 걸 얼마나 좋아하는데!"

엄마가 식탁에 젤리 접시를 놓으면서 잔소리했다. 우습게도 아이 아빠인 빙고 사나이는 코빼기도 보이지 않아, 한마디 쏘아주고 싶었다.

"엄마, 떠들어 대는 여자 애 열다섯 명이랑 하루 종일 함께 있고 싶지만, 가게를 운영해야 하잖아요. 돈이 그냥 벌리는 게 아니라고요."

애비가 뛰어 들어왔다. 분홍색 스티치가 있는 청바지 차림에, 귀밑으로 올린 머리에서 몇 가닥이 흘러내렸다. 애비는 쑥쑥 자라고 있었다.

"언니, 와서 나랑 우리 애들 사진을 찍어 줄 수 있어?"

"우리 애들?"

내가 대꾸했다. 동생이 십대 분위기를 물씬 풍기는 게 내심 놀라웠다.

"응."

"너 여덟 살이야, 열여덟 살이야?"

"언니, 사진 찍어 줄 거야, 말 거야?"

애비가 거만하게 대꾸했다. 애비를 쫓아서 거실에 들어선 순간, 내 생일 파티들이 떠올랐다. 특히 마지막 파티. 코리에게 받은 LL 쿨 J의 테이프와 매뉴얼, 아빠의 카메라는 내가 받은 최고의 선물이었다.

애비와 '애들'은 모델처럼 포즈를 취했다.

"저기, 빨간 옷 입은 사람⋯⋯."

"내 이름은 미카엘라예요!"

여자 애가 말했다.

"조금만 움직일래? 모두 사진에 나와야 하니까!"

미카엘라와 돼지 꼬리처럼 머리를 묶고 입술에 빨간 립
밤을 덕지덕지 바른 여자 애는 사진을 찍는 내내 키득댔다.
물론 촬영은 한 시간 넘게 걸렸다.

"고맙구나, 루이스."

문간에서 빙고 사나이가 말했다. 그는 고단해 보였다.

"괜찮아요."

"애들 때문에 지치지?"

그가 내 마음이라도 안다는 듯이 말했다. 나는 웃음으로
작별 인사를 했다. 집에서 나오자마자 코리와 마주쳤다.

"너도 내 기분만큼이나 힘들어 보인다, 보따리."

"그래! 애비랑 '우리 애들' 때문에 그래! 집 안 구석구석
에서 사진을 찍어 달라는 바람에!"

"알 만하다."

둘이 나란히 걷자, 약간 안달이 났다.

"상황이 어때, 코리 오빠?"

"좀 나아지겠지. 아버지 집에 간 게 좋았어. 스페인이 괜
찮더라고. 우선 여기가 아니니까. 추억이 없는 곳이잖아. 내
가 들어 줄게, 보따리."

그가 무거운 카메라 케이스를 받아 어깨에 메며 말을 이
었다.

"어디까지 말했더라? 아, 그래. 공간······. 내가 진짜 원하
는 게 뭔지 생각할 곳이었지."

우리는 버스 정류장에 나란히 섰다.

"그래서 그건 알아낼 수 있었고?"

"농담해? 아빠의 정신 나간 애인 솔리하고 만날 마셔 대는데 어떻게! 꿈도 못 꿀 일이었다고, 보따리."

나는 빙그레 웃었다.

"하지만 진지하게 몇 가지 정리해 볼 수는 있었지. 이제 두어 가지 결론은 내렸어……."

"두 가지나? 똑똑한데!"

내가 밝게 말했지만 코리의 표정은 더 심각해졌다.

"그중 한 가지 결론이 뭔지 알고 싶니?"

낯익은 빨간 버스가 나타났다.

"탈 버스가 와. 얼른 말하는 게 좋겠어!"

"다음에 하자."

코리가 카메라를 돌려주면서 말했다.

나는 모순된 기분을 느끼면서 버스에 올라탔다. 가고 싶은 마음도 있었고, 거기 남아서 코리의 이야기를 듣고 싶은 마음도 있었다.

"또 보자, 보따리!"

몸을 돌렸지만 코리는 거기 없었다.

20분 후 버스에서 내리니, 어떤 아가씨가 휴대폰에 대고 중얼대면서 가게 안을 들여다보고 있었다. 돈 되는 고객이면 좋을 텐데.

어떤 주일은 장사가 잘 안 되고, 어떤 주에는 몇 건씩 촬영이 밀려 짬이 없었다. 스냅 사진 몇 컷을 찍는 것처럼 간단하지 않은 일이었다. 에어브러시 작업을 해야 했고, 경우에 따라서는 특수 효과가 필요했다(어떤 부인은 이빨이 진짜로 반짝이길 원해서, 에나멜로 작은 별을 만들어야 했다!). 내가 일에 집착하기 쉽다는 것을 알고 있기 때문에 일과 사생활의 균형을 유지하려고 애썼다. 그래서 칼라가 극장에 가자고 했을 때 순순히 응했다.

그런데 칼라가 바람을 맞혔다.

그녀는 약속 시간을 세 시간이나 넘긴 후에야 전화를 걸어 이렇게 말했다.

"미안해, 루이스. 막 집에서 나가려는데 마커스가 안 좋게 들어왔어. 무척 아파. 미안해, 내가 보상해 줄게. 약속해! 어머, 그이가 깬다. 루이스, 나 가 봐야 해!"


같은 사람에게 늘 '미안해'란 말을 듣거나 네가 그 사람에게 만날 '미안해'란 말을 하는 것 같다면, 우정을 캔버스로 가져가야 할 때가 된 거겠지. 깨끗이 지우고 다시 시작하거나, 쓰레기통에 던져 버리거나. 어떤 일들은 가끔 점검이 필요하단다. 원하면 재분석해야지(난 그래야 할 경우는 없었단다. 그래, 솔직히 있었지. 돈을 내고 술을 주문해야 할 때마다 찰리가 화장실로 내뺐을 때 딱 한 번!).

칼라가 없는 인생을 생각해 본 적이 없다면 거짓말일 것이다. 칼라는 애인이 생길 때마다 이기적인 태도를 보였다. 우리는 원하는 게 서로 달랐다. 너무나 다른 사람이었다. 하지만 나는 칼라의 방식에 익숙해졌고, 그 자체로 위안을 얻었다. 게다가 나는 친구들이 줄을 설 정도로 전문가 같은 화장 솜씨가 있는 사람도 아니었고.

다시 만났을 때 칼라는 결혼식 사진을 찍어 주겠느냐고 물었다.

당연히 그러겠다고 했다. 그녀는 내 단짝친구였으니까.


29. 이십구. 스물아홉. 어떻게 읽든 대형 불도저가 내게 달려드는 장면이 떠올랐다. 그랬다. 나는 공식적으로 스물아홉 살이었다. 기분이 별로이긴 해도 칼라처럼 안달이 나지는 않았다. 나보다 생일이 몇 달 빠른 그녀는 스물아홉 살이 되자, '얼굴 축소술'에 대한 책자에 파묻혀 일주일간 전화도 받지 않으면서 칩거했다.


이십대의 마지막 해, 그냥 흘려보내지 마라, 얘야. 우스꽝스러운 짓을 해. 너무 이상한 짓은 아니지만, 하고 싶어도 이성 때문에 못하는 일 말이야! 넌 아직 젊으니까! 하지만 이렇게 글을 쓰지만 네가 '아직 젊다'는 것을 믿지 않으리란 걸 안다. 아무튼, 무슨 일이든 해도 좋을 시간이 아직 열두 달이나 있으니, 밀고 나아가렴!

서른 살이 되면 무슨 일이든 벌어진다는 내 말을 믿어라. 사람마다 조금씩 다른 일이 생기니 어떤 일일지 알 수는 없다만.

사랑하는 아빠가.


가까스로 칼라를 마커스와 이불에서 빼낸 뒤, 버스에 태우고 런던 웨스트엔드로 향했다.

"무슨 일이 있기에 약혼자랑 있는 나를 불러낸 거야⋯⋯. 정확히 무슨 일인데?"

"우스꽝스러운 짓을 하려고!"

나는 트라팔가르 광장 가운데서 미친 여자처럼 외쳤다. 겁먹은 사람들이 눈길을 외면했다. 나는 계속 소리쳤다.

"젊었을 때 못하고 지나친 일들을 모두 다 해 보고 싶어서!"

칼라가 눈을 굴리며 대꾸했다.

"아이고, 섹스라도 하려고?"

"아니! 나도 몰라. 내가 마지막으로 취한 게 언제였더라?"

"그런 적 없지. 스페인에 가서도 칵테일 두 잔밖에 안 마신 사람인데 뭐."

"그럼 그걸 하면 되겠네. 우리 취해 보자! 내 생일이고, 서른 살까지는 열두 달밖에 안 남았거든! 어서 가자고!"

말했던 것처럼 '우스꽝스러운 짓'을 벌일 시간이 만 1년이나 있다는 것을 알면서도 당장 시작해야 할 것 같았다. 게

다가 곧 가게를 좀 더 키울 계획이었으니까.

"참 대단한 일이기도 하네! 난 무진장, 그것도 여러 번 취해 봤거든요!"

"스트립 클럽에서?"

"엉?"

칼라는 급정거하는 차처럼 갑자기 멈춰 서더니 다시 말을 이었다.

"내 귀가 이상한가?"

"안 이상하거든요!"

"세상에, 이럴 수가! 낭장 가자. 네 마음이 변하기 전에 얼른!"

칼라는 흥분해서 내 팔을 잡아끌었다. 내가 아는 것은, 우스꽝스럽고 경박한 순간도 살아 봐야 한다는 사실이었다. 단 하룻밤이라도.

인터넷 사이트에 의하면, '팅커벨'은 매달 마지막 목요일에 여자 손님들을 받았다.

"우리가 이런 짓을 하다니 믿을 수가 없어!"

내가 키득거렸다.

억제했던 일을 해결해 본 적이 한 번도 없으므로 예사롭지 않은 일도 해 봐야 한다는 것을 아빠의 경험담을 읽고 나서야 알았다.

'팅커벨'의 '숙녀의 밤'은 열 시 이전에는 남자 손님 출입

금지였다. 또 남성 스트립 바의 규칙을 깨서, 자유롭게 고함을 지르고 속옷을 던질 수도 있었다. 남편과 애인(이 경우 마커스)에게 자존심도 없다는 보복적인 발언을 들을 필요 없이 마음껏 할 수 있었다. 커튼 같은 베일과 L자 판을 든 뚱뚱한 금발 여자를 에워싼 무리를 보니, 여자 손님만을 위한 장이 분명했다. 불발된 코리의 결혼과 임박한 칼라의 결혼 생각이 떠올랐다. 술 마실 시간이 됐다 싶었다.

"듣는 거니? 본격적인 공연이 시작된다고!"

칼라가 나를 다른 방으로 데려가며 말했다.

나는 술을 한 잔 샀고 술기운을 채 느끼기도 전에 남자 '스트리퍼'가 무대에 등장했다. 얼른 취해서 쇼를 보고 싶었는데. 올챙이배는 아니어도 평범한 외모의 스트리퍼는 제임스 본드 복장을 하고 나왔다. 익숙한 주제곡이 울려 퍼지자, 사람들이 환호했다.

여자 손님들이 서로 미는 와중에 '제임스 본드'는 옷을 하나씩 벗었고, 결국 약간 비만인 몸매가 드러났다. 물론 '팅커벨'의 홈페이지에 나온 말처럼 늘씬하고 복근이 근사한 남자일 거라는 내 기대는 물 건너갔지만.

"안녕하세요, 여러분!"

그가 소리쳤다. 관객들은 꽥꽥 소리를 질러 댔고, 그는 음악에 맞춰 엉덩이를 내밀고 몸을 돌리며 춤을 추었다(저스틴 팀버레이크 같은 춤 솜씨는 없었다). 하지만 그가 상대를 원하자,

이 남자의 튼실한 몸을 만지고 싶은 자원자 무리가 다투듯 앞으로 나왔다. 칼라는 한순간이라도 놓칠세라 몰두해서 소리를 질러 댔고, 나는 당황해서 고개를 저을 뿐이었다. 아빠의 말이 생각나서, 나는 이 밤을 잘 보내기로 마음먹었다. 말하자면 나 자신을 느슨하게 풀어 주기로 했다. 그래서 칼라의 손을 잡고, 힘차게 앞으로 밀고 나갔다. 소리 지르는 사람들을 뚫고 나가 클럽 최고의 자리로 갔다.

맨 앞줄로.

처음에는 당황해서 어디다 눈을 둘지 몰랐지만, 이내 쇼의 나머지 부분을 만끽했다.

"끝내 주는데!"

"남자는 별로였어, 칼라!"

"그래, 나도 알지만 그래서 쇼가 살았을걸."

"다음 주에는 다른 일을 해야지. 아니면 다음 달에 그럴까? 가게 일로 녹초가 될 테니까 몇 달 후에나 일을 저지를까?"

"와아, 한 번 행사로 끝날 줄 알았는데! 아무튼, 멋진 밤이었어. 즐거운 시간을 갖게 해 줘서 고마워. 나한테도 이런 시간이 진짜 필요했거든."

"집에서 힘드니?"

"그런 말은 안 했어. 멋진 시간을 망치지 말자고."

칼라는 말끔하게 매니큐어 칠한 손을 어색하게 흔들었다.

다음 날 아침, 정신을 차리니 머리가 지끈지끈 아팠고 입에서는 썩은 냄새가 났다. 초인종이 끝없이 울려 댔다.

"알았다고!"

나는 신음하면서 왼손으로 침대 끝을 잡고 비틀대며 일어났다. 어젯밤이 생각났다. 스트립 클럽. 스트리퍼. 택시를 타고 집으로 왔고. 내 침대에 누운 사람은 꼼짝 않고 누워서 내가 움직이자 툴툴댔다. 나는 문을 열러 나갔다.

"누구세요?"

인터폰으로 물었다.

"마커스."

버튼을 눌러 문을 열었다.

"어디 있어요?"

그는 인사도 없이 다짜고짜 물었다.

"칼라는 위층에 있어요."

"그래야, 신상에 좋을 거야."

그는 나를 밀치고 침실로 향했다.

"이봐요, 거기 막 들어가면 어떡해요!"

내가 소리쳤다.

"칼라!"

마커스가 쏘아붙이며 칼라의 몸을 흔들었다. 그의 거친 몸짓이 거슬렸다.

"건드리지 마요!"

내가 말렸다. 하지만 마커스는 내 말을 무시했고, 그때 칼라가 느릿느릿 눈을 떴다. 그녀는 처음에는 무슨 일이 벌어지는지 눈치 채지 못했다.

"마커스?"

칼라가 하품을 하며 중얼거렸다.

"밤새도록 기다렸어! 왜 집에 안 온 거야?"

칼라가 눈을 비비자 마스카라가 뺨에 번졌다.

"루이스네서 잘 거라고 말했잖아요."

"아니, 말하지 않았어! 집에 올 거라고 했잖아!"

"안 그랬어요!"

"지금 내가 거짓말을 한다는 거야, 칼라?"

"아뇨…… 그게 아니라……."

칼라가 한 발 물러섰다.

"아니겠지. 소지품 챙겨서 집으로 가자. 당장!"

그가 칼라의 팔을 잡았다. 지난밤 클럽에 들어갈 때 팔에 찍은 스탬프가 드러났다.

"아아, 아파요!"

칼라가 반발했다.

마커스가 그녀를 내 침대에서 끌어내는 모습을 보자, 난 무지무지 화가 났다. 칼라는 티셔츠가 팬티에 끼이고 다 깨지도 않은 상태였다.

난 버럭 소리를 질렀다.

"그만 해요! 내 집에서 당장 나가요!"

"루이스, 그러지 마……."

칼라가 말했다. 그녀는 내 앞에서 다시 징징대는 아이로 변했다. 마커스 앞에서는 어젯밤에 보여 준 칼라가 아니라 딴사람이 되었다.

그게 마음에 안 들었다. 그 작자가 칼라에게 하는 짓이 못마땅했다.

칼라는 옷을 찾느라 분주했고, 마커스는 칼라의 팔을 당기며 말했다.

"칼라의 말을 들으라고, 루이스. 당신이랑 상관도 없는 일에 참견하지 마."

"나랑 상관있는 일이야! 당신이 칼라를 대하는 태도가 거슬려. 내 집에서 당신 멋대로 굴게 내버려 두지 않을 거라고!"

나는 고래고래 소리를 질렀다.

"걱정할 것 없어, 우린 당장 집에 갈 거니까. 어서 가자고!"

그가 목청을 높이며 칼라의 팔을 다시 끌었다. 그 순간 머릿속에서 빨간빛이 번쩍하더니 일이 벌어졌다.

기타: 남자를 순간적으로 무력하게 하는 법? 거시기를 조준해라.

이것은 두 가지 방법으로 쓸 수 있지.

첫 번째 방법은 딸한테는 말하기 뭣하니까 그냥 넘어가자. 하지만 나이 들면서 네 친구들이 저기…… 이런 말을 소곤대겠지. '어떤' 상황에서도 거시기를 쥐면 남자는 예외 없이 순간적으로 무력해진다고 말이야……. 그 정도로 얘기해 두자. 네, 감사합니다.

다른 방법은 설명해 주마.

위험한 상황에 부닥칠 일이 생긴다면(그런 일이 결코 없기를 기도하지만), 거시기를 조준하면 된다. 거기에 타격을 당하면, 상상할 수 없을 만큼 아파서 눈에서 눈물이 쏙 빠진단다. 그자가 무슨 짓을 벌이던 중이든(내 경우는 골대를 향해 공을 차려다가) 그 일은 까맣게 잊어버리게 된단다. 간단히 말해(장담컨대) 조준해서 걷어차 버려. 하지만 정말 위급한 상황에서만 그래야 한다. 옆집 남자 애가 네 초콜릿을 빼앗아 먹거나 네 단짝친구를 쫓아다닌다고 그런 일을 하면 곤란하다.


다행히 칼라는 마커스를 걷어찬 나를 용서했고, 그에게 관계의 종말을 고하는 것으로 멋진 마무리를 지었다. 이틀 후, 그녀가 가방을 챙겨서 곰인형을 겨드랑이에 끼고 내 집에 나타나서야 그렇게 된 것을 알았다.

칼라가 전에 쓰던 방에 짐을 풀자, 나는 매뉴얼에 뽀뽀했다. 아빠가 나를 내려다보고 있으면 빙그레 웃을 것 같았다. 분명 그럴 거야.


올해 중반, 칼라는 엄마와 캘빈의 집으로 들어갔다. 코리도 함께 살았다. 마침내 새로 들어온 아르바이트생에게 가게를 맡길 수 있게 되어, 나는 엄마와 애비를 만나러 갔다가 칼라의 집에 들렀다.

"칼라야, 밖에서 놀자!"

나는 아이 목소리를 흉내 냈다.

"어머, 꺼지셔!"

칼라가 기분 좋게 맞장구쳤다. 그녀를 따라 거실에 들어가니, 캘빈과 코리가 CD플레이어를 만지작대고 있었다.

"둘이 뭐 하는 거예요?"

내가 묻자 코리가 윙크를 했다. 당연히 난 모르는 체했고. 캘빈이 대답했다.

"MP3를 CD플레이어 스피커에 연결해 보려고."

"내가 해 볼게요."

내가 말하는데 칼라의 엄마가 나타났다.

"루이스, 엄마는 어떠시니?"

"잘 계세요. 왜요?"

"아무것도 아니다. 점심 먹고 갈 거지?"

"해 봐, 보따리."

코리가 말했다. 전에 버스 정류장에서 대화할 때보다 한결 밝아 보여 다행이었다.

"메뉴가 뭔데요?"

"닭고기랑 감자튀김. 남자 둘이 너한테 고치라는 거냐?"

칼라의 엄마가 말했다.

"루이스는 여자 옷을 입은 남자거든요."

칼라의 대꾸에, 난 장난스레 그녀의 팔을 때렸다.

MP3를 스피커에 연결하고 배부르게 먹고 나자, 칼라는 셋이 유원지로 산책하러 나가자고 제안했다.

"일단 엄마의 살찔 음식을 먹었으니 조금 걸어야지. 옛날 같을 거야!"

"그렇다면, 걱정인데!"

내가 혼잣말로 중얼댔다.

우리는 유원지로 향했고, 지주 찾아가넌 작은 담장에 도착했다.

"앉으시지요, 아가씨들."

"더러운데!"

내가 불평했다. 코리는 담장에 걸터앉아 다리를 시계추처럼 흔들었다.

"나이를 너무 먹어서 못 올라오나."

"입 다무시지요, 오라버니. 오빤 벌써 삼십 줄에 접어드셨잖아요. 우린 오빠에 비하면 영계입니다요."

"자 내 손을 잡아, 보따리."

코리와 손이 닿자 둘 사이에 전기가 통하는 것을 느꼈다. 코리가 빙긋 웃었다. 나는 손을 뺐다. 어렵사리 담장 위로 올라갔다. 당연히 우리가 한 낙서는 오래전에 지워지고 없었다. 세월이 흐른 데다 구청에서 새로운 청소 제도를 마련했으니까. 하지만 추억은 남아 있었다.

코리가 말했다.

"내가 다시 엄마랑 살게 되다니 믿을 수가 없어! 또, 엄마가 나보다 멋진 남자랑 결혼한 것도!"

"내가 태어난 이래 처음으로 애인이 없다니 믿을 수가 없어! 또 직장 생활도 하고!"

"애비가 그렇게 쑥쑥 자라다니 믿을 수가 없어. 또 칼라가 '셀프리지스' 백화점에서 석 달 넘게 일하는 것도!"

우리는 합창하듯 웃다가, 십대 애들이 시끄럽게 떠들면서 지나가는 것을 보고 웃음을 멈추었다.

"예전에 우리가 저랬지."

우리 모두 느끼는 것을 코리가 잘 표현했다. 한 남자 애가 여자친구의 머리칼을 장난스럽게 만지작거리자, 여자 애는 수줍게 웃었다. 그런데 잠깐⋯⋯.

"애비잖아! 야, 애비. 어디 가는 거야?"

나는 동생에게 달려갔다. 애비는 꼭 끼는 분홍색 톱에 스키니진을 입고, 눈에는 아이섀도까지 바르고 있었다.

"반 친구 집에 가는 길이야!"

"엄마도 없이?"

"이제 아홉 살이라고. 또 오후 세 시밖에 안 됐는데 뭘!"

애비는 달려들기라도 할 듯 머리를 휘저으며 대꾸했다.

"네가 이러는 걸 엄마가 아셔?"

눈빛을 보니 대답을 안 들어도 뻔했다.

"엄마한테 누구랑 논다고 말했어?"

"미카엘라."

"그럼 미카엘라는 어디 있어?"

"저기."

애비는 답답한 듯 한숨을 쉬면서 여자 애를 가리켰다. 미카엘라는 또래 남자 애와 한창 대화 중이었다.

"집에 돌아갈래? 당장!"

내가 단호하게 말했다.

"언니가 엄마보다 더해! 어릴 때 없어졌다고 해서 엄마는 늘 신경을 쓴다고!"

"10분 후에 엄마한테 전화해서 네가 집에 있는지 확인할 거야. 그런데 남자 애는 누구야?"

"친구."

"몇 살인데?"

"열한 살."

"친구라면서?"

"아무 사이도 아냐. 난 관심도 없다고! 윽!"

느릿느릿 돌아올 때 칼라가 말했다.

"애들이 다 그러잖아?"

"이제 난 파파 할머니가 된 기분이야! 내 꼬맹이 동생이 언제 십대 청소년이 된 거야?"

"우리가 애비만 할 때는 그렇게 성숙하지 않았어. 근데 지금은 완전히 달라졌다고. 인터넷 때문이야. 애비는 자기 이메일 주소도 갖고 있을걸."

코리가 말했다.

"할아버지 같은 소리 좀 작작 해! 우린 아직 젊거든요!"

"나잇값이나 하자고. 우린 지금껏 살아 있으니 행운아들이야, 안 그래? 서른까지 살지 못하는 사람들도 있거든. 그 점을 기억하자고."

내 말뜻을 알아들은 두 사람은 입을 다물었다. 침묵이 계속되는 가운데 우리는 사탕 가게를 지났고, 콜라 사탕 봉지를 보고 다들 들떴다.

칼라는 그리니치의 술집에서 잔뜩 취한 나머지 캘빈의 옷에 토하는 등 거창하게 서른 살 생일을 맞이했다. 그녀는 실제로 서른 살이 되니 상상처럼 나쁠 게 없다고 결론지었다. 심지어는 그 이후로 기분이 좋아지기 시작했다나. 이렇게 괜찮을 줄 몰랐다고 했다.

지구 상에서의 스물아홉 시절이 계속되었다. 하루하루, 한 주 한 주, 한 달 한 달 지나다가 드디어 '그날'이 4주 앞으로 다가왔다. 물론 엄마와 칼라에게는 나이 드는 게 두렵다는 핑계로 생일 파티 이야기를 못하게 했다. 하지만 진짜 이유는 다른 데 있었다. 이제 매뉴얼에서 읽지 않은 부분이 한 장밖에 남지 않았다.

# 남자를 바꿀 수 있으리라고는 꿈도 꾸지 마라

휴대폰 화면에서, 작은 하트가 반짝이는 별들로 변하더니 하단에 '생일 축하해, 사랑하는 애비'라는 문구가 나타났다. 그래, 난 그 나이가 되었다.

서른 살.

내게는 인생의 전환기 이상의 의미였다. 매뉴얼의 마지막 부분을 대할 때였다.

마지막 한 장.

물론 아빠가 주는 마지막 글을 어디서 읽을지 여러 곳을 놓고 고민했다. 결국, 엄마 집의 내 방밖에 없다는 결론을 내렸다. 18년 전처럼 외눈박이 곰인형을 옆에 두고…….

하지만 내 방은 이제 창고 방이 되어, 애비가 쓰던 침대와 상자 더미가 어지럽게 놓여 있었다. 외눈박이 곰인형도 오래 전에 버렸고. 그래도 다시 그 방으로 가야 했다. 이 모든 게 시작된 장소니까. 엄마, 애비, 빙고 사나이가 콘월로 여행을 떠난 주말, 어린 시절을 보낸 집에 혼자 있는 것이 익숙하고 적절한 듯했다. 가지고 있던 열쇠로 문을 열고 들어가 내 방으로 갔다. 슈퍼마켓 봉투에 넣은 매뉴얼을 끼고서.

그래, 여기까지 왔구나. 네가 서른 살이 되었구나. 기분이 좀 다르니? 꼭 오늘이 아니어도 언젠가 너는 여인으로 성장할 테고……. 백아홉 살이 되어 죽을 때까지 그런 여인으로 살아가겠지. 더 이상 성장하지 않을 거라고 말하는 것이 아니다. 너의 많은 경험과, 네가 만나는 사람들이 너를 루이스 베이츠로 형성되게 해 줄 거란다. 너는 성장을 멈추지 않을 거란다. 어때, 멋지지 않니?

하지만 지금쯤 네가 자신감 넘치고, 남들이(상사가 아니라면) 어떻게 보는지 신경 쓰지 않는 사람이 되었기를 바란다. 네가 내적인 자신감을 얻어, 남들도 그것을 알고, 깨어 있는 순간에는 너도 그것을 느낄 수 있기를 바란다.

그래, 우여곡절이 있겠지만, 지금쯤 너는 다시 빠져나올 방법을 알아냈겠지. 아니라면 이 매뉴얼의 시작으로 돌아가서 다시 읽어 보렴. 그리고 매뉴얼이 케케묵은 잔소리 모음집처럼 느껴지면 쓰레기통에 던져 버리렴.

너도 알겠지만, 내가 모든 답을 안다고 주장하지는 않으련다. 다만, 서른이라는 나이에 포기해야 하는 상황에서 생각나는 것들을 말할 수 있을 따름이지. 인생이란 부모 노릇처럼 계속 배우는 거란다

남자를 바꿀 수 있으리라고는 꿈도 꾸지 마라

(분만 병동에서 부모에게 나눠 주는 매뉴얼이 있을걸). 너도 아직 배울 게
많이 있겠지. 나처럼 말이야.

네게 자식이나 좋은 직장, 애인, 남자친구가 있을 수도, 아닐 수
도 있겠지. 난 여기 앉아서 종일 짐작해 볼 수밖에 없다만, 네가 알
다시피 시간이 별로 남지 않았으니.(우우!) 네가 이 정도는 이미 알고
있기를 바란다.


* 네가 남자를 바꿀 수 있으리라고는 꿈도 꾸지 말 것(남자가 인형
  을 갖고 놀고 유모차를 타지 않는다면 말이지)
* 변화를 받아들이는 방법을 알 것
* 네가 아름답다는 사실을 알 것
* 토스트는 언제나 버터 바른 면이 바닥에 떨어진다는 것
* 정상에 오르거나 월드컵에서 결승 골을 넣고 싶어 전략을 짜느
  라 바쁜 순간에도, 행복과 기쁨과 재미있는 일과 게임과 인생
  은 계속 돌아가고 있다는 것


몇 시간이 흘렀지만, 더 읽을 엄두를 못 내고 침대에 누워
있었다. 말 한마디, 한 가지 생각에까지 푹 젖고 싶었다.

초인종이 울렸다.

신경 쓰지 않았다.

몇 페이지만 남았다.

'미래는 어떤 시대일까?'라는 부분을 포함해서.

물론, 비디오 레이저 디스크가 레코드판을 대체하겠지.

나는 매뉴얼을 닫고 눈을 꼭 감았다. 정말이지 마음이 힘들었다. 너무너무 힘들었다.

로봇이 요리를 할 테고.

창가로 가니 어둠이 내리고 있었지만, 자기 집 앞에서 왔다 갔다 하는 코리가 보였다. 평소처럼 배 속이 울렁대는데, 그가 고개를 들었고 유리창을 사이에 누고 눈이 마주쳤다.
"보따리!"
그의 입술이 움직였다. 나는 아래층으로 내려가서 문을 열었다. 그리고 코리를 위층으로 데리고 갔다.
"네가 집에 오는 것 같더라고. 아까 내가 초인종을 누른 거야."
"여기 있겠다고 하지 않았거든."
내가 속삭였다. 사실 집에 나만 있는데도 이렇게 몰래 들어온 게 멋쩍었다.
"무슨 일인지 말해 줄래?"
코리가 물었다. 하지만 매뉴얼을 힐끗 보자, 코리의 표정이 변했다. 그는 알고 있었다. 기억했다. 이 세상에서 나와 필로미나 고모를 빼고 매뉴얼을 기억하는 사람은 코리밖에 없을 것 같았다.

"저기, 원하면 혼자 있게 해 줄게."

불쑥 한기가 들면서 겁이 났다. 나는 코리가 가지 않기를
바랐다.

"보따리, 괜찮니?"

경고도 없이 나도 모르게 그의 품에 안겼다. 코리는 나를
떠받치듯 안았다.

"미안해, 왜 이런지 모르겠지만……."

여전히 똑바로 서 있기가 힘들었다. 그가 나를 침대로 데
려갔고, 일이 벌어졌다.


포켓용 TV와 더불어 자동차 문도 여는 대단한 포켓용 라디오가
흔해지겠지.


두 번째로 입술이 닿자 놀란 코리가 몸을 뺐다. 내가 새로
운 눈으로 그를 본다는 것만 제외하면 키스 전에 기억하던
모습과 똑같았다. 그는 입을 열더니 무슨 말인가를 했다. 하
지만 나는 듣지 않았다. 오히려 입술로 그의 입술을 다시 눌
렀다. 우리는 손을 맞잡았다. 지난 세월이 사라지면서 우리
는 다시 십대가 되었다. 그가 양손으로 내 얼굴을 감쌌을 때,
나는 놀랍도록 분명하게 이해하기 시작했다. 그를 향한 내
감정이 상상외로 깊다는 사실을.

그리고 영원토록 그렇게 머물고 싶었다.

"루이스…… 나는……."

그가 쉰 목소리로 말했다. 나는 키스로 그를 달랬다. 이번에는 더 깊은……. 내가 30년간 느끼지 못했던 갈망이 담긴 입맞춤이었다. 코리는 내가 오랜 세월 겹겹이 싸맨 감정을 한 겹씩 벗겨 냈다. 매뉴얼이 바닥에 떨어지는 소리에 화들짝 놀라면서, 나는 지금 감정을 분석할 때가 아니라 감정에 푹 젖을 때임을 깨달았다. 이 남자, 거의 평생토록 알았던 이 사람과 함께 있는 순간을 만끽해야 했다. 우리가 하나가 될 때 그의 느낌을 만끽해야 했다. 나의 한 부분은 코리가 현실에서 멀리, 더 멀리 데려가 주기를 바랐다.

"사랑해."

그가 속삭였다. 그것이 욕망에서 나온 말이든 진심에서 나온 말이든 난 상관없었다.

그냥 계속되기를 바랐다. 이런 상태가. 영원토록.

믿어 버리고 싶었다. 한 번만이라도 믿고 싶은 마음이 간절했다. 시선을 돌리려고 했지만, 코리는 가만히 내 얼굴을 돌려 아름다운 눈으로 들여다보았다.

"정말로 사랑해, 루이스. 언제나 그랬어."

"나도 사랑해."

둘의 입술이 다시 만나자 내가 말했다. 처음으로 한 말이었다. 그렇게 말해야 할 것 같거나 욕망 때문이 아니라, 진심으로 그런 감정에서 나온 말이었다. 아이였을 때부터 이 사람을 사랑했으니까. 우리가 십대였을 때는 욕망 때문이었지만, 어른이 되어 마침내 그를 진정으로 사랑하게 되었다.

언제나 코리였다.

언제나 코리일 터였다.

내 마음은 그 순간에 몰입되었다.

내일은 또 다른 날이었다.

하지만 이렇게 영원히 머무르고 싶었다.


……휴대폰이 나오는 것은 보지 못했구나. 그런 기술은 아직 나오지 않아서. 어디서 읽은 바로는 우선 기계가 너무 무겁다더구나.


처음으로 벗어나고 싶은 강한 욕구와 싸우지 않았다. 코리의 품에 안겨 누워 있으니 이상하게 만족스러웠다. 그 순간 느끼는 감정 외에는 아무 생각도 나지 않았다.

정말 그냥 있고 싶었다.

그래서 쉽게, 평화롭게 잠들었다. 그런데 다음 날 아침 눈을 떴을 때 옆자리가 비어 있어, 마음이 아팠다.

코리는 거기 없었다.


그의 휴대폰으로 전화했다.

"어디 있어?"

"아래층에. 내려와."

시트를 몸에 말고 내려가니, 코리는 멋진 몸에 수건 한 장만 걸친 채 부엌에 있었다.

"잘 잤어, 달링? 생일 축하해!"

그가 애정이 담긴 호칭으로 불러 이상했지만, '보따리'보다는 듣기 좋았다. 하지만 너무 쑥스러워서 맞장구를 치지 못하고, 아침 식사용 스툴 의자에 걸터앉아 그를 보았다.

"우린 너무 익은 소시지랑 새까맣게 탄 베이컨을 먹을 거야. 1년 전쯤 짜서 방부제를 듬뿍 넣은 생오렌지 주스도 마시고."

"냄새가 좋은걸!"

"난 요리 솜씨가 엉망이고, 네 엄마가 케첩을 어디에 두는지 모르겠어."

코리가 음식을 내 앞에 놓으면서 말했다.

내가 불쑥 말했다.

"어젯밤에는 어떻게 된 거야?"

코리는 베이컨을 입에 넣었고, 나는 그와의 키스를 떠올리며 바라보았다. 그만, 집중해.

"그러지 마, 보따리. 뭐 처음 있는 일도 아니고!"

내 마음에서 뭔가가 터지기 일보 직전이었다.

"먹으라고!"

코리가 말했다.

남자를 바꿀 수 있으리라고는 꿈도 꾸지 마라

"잠깐…… 가만있어 봐…… 오빠한테는 어젯밤이 그런 거였어? 전과 같은 일이었어?"

나는 벌떡 일어났다.

"그렇다는 말은 안 했어."

"그럼 뭐라고 말했는데……?"

불안 덩어리가 터져서 이 좋은 순간을 망치려 했다.

"내 말은, 한참 된 일이긴 해도 진지한 관계를 벗어나기가 힘들었고……."

더 들을 필요도 없었다. 나는 거북한 감정에 휩싸인 채 부엌에서 뛰어나와 옷을 찾기 시작했다. 옷은 이상한 데 흩어져 있었다. 구두는 침대 밑에, 스키니진은 상자 꼭대기에, 블라우스는 문에 붙은 옷걸이에 걸려 있었다.

정신없이 옷을 걸쳤지만 벌거벗은 기분이었다. 약한 존재가 된 느낌이었다. 이런 기분이 싫었다.

"어디 가는 거야?"

코리가 물었다. 나는 대답하면 뜨거운 눈물이 쏟아지리란 것을 알고 입을 다물었다. 울고 싶지 않았다. 칼라의 말이 맞았다. 코리는 바람둥이였고, 난 또다시 걸려든 셈이었다.

기억도 나지 않는, 바보 같은 말을 중얼대면서 집에서 나와 버스 정류장으로 달려갔다. 뺨에선 눈물이 줄줄 흘렀다. 코리의 침묵하는, 깨진 약속들 때문에 울었다. 내가 마음을 열었는데 속만 내보인 꼴이 되어서 울었다. 그에게 사랑한다고 말했고, 그것이 진심이어서 울었다. 또 아빠 때문에 울었다. 나를 진정으로 사랑한 사람은 아빠뿐이었다. 양손으로 머리를 감싸고 마구 흐느꼈다. 혹시…… 혹시라도 그가 쫓아오고 있는지 보려고 고개를 돌린 나 자신을 꾸짖었다.

물론 그는 따라오지 않았다.


지금쯤 우주여행은 스페인 여행처럼 흔한 일일 테지.


30분이 지났는데도 버스는 오지 않았다. 창피하지만, 엄마 집에 갈 수밖에 없었다. 휴대폰이 있어야 택시를 부를 수 있는데, 마지막으로 휴대폰을 본 곳이 위층이었다. 현관문을 열쇠로 여는 순간, 코리의 목소리가 들렸다.

"네가 돌아오길 바랐어."

"휴대폰을 가지러 온 것뿐이야."

"안으로 들어가자."

나는 코리의 집 안으로 들어갔다.

마음속에 있는 말들을 쏟아 내느라 공연히 시간 낭비하고 싶지 않았다.

"난 이용당하는 게 싫어."

"너한테 그런 짓은 하지 않을 거야. 너는 내가 설명할 기회도 주지 않고 뛰어나가 버렸어. 내게 기회를 줬다면, 이렇게 말했을 거야. 약혼녀랑 헤어진 후……. 그래, 힘들었어."

나는 콧방귀를 뀌었다.

코리가 빙긋 웃었다.

"진짜 우습지. 그 후 몇 번 데이트를 했고 몇 사람을 더 만났지만 오래가지 못했어. 매번 같은 일이 일어났기 때문이지……. 맞는 짝이 아니었거든. 아마 결혼을 취소한 것도 같은 이유일 거야……."

"약혼녀가 맞는 짝이 아니었다는 거야?"

"그냥 듣기만 할래? 그녀든 다른 여자든 맞는 짝이 아니었어. 왜냐면 그들은 네가 아니었으니까. 그들은 네가 아니었다고, 보따리!"

나는 숨을 깊이 들이쉬었다.

"널 사랑해, 보따리. 언제나 널 사랑했어."

"코리……."

나는 숨을 내쉬었다.

"생일 파티 때 LL 쿨 J의 테이프를 줬던 걸 기억하니? 그때도 널 사랑했어. 아니, 조금씩 나오기 시작하는 네 가슴을 더 사랑했을지도 모르지만. 그래, 인정한다고! 하지만 어젯밤의 일 이후 너도 같은 감정이었다는 걸 마침내 알게 됐어. 네가…… 네가…… 똑같은 감정을 가졌다는 사실이 얼마나 좋던지."

"그런데 왜 따라오지 않았어?"

"뭐야, 수건만 달랑 걸친 채로? 농담하는 거야?"

"내가 옷을 입을 때 옷을 챙겨 입을 수도 있었잖아. 어쨌든 이제는 중요하지 않아. 우리 사이는 잘되지 않을 테니까."

"벌써 결정을 내렸다고?"

"그래."

"내가 수건만 걸친 채 추운 거리로 쫓아 나가지 않았다는 이유 때문에? 또 시작이구나."

"택시를 불러야겠어."

"일이 그렇게 되기 전에 넌 벌써부터 마음을 정했던 거지, 안 그래?"

"난…… 가 봐야겠어."

"내가 심리 상담사는 아니지만, 짐작하건대 너는 어떤 남자를 만나도 그럴 거야. 너무 가까워지지 못하게 할 거라고. 내 말이 맞지 않아?"

"미안해."

나는 나오려고 몸을 돌렸다.

"잠깐만!"

그가 내 팔을 가만히 잡으면서 덧붙였다.

"나는 널 보면서 지금껏 만난 여자 중에서 가장 아름다운 여자를 봐. 내면도, 외모도. 그런데 말이지…… 네가 만난 상대는 모두 널 떠났다는 걸 알아. 모르겠다…… 어쩌면 네가 '외톨이'로 지내고 싶어 하는 것 같기도 해……."

"그게 내 잘못이라고 할 수 있어?"

남자를 바꿀 수 있으리라고는 꿈도 꾸지 마라

"그래서 언제 이런 결정을 내린 거야, 보따리? 다섯 살 때?"

나는 코를 긁었다.

"너한테 솔직히 말해도 난 손해 볼 게 없겠지, 넌 이미 우리 사이의 어떤 가능성도 퇴짜 놓았으니까. 그러니 다 말할 게······. 그래도 되겠지?"

"어디 해 봐."

내가 내뱉었다. 이런 순간을 피하고 싶었다. 얼른 엄마 집으로 달려가 휴대폰을 챙긴 뒤, 여기서 최대한 멀리 달아나고 싶었다. 그리고 매뉴얼의 나머지 몇 쪽을 읽으면 좋겠다는 생각을 했다.

"네가 이전에 누구를 만났든 그들은 절대로, 반복해 말하건대 절대로 케빈 베이츠라는 슈퍼맨 아빠와는 경쟁이 안 될 거야."

나는 피하려고 거실로 들어갔다.

"아빠를 그렇게 말하지 마."

코리가 따라왔다.

"어째서? 그게 사실인데. 너는 마음속에 아빠를 너무 많이 그려서, 나 같은 것은 고사하고 그 어떤 남자도 그와 경쟁할 수가 없어. 게다가 젊고 완벽한 모습으로 죽었지. 어떤 불쌍한 남자가 그와 경쟁이 되겠어?"

"그만 해!"

"너는 계속 아빠 뒤에 숨지. 매뉴얼을 받은 후로, 그걸 통해서……. 너도 그걸 알고 있어!"

코리는 소리를 질러 댔고, 내 눈에서는 눈물이 양동이째 쏟아지려 했다. 내가 울라고 한 적이 없는데도.

"저기 미안하다, 보따리. 하지만 꼭 해야 할 이야기였어."

"오빠가 하는 말은 사실이 아니야. 하나도 사실이 아니라고! 아무도 내 곁에 있지 않아!"

"그럴 리 없어."

"그렇다니까!"

"생각해 봐, 루이스. 단 한 사람도?"

아빠의 누이인 이나를 떠올렸다. 그녀는 연락하지 않았다. 아빠의 단짝이었던 찰리 역시 사라져 버렸다. 그 후에 만난 그레그와 에린도 곧 희미해졌다. 그런데 다시 생각하니 나 역시 그들과 연락을 주고받으려 하지 않았다. 그들의 편지에 답장하지 않았으니까. 그랬다. 그게 맞는 말이었다. 그 후에 만난 올리버, 레이먼드, 비이. 하나같이 꽤 괜찮은 남자들인데도 나는 그들을 쉽게 밀어냈다. 왜냐면…….

"넌 애당초 아무도 가까이 다가가게 해 주지 않았어. 늘 거리를 두었지! 네가 내 동생이랑 친구로 지내는 게 놀라울 지경이지. 칼라가 얼마나 사람을 힘들게 하는지는 너도 잘 알잖아. 한데 가까운 친구는 그 아이뿐이지, 루이스. 나머지는 모두 그냥 아는 사람일 뿐이야, 그렇지?"

남자를 바꿀 수 있으리라고는 꿈도 꾸지 마라

눈물이 났다.

그가 머뭇거리는 표정을 지었다.

"넌 두려운 거야, 그뿐이라고. 케빈처럼 다들 널 두고 갈까 봐서……."

나는 코를 긁적이고 눈물을 닦았다. 이런 심리와 관련된 이야기가 혼란스러웠다. 코리가 덧붙였다.

"그래도 난 항상 거기 있었어."

"프랑스에 있을 때만 빼고 말이지."

내가 반박했다.

"난 늘 그 자리에 있었어. 언제나 널 사랑했고……."

냅다 소리치고 싶었다. 그에게 틀렸다고 말해 주고 싶었다. 상상력이 심하다고, '오프라 쇼'를 너무 많이 본 것 같다고 비웃어 주고 싶었다. 하지만 이렇게 말했다.

"가 봐야겠어. 휴대폰 챙기러."

왜냐면 코리의 말이 틀리니까. 아빠는 완벽했다. 나의 슈퍼맨이었다.

코리의 집에서 뛰어나와 엄마네로 갔다. 집에 들어서니, 빙고 사나이가 계단 옆에 쓰러져 숨을 제대로 쉬지 못했다.


참, 잉글랜드가 다시 월드컵에서 우승할 거야. 다시, 또다시.


"네가 그이의 목숨을 구했구나."

뺨에 마스카라가 번진 채 엄마가 말했다. 우리는 병실에 있었다.

"그때 거기 가서 다행이에요."

엄마는 기운 없이 남편의 허벅지에 머리를 기댔다. 빙고 사나이는 몸에 기구를 꽂고 누워 있었다. 여러 선, 주사약이 떨어지는 줄들. 기계 음 사이로 엄마의 흐느낌이 들렸다.

"다들 콘월에 있는 줄 알았는데요."

"거기 갔지만, 그이가 몸이 너무 안 좋아서 일찍 돌아왔지. 네가 집에 있어서 얼마나 다행인지. 거기서 아침 식사를 만들고 있었니? 하긴 그게 뭐 그리 중요하겠니. 네가 집에 있었다는 사실이 중요하지."

"네."

"상황이 안 좋아 보이고 의식이 없는 줄은 알지만, 의사 말로는 이 정도면 괜찮다는구나. 다 네 덕분이야."

"무슨 일이 있었던 거예요, 엄마?"

"그이는 오래전부터 갑상선 기능 저하증을 앓았단다. 갑상선 호르몬이 부족해서 생긴 병이지. 나이 들면서 병세가 심해졌어. 그러다가 감염되었고 결국 이렇게 되고 말았구나. 나중에 자세히 설명해 줄게. 지금은 그럴 기운이 없구나."

나는 병실에 머물렀고, 엄마는 몇 년 새 일어난 신체적인 변화를 간략히 설명했다. 그가 늘 피곤해한 이유가 분명해졌다. 물론 그를 눈여겨봤다면 체중이 늘고 쉽게 감기에 걸린다는 것을 알아차렸을 터였다. 내가 더 좋은 딸이었다면, 그가 그런 진단을 받았을 때 엄마는 칼라의 엄마가 아닌 날 찾아왔을 테고.

엄마는 고단해 보였지만, 왠지 기대에 찬 눈빛을 보였다.

"애비는요? 가서 만나 봐야겠어요."

내가 말했다.

"그럴 필요 없어. 애비는 잘 있다, 캘빈이랑 함께 있어. 너는 내가 애비를 혼자 둘 거라고 생각하니?"

"아뇨, 안 그럴 테죠."

엄마가 기계적으로 가방에 손을 넣어 휴지를 꺼냈다.

"애비는 널 정말 사랑하고 쫓아다니지. 친구들에게 네 이야기를 떠들어 대고. 넌 그 아이의 영웅이야. 그런데 때때로, 때때로…… 너는 그 애한테서 벗어나려고 안달하는 것처럼 보이지! 지금 생각해 보니, 우리가 집을 비웠을 때 네가 집에 오고 싶었던 것도 이해가 되는구나."

"엄마, 이러지 마요. 지금은 이럴 때가 아니에요."

"왜 지금 말하면 안 된다는 거냐?"

엄마는 내게 말하면서도, 줄곧 남편을 쳐다보았다. 그는 엄마가 냉정한 말을 쏟아 내는 이 병실에서 깊은 잠에 빠져 있었다.

"좋아요, 어떻게 그런 말을 할 수 있죠?"

"조금도 어렵지 않지. 사실이 그러니까. 너는 애비를 진심으로 사랑한 적이 없어."

"저는 애비를 사랑해요."

나는 죄책감을 느끼며 반발했다.

"네가 그렇다면 그런 거겠지."

장소가 장소인 만큼 우리는 속삭였지만, 날카롭고 몹시 고통스러운 말투였다. 한마디 한마디에서 아픔이 느껴졌다. 코리가 내 안에 이런 감정의 샘을 열어 놓은 것 같았다.

"넌 언제나 이런 식이었어, 루이스."

"그게 내 잘못인가요?"

지나고 보니 이때 나는 못나게 굴었다. 나이보다 스무 살은 어리게 말했지만, 그 순간에는 마음속에 있는 것들을 밖으로 쏟아 내고 싶은 마음을 어쩔 수 없었다.

"계속해라, 멈추지 말고."

엄마가 채근했다. 핏발 선 눈으로 싸울 준비가 된 듯했다.

"엄마는 나한테 신경 쓴 적이 없어요."

"그럴까?"

"엄마가 내 열세 살 생일 파티에 얼굴도 안 내밀었던 일이 기억나요. 칼라의 엄마가 모두 준비해 주었어요. 계속 말할 수 있지만, 아까도 말했듯이 지금 여기서 할 얘기가 아니에요."

엄마는 다시 침대 쪽을 응시하며 한숨을 내쉬었다.

"네가 열세 살 생일 파티를 하던 날, 나는 유산을 했다."

그때 일을 되돌려 떠올리고 싶었지만, 코리가 LL 쿨 J의 테이프를 준 일만 기억났다.

"사람들한테는 독감에 걸렸다고 둘러댔다만, 사실은 유산을 했단다."

나는 잠시 생각하다가 속삭였다.

"정말 미안해요."

당연히 진한 연민이 솟구쳤다. 가여운 우리 엄마.

"그러니 내가 애비를 지나치게 사랑하는 것으로 보인다면 아마도 그렇겠지. 이미 아이 하나를 잃었으니까. 그다음엔 그날 오후 애비가 없어졌고……. 그때 생각에는…… 내 생각에는 말이지……."

엄마는 감정이 북받쳐 몸을 떨었다.

나는 자리에서 일어났다.

"알아요, 엄마. 끔찍했어요."

엄마는 내 앞에서 작고 연약했다. 엄마를 끌어안고 가슴에 머리를 파묻고 싶었다.

"하지만 내가 한 아이를 편애한다고 비난하는 것은…… 그건 정말이지…… 틀린 생각이야. 완전히 틀린 말이야."

엄마는 가방에서 느릿느릿 휴지를 꺼내 눈가를 닦고 코를 풀었다. 엄마가 덧붙였다.

"어쨌거나 곧 칼라의 엄마가 올 테니까, 너는 항상 그렇듯 가서 즐겁게 지내면 된다."

엄마가 그러는 게 남편의 몸 상태 때문이라고 이해할 수도 있겠지만, 다른 이유가 있었다.

"엄마, 나한테 말할래요?"

"아, 그냥 가렴! 네 동생은 신경 쓰지 마. 넌 애비의 아빠이자 내 남편인 그이를 늘 미워하잖아! 네가 그를 발견한 게 유감스러웠을 거야. 이렇게 된 지금도 넌 그를 똑바로 보고 있지 않아. 우리를 먹여 살린 사람이야. 넌 면전에 대고 박대했지만, 그이는 너와 잘해 보려고 애썼어. 지금 이렇게 됐는데도, 넌 그를 똑바로 봐주지도 못하는구나!"

그를 똑바로 보려 했다. 정말 애썼다. 그런데 보이는 것은 감은 눈까지 끌어올린 시트와 무표정한 얼굴뿐이었다. 죽은 사람 같았다. 내 아빠도 오래전에 저런 모습이었겠지.

"못하겠어요, 엄마."

"어째서?"

엄마는 다시 눈물을 쏟으면서 애절하게 말했다.

"엄마가 생각하는 그런 게 아니에요."

"그러니까 그이에게 기회를 줬다고 말하는 게냐? 그런 거야?"

"아뇨, 그건 아니에요……."

그 말밖에 나오지 않았다. 혼란스러웠다. 그 병실에서 온갖 감정이 쏟아져 나왔다. 내가 다시 말했다.

"나는…… 그와 결혼한 엄마한테…… 화가 났어요."

남자를 바꿀 수 있으리라고는 꿈도 꾸지 마라

"그건 왜? 난 내 인생에 변화를 줄 권리가 없는 거니? 칼라의 엄마가 결혼할 때, 자식들이 어떻게 하는지 보지도 않았니? 세상에."

"두 사람은 훨씬 나이가 들었어요."

"그래?"

"아버지가 살아 있었고요!"

나는 목청을 높였다. 간호사가 들어와서 우리를 내쫓을 것만 같았다.

"아, 그러니까 나는 영원히 혼자 살아야 한다는 거구나? 너는 몰라, 이 남자가……."

엄마는 빙고 사나이를 가리키며 말을 이었다.

"……이 남자가 내게 다시 사랑하게 해 주었다는 것을. 평생 어느 때보다도 행복하게 해 주었다는 사실을!"

그 말이 가슴에 박혀 왔다.

"엄마는 아빠랑 행복했잖아요."

"넌 그렇게 생각하니?"

"지금 무슨 말을 하는 거예요?"

"우린 문제가 많았다."

"아뇨, 그렇지 않아요. 아빠가 엄마를 사랑하지 않았다는 거예요?"

아빠가 엄마를 사랑하고 엄마와 결혼한 게 가장 잘한 일이라고 썼던 건 다 헛소리란 말인가? 엄마 얘기는, 아빠가 내게 거짓말을 했다는 거야? 분노가 솟구쳐 폭발 직전이었다.

"아니, 그는 날 사랑했지. 한때는. 하지만 세월이 흐르면서 우리는 그냥……."

"그냥……?"

"사랑이 식어 버렸다."

"그냥 사랑이 식어 버려요?"

그때 거울을 봤다면, 경악한 나머지 도저히 믿지 못하는 얼굴이 보였을 것이다. 내가 다시 말했다.

"사랑이 식었다고요?"

엄마는 눈물을 찍어 냈다.

"세상에선 그런 일도 벌어진단다, 루이스. 둘 다 같은 마음이었어. 너를 위해 같이 살려 했지. 그런데 그럴 수 없는 단계로 접어들었어."

엄마의 눈이 다시 반짝인다 싶었지만, 나는 분노에 휩싸여서 확실히 보지 못했다. 엄마가 말을 이었다.

"그래서 네 아빠가 진단받기 직전, 우리는…… 우린 절차를 밟기 시작했고……."

내 눈이 휘둥그레졌다.

엄마가 계속 말했다.

"이혼 절차 말이다. 우리 둘 다 원하는 일이었단다, 루이스. 우리는 너무나 불행했거든. 몹시 불행했어. 그는 네 양육권을 요구했고 나는 안 된다고 말했지만, 둘은 친구로 남아 너를 같이 키우기로 합의했지. 그는 너를 매일 볼 수 있도록 가까운 곳에서 살겠다는 계획까지 세웠지."

내 배 속이 조이기 시작했다.

"하지만 그이가 진단을 받자 도저히…… 떠날 수가 없었지. 이젠 선택 사항이 아니었지."

"두 분은 서로 사랑했어요! 같이 살았고요!"

내가 쏘아붙였다. 난 마음속 깊은 데서 터지려는 시한폭탄을 무시하려고 애썼다.

"상태가 너무 빨리 악화되었단다, 루이스. 그이에게는 쉽지 않았고 내게도 쉽지 않은 일이었지. 네가 사정을 눈치 채기 시작하자, 특히 그랬어. 그래서 연기를 했지. 감당하기는 쉽지 않았지만, 난 그래야 했다."

"얘기를 정리해 보죠. 엄마의 이혼 위협이 아빠의 병에 도움이 안 된 거예요?"

"넌 제대로 듣지 않는구나, 루이스. 이제 넌 아이가 아니야. 다 큰 어른이라고!"

배 속이 조였다.

"우리 둘 다 원한 일이었단 말이다!"

침묵이 이어졌다. 난 상황을 파악해야 했다. 자리에 앉았다. 갈비뼈를 누르는 의자의 팔걸이가 불편했지만, 무시했다. 깊이 숨을 쉬었다.

"계속해요."

"너무 빨리 악화되었다. 정말 급속도로 악화되었지. 그는 그나마 남은 힘을 네게 줄 매뉴얼을 위해 아꼈지."

나는 믿을 수가 없어서 눈을 크게 떴다.

"내 매뉴얼에 대해 엄마도 알았어요?"

엄마는 싱긋 웃었다.

"그이는 밤마다 그걸 썼어. 몇 군데 읽어 보라고 했지만, 난 안 그러는 게 좋다고 생각했지. 이건 두 사람, 아버지와 딸 사이의 이야기니까."

"그러면 처음부터 다 알고 있었단 말이에요?"

"그래, 알고 있었다. 물론 결혼식 전날 필로미나가 전화해서 매뉴얼을 네게 줘야겠다고 말했지. 그녀가 그걸 갖고 있다니 마음이 놓이더구나. 난 매뉴얼이 없어지거나 다른 데 들어가 있는 줄 알았거든."

"왜 아무 말도 안 했어요?"

"그건 네가 아무 말도 안 한 것과 같은 이유겠지. 모르겠다……."

엄마는 양손에 얼굴을 묻었고, 나는 엄마가 울 거라고 짐작했다. 엄마를 그렇게 몰아붙여서 속상해하는데 선명하게 떠오르는 게 있었다.

"그러니까 아빠는 엄마를 신뢰하지 않아서 매뉴얼을 맡기지 않은 거네요. 그래서 내게 주라고 누이에게 맡긴 거예요. 아빠는 엄마를 믿지 않았어요. 엄마가 이혼 이야기로 아빠를 너무 속상하게 해서……."

입 밖으로 상처 주는 말이 쏟아져 나오는 것을 멈출 수가
없었다.

"루이스, 이러지 마라."

엄마가 일어나서, 내 어깨에 손을 가만히 놓았다.

"무슨 이유 때문이건 네 아버지는 누나에게 맡기는 게 가
장 좋다고 생각했어. 나야 그 이유를 모르지. 남매가 가까웠
고, 그래 때때로 우리 사이가 껄끄러웠지. 하지만 지금 중요
한 건 그게 아니야."

"뭐가 중요한데요, 엄마? 왜 나한테 이혼 이야기를 했느
냐고요? 동정받고 싶어서요? 그것 때문이에요?"

나는 엄마를 쳐다보았다. 내 눈에 눈물이 맺혔다.

"아니. 네가 사정을 제대로 알기를 바랄 뿐이야. 언제나
장밋빛은 아니었다는 것을. 그 사람이 완벽하지 않았다는 것
을. 너에게는 완벽했을지 모르지만 내게는 아니었다. 난 완
벽한 사람을 데릭에게서 찾았단다. 그리고 그이는 지금 우리
앞 병상에 누워 있다. 나는 신이 그이를 데려가지 않기를 간
절히 바란다."

"아빠가 나쁜 아버지였다는 거예요?"

내가 물었다. 엄마의 이야기가 아직도 온전히 받아들여지
지 않았다.

"그이는 멋진 아버지였어. 다만, 좋은 남편이 아니었을 뿐

이야."

눈물과 콧물이 줄줄 흘러내렸다. 그치지 않는 절망의 강
처럼 그렇게. 아픔, 슬픔, 비명까지 들렸다. 몇 초가 지나서
야 내가 지른 소리임을 깨달았다.

그 후에는 모든 것이 희미했다. 엄마가 나를 끌어안았다.
꼭 안아 주었다. 엄마의 말을 들으며 난 몸을 떨었다. 엄마는
내 머리를 쓰다듬어 주었다. 주름진 이마에 입맞춤도 해 주
었다. 그리고 날 사랑한다고 속삭였다.

그다음엔 평온이 밀려들었다.


누구든 코닥 디스크 카메라를 갖게 되겠지. 그래, 사랑하는 가족
과 함께한 순간들을 사진으로 남기겠구나.


침대에 누워서 천장을 응시했다. 오늘 하루 동안 너무 많
은 일이 일어났다. 코리에게 사랑한다고 말했고, 빙고 사나
이 데릭이 쓰러졌고, 아빠와 엄마가 이혼하려 했다는 사실을
알았다.

전화벨이 울렸다. 칼라면 좋겠다 싶었다. 코리였다. 전화
를 안 받았다. 지금은 매뉴얼의 마지막 장을 읽을 때였다.


마지막 말.(그래, 그래, 알아……. 하지만 언제나 마지막 말은 있기 마련 아
니냐!)


남자를 바꿀 수 있으리라고는 꿈도 꾸지 마라

루이스…….

그래, 참 힘들구나.

이제 매뉴얼의 마지막이고 종이도 떨어져 가는구나……. 믿기 어렵지? 내 기분이 어떻겠니?

어쨌든 네가 우리가 함께한 시간을 즐겼기를 바란다. 나는 그랬다. 네가 삶을 시작한 최고의 첫 5년을 함께했으니까. 나머지 시간을 곁에 있어 주지 못한다는 생각에 두려웠다. 아주 아주 많이. 이 매뉴얼을 쓴 것이 그런 두려움을 덜어 내는 데 도움이 되었단다.

그러니 너도 겁내지 않았으면 좋겠다.

그 무엇도.

난 언제나 네 곁에 있을 거야. 약속할게. 하지만 지금은 가야겠다. 이런 날이 오리라는 것을 우리 둘 다 알고 있었지. 첫째, 어디선가 끝낼 수밖에 없으니까. 둘째, 내가 서른 살을 넘겨서 살지 못하니 그 이후의 일은 충고할 수 없으니까!

하지만 언제든 매뉴얼을, 우리의 매뉴얼을 앞으로 돌려 볼 수 있다는 것을 알아 두렴. 물론 쓸데없을 때도 있지만, 언제든 내 조언을 들을 수 있단다. 언제든지.

그러니 야단법석은 떨지 말자꾸나, 아가……. 네게 들려주고 싶은 이야기가 있다. 얼마 전 네게 보내고 싶은 편지를 쓰기 시작하면서 이 매뉴얼을 쓰게 되었단다 (결국, 편지가 이 매뉴얼이 된 셈이지). 자, 아름답고 용감한 나의 루이스 베이츠. 아빠가 주는 마지막 말은 이것이다.

모든 게 고역 같고 하찮게 느껴질 때가 있단다. 어떤 사람이나 어떤 일이(사람, 생활 방식, 사물이) 너의 삶을 좌지우지하면서 상심이 점점 커지기도 하지. 그런 것들이 네 곁에서 오랫동안 같이 있다가 갑자기, 경고도 없이 싹 자취를 감추는 거야. 그러면 너는 온몸과 온 마음으로 돌아와 달라고 울부짖지.

하지만 그런 것들은 돌아오지 않아. 아니, 돌아올 수가 없지. 네가 아무리 크게 울부짖어도, 아무리 마음을 다해 간청해도, 예전으로 되돌릴 수는 없단다.

그러면 어떻게 해야 할까?

등을 기대고 앉아 절망감에 휩싸이는 방법도 있겠지. 떠난 이들이 기적처럼 집 앞에 나타나서 다시 자기 삶 속으로 들어올 날을 기다리면서 말이야. 또는 전화통에 붙어 앉아, 그가 전화해서 모든 게 봐주고 넘어갈 만한 실수였다고 말해 주기를 기다리는 방법도 있겠지. 현재를 비현실적으로 만들 만한 말을 하는 거야……. 그러나 그런 일은 일어나지 않는단다. 미안하지만, 그런 일은 절대, 결코 일어나지 않는단다. 알지?

이해해야 할 게 아주 많단다. 용납하고, 체념해서 받아들이고, 끌어안고.

한데 알고 있니? 너는 이런 현실과 맞부딪칠 수 있고 앞으로도 그럴 수 있을 거야. 시간이 약이니까 말이다, 루이스. 처음에는 힘들어도 곧 하루하루 버틸 만해지지. 세월이 다시 숨 쉴 수 있게 해 준단다. 또 주변이 평범하게 돌아가는 것을 알아차리는 것도 시간을 통해서지. 머리를 세운 아이들이 1위 곡에 열광하고, 평일 오후 세 시 반부터 여섯 시 반 사이의 러시아워에는 도로에 차가 꼬리를 물고 이어지지. 더군다나 네가 숨 쉴 때마다 그리워하는 사람이나 일들이 없는데도 평소처럼 세상은 돌아간다는 게 중요하지. 꿈을 꿀 때마다 나타나고, 네 온몸으로 느끼는 그 사람이나 일이 없는데도 말이지.

여기가 가장 멋진 대목이야. 다시 살아야 한다는 것을 기억하렴. 다시 '제대로 살아야' 한단다. 잃어버린 것, 빼앗긴 것이 네 전부가 아님을 알기 시작하면서부터는 더욱더 그래야지. 지금, 이 글을 읽는 순간에도 너는 삶과 인품에 새로운 경험과 감정을 더하고 있지. 네가 있어야 할 곳으로 나아가거라.

내게는 효과가 있었단다, 루이스.

여기서 내가 하는 말은 다 경험에서 나왔단다. 모든 경험에서. 모든 절망에서. 모든 말에서. 하지만 이제 모든 것을 네가 해야 할 때가 되었구나.

그러니 네 삶이라는 책의 마지막 대목은 네가 엮은 각 장마다 누가, 어떤 일들이 나오는지에 달렸지. 이미 몇몇 사람과 일들을 만났겠지만, 아직 본 적도 없는 사람이나 일도 많을 거야. 네가 사랑할 이들, 너를 사랑할 이들. 네가 존경할 이들. 크고 작은 면에서 네게 영향을 미칠 이들. 각자가 나름대로 중요한 역할을 하게 될 게다.

그러니 마지막 당부는, 너 자신에게 이들을 느끼고 경험할 기회를 주라는 거야. 그들이 천천히 혹은 급작스레, 때로는 아무런 예고도 없이 지금과 앞으로의 네 모습의 일부가 될 때 말이다.


　　이제 시계가 째깍째깍 움직이고
　　우리의 시간이 끝나 가네
　　한 번만 더 미소를 볼 수 있다면
　　그대는 나의 아가씨
　　그대는 나의 아가씨
　　언제나 알았지
　　우리의 사랑이
　　결코 끝나지 않으리란 것을.


　　별이 뜨면
　　별이 뜨면
　　아주 특별한 사랑
　　별이 뜨면
　　별이 뜨면
　　별과 함께 떠오르는 단 한 사람!


　　다섯 살에 누군가를 잃는 일의 좋은 점은 딱 한 가지, 실
제 상황을 기억하지 못하는 이상한 풍요를 누릴 수 있다는
것이다. 내가 처음으로 사랑했던 사람은 족집게로 털을 뽑듯
내게서 빠져나갔다. 밤마다 책을 읽어 주고, 잘 자라고 뽀뽀

해 주던 그가 이제 나와 함께 공기를 마시지 못한다는 사실을 깨달았다. 그가 마지막 숨을 쉬고, 마지막 생각을 하고, 마지막 눈을 깜빡인 그 순간, 내가 뭘 했는지 기억나지 않는다. 내가 기억할 수 있는 것은 깜빡거리는 순간들뿐이다. 머릿속에서 깜빡이는 장면들. 아빠가 유원지에서 골대에 공 넣는 방법을 가르쳐 주는 장면이 떠올랐다. 아니, 칼라네 뒷마당이었나? 아빠가 아니라 칼라의 아빠였나? 아끼는 손톱깎이를 함부로 다뤘다고 야단치는 장면……. 아니, 엄마가 그랬던가?

그랬다. 매뉴얼을 다 읽고 나니 다시 한 번 아빠를 잃은 것 같았다. 깊은 불만이 새로 아프게 솟구쳐서 몹시 혼란스러웠다. 다시는 아빠의 새로운 충고의 글을 읽지 못하겠지. 아빠의 엉뚱한 농담을 처음으로 읽고 웃음을 터뜨리는 일도 없으리라. 기대되는 새로운 내용이 이제는 없었다.

그냥 화가 났다.

그래서 울었다. 많이. 하지만 이번에는 예전처럼 나락으로 빠지지 않고 나아가기로 했다.

희망.

그것이 나를 일으켰고 지금도 마찬가지다. 아빠의 말을 인용하자면 '목숨이 있는 곳에 희망은 있다'. 매뉴얼이 끝난 것은 영원토록 슬프겠지만, 이 슬픔이 마음 한구석에만 차지하게 할 것이다. 슬픔에 갇힌 채 살아가지 않고, 사랑하는 일도 멈추지 않을 것이다. 나는 여기 있다. 심장이 제대로 뛰고 있다. 난생처음 이 삶을 누군가와 풍요롭게 나눌 준비가 단단히 되어 있다.

이제 그 사람도 똑같은 감정이기를 바랄 수밖에.

그가 집에 없을 경우를 대비해 택시 기사에게 기다려 달라고 부탁하는 게 현명한 처사일 것 같았다. 코리를 뺀 온 가족이 집에 있을 경우도 대비해서. 그런데 문득 이게 운명이라면 코리가 집에 있을 거라고 속으로 중얼댔다. 갑자기 숙명론자가 된 거야, 뭐야.

현관문을 두드리자 코리가 나왔다.

"계속 전화했는데."

그가 말했다.

내가 한 발짝 다가섰다.

"내가 왔잖아. 내겐 자기가 필요해."

그가 팔을 벌렸고, 나는 그의 품에 안겼다. 그리고 하염없이 울었다. 힘들었던 지난 며칠 때문에, 지난 25년 때문에 울고 또 울었다.

# 내 삶의 모두인 너에게

곧 비가 쏟아질 듯 잿빛 하늘이 낮게 드리웠다. 내 배 속에 해 질 녘의 따스함이 퍼졌다. 나는 창가에서 노트북 컴퓨터로 돌아갔다. 화면이 막 '스크린 세이버' 모드가 되면서, 목요일까지 편집해야 할 가족사진이 사라졌다. 나는 새 문서를 클릭하고 검은 화면을 바라보다가, 배에 손을 대고 활짝 웃었다.

휴대폰이 울리더니, 코리가 보낸 문자 메시지가 나타났다. 오늘은 귀가가 늦을 거라며 피자를 먹겠느냐고 했다. 이번에는 토핑에서 라즈베리 잼, 고르곤촐라 치즈, 청고추를 뺄까? 나는 빙그레 웃었다. 지난 12개월 동안 정말 많은 변화가 있었다. 이제 나는 삶에 적극적으로 개입하고, 매 순간을 경험한다. 여기에는 내 가족도 포함되어 있다. 빙고 사나이 데릭, 엄마, 애비, 캘빈, 칼라와 칼라의 엄마 그리고 코리.

우리가 「월튼네 사람들」처럼 되지는 않겠지만, 나는 새로운 '일요 행사'를 은근히 기다린다. 일요일마다 우린 엄마집에서 저녁 식사를 하고, 옆집 칼라네에서 나머지 식구들과 술을 마신다. 나는 노력하고 있다. 엄마도 노력한다. 모든 것이 정말 새롭다. 코리와 함께 살면서 관계를 키워 가는 일도 예외는 아니다. 친밀감, 둘 사이의 가까운 느낌이 좋고, 그런 관계가 끝나는 것을 바라지 않는다. 그것만은 분명히 알고 있다.

나는 첫 단어를 입력했다.

안녕.

'삭제' 키를 눌렀다.

이제 나는 매뉴얼을 비밀 장소에 감추지 않고, 새집의 거실장에 보관했다. 내 카메라 옆에. 나는 셔츠 자락으로 매뉴얼에 낀 먼지를 닦아 냈다. 이제 매뉴얼에 대해 이야기하지 않지만, 여전히 내 인생에서 중요하고 애정 깃든 물건으로 남아 있다. 또 적절한 방식으로 전달한다면, 어떤 아이라도 기쁘게 받을 만한 물건이기도 하다.

매뉴얼의 첫 장을 펼치자, 거기 적힌 말들이 내 의식으로 뛰어 들어오는 것 같다.

컴퓨터로 되돌아갔다.

네가 아빠의 눈을 닮았을까? 할아버지의 재치나 애비 이모의 뺨을 닮을까? 글쎄 모르겠다. 하지만 네가 아직 태어나지 않았어도 엄마는 널 그릴 수 있단다. 네 목소리를 듣고 싶어 참을 수가 없구나. 네가 어떤 습관을 가질지, 어떤 색을 좋아할지……. 나는 노란색을 좋아하거든. 알고 싶어 조바심이 난다. 참, 어디까지 이야기했더라? 아, 그래. 이제 시작해야지.

어떤 아이든 이런 것을 가져야 한다는 생각이 드는구나. 미래를 위해서 말이지. 마음이 슬프거나 기쁠 때, 자식들에게 뭔가 가르쳐 줘야 할 때 참고할 거리가 있어야겠지. 그래서 이것은 나, 루이스 베이츠가 아들 케빈 주니어에게 주는 매뉴얼이란다. 내 삶의 사랑(네 아빠와 더불어)인 너에게. 이것으로 여러 가지가 설명되면 좋겠는데. 안 그럴 것 같구나. 그래, 난 시간이 많으니까 천천히 얘기하지 뭐.

하지만 먼저 매뉴얼의 규칙부터 이야기해 보자꾸나…….

# 매뉴얼

초판 1쇄 발행 2008년 9월 15일
초판 3쇄 발행 2009년 2월 10일

지 은 이 | 롤라 제이
옮 긴 이 | 공경희
펴 낸 이 | 정상준
펴 낸 곳 | (주)그책

기      획 | 정상준, 김혜진
편      집 | 박지원
마 케 팅 | 김정혜
관      리 | 박지현
디 자 인 | (주)꽃피는 봄이오면

출판등록 | 2008년 7월 2일 제322-2008-000143호
주      소 | 서울시 강남구 논현동 30-6
전자우편 | thatbook@thatbook.co.kr
전화번호 | 02) 3444-8535
팩      스 | 02) 3444-8534

ISBN 978-89-961448-0-9  03840